INSTINCT 3

À Théophile, à Madeleine, qui ont lu les premiers.

À ceux qui les ont rejoints.

Loi n° 49-956 du 16 juillet 1949
sur les publications destinées à la jeunesse
ISBN 978-2-09-252837-2

VINCENT VILLEMINOT

INSTINCT

3

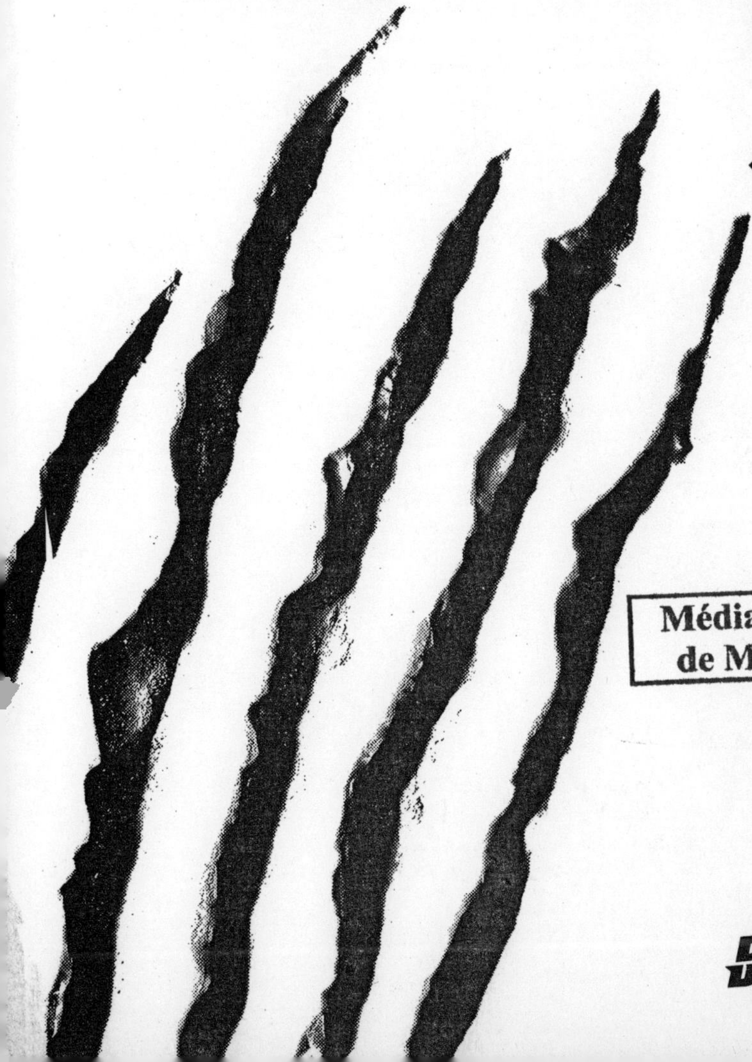

BLAST

*« C'est sur le chemin où tu n'as pas peur
que le fauve se jettera sur toi. »*

Proverbe ashanti, cité dans le recueil *Dits de l'oiseau Sankofa, métamorphoses ghanéennes* (anthologie anonyme composée par un initié et conservée au sein de la seconde bibliothèque de littérature générale, Ferme de l'Aigle, Alpes autrichiennes).

« Notre vengeance sera le pardon. »

Tomás Borge, poète, révolutionnaire, ministre nicaraguayen.

WIKIPÉDIA, L'ENCYCLOPÉDIE LIBRE
(Extraits de pages d'homonymie et d'articles, actualisés au 1er juillet 201…)

Catwoman

Cette page d'homonymie répertorie les différents sujets et articles partageant un même nom.

– Catwoman est un personnage de comics lié à Batman et appartenant à DC Comics.

– *Catwoman* est un film américain réalisé par Pitof et sorti en 2004.

– Catwoman est une pirate informatique impliquée dans l'affaire Clauberg.

Catwoman (pirate informatique)
[page actualisée au 1er juillet 201…]

Catwoman (pseudonyme, de son vrai nom Flora Argento) est une pirate informatique (*black hat*) et une criminelle recherchée par les polices des États-Unis, d'Italie, de France, de Suisse, des Pays-Bas, d'Espagne et d'Allemagne. Elle est considérée dans certains milieux anarchistes comme la première « cyberjusticière » à cause de son rôle décisif dans la révélation de l'affaire Clauberg et du fait de ses contributions supposées aux actions des Anonymous, qui ont donné lieu depuis à une véritable mythologie sur le Web.

Son identité a été rendue publique à l'occasion de l'affaire Clauberg, dont elle a été l'une des principales protagonistes. C'est elle qui aurait mis en ligne les informations concernant l'exploitation de cobayes humains dans les laboratoires de la AC Hemato Inc. et la présence du criminel de guerre Prince Kofer dans les locaux du laboratoire suisse.

Catwoman est actuellement sous le coup de plusieurs mandats d'arrêt internationaux.

Sommaire

1. Biographie

1.1 Identités multiples

Catwoman fut précédemment connue sous les pseudonymes successifs de Blac(k) hat et Bastet. Son identité légale serait Flora Argento, de nationalité italienne. Elle ne serait âgée que de seize ans, selon les informations du ministère de l'Intérieur italien, confirmées par le Département d'État des États-Unis.

La seule photographie connue de Catwoman est celle qu'elle a elle-même mise en ligne sur une page Facebook créée à l'occasion de l'affaire Clauberg, où elle figure tenant le magnat suisse sous la menace d'une machette.

1.2 Anonymous

Selon les mandats d'arrêt lancés contre elle, elle aurait été l'un des fers de lance des attaques par déni de service (DDOS) Projet Chanalogy et Opération Payback, menées par le groupe de hackers Anonymous, et l'une des animatrices des FFF (Fuck FBI Friday, diffusion illégale de données de la police fédérale américaine). Son implication et les soupçons pesant sur elle dans une partie ou la totalité de ces cybercrimes ont été révélés suite à l'affaire Clauberg qui constitue à ce jour sa seule intervention « signée ».

Le collectif Anonymous a toujours défendu le caractère anonyme et communautaire des actions qu'il mène, et n'a donc jamais confirmé la participation de la cybercriminelle Catwoman à ses initiatives.

2. Affaire Clauberg

Catwoman a joué un rôle prépondérant dans la révélation du scandale dit de l'affaire Clauberg, mettant au jour l'expérimentation médico-militaire sur des cobayes humains dans la filiale WarDogs de la holding AC Hemato Inc. Ce scandale a eu un retentissement mondial et a provoqué la restructuration des activités de AC Hemato Inc.

Le rôle de la pirate informatique aurait principalement consisté à dériver en ligne les systèmes vidéo internes du laboratoire, et notamment les prises de vues des cages servant de geôles aux cobayes humains, ainsi que les images *live* de Prince Kofer, criminel de guerre et mercenaire salarié par WarDogs, sur les lieux. Cette mise en ligne, activée sur plusieurs sites participatifs, dont Wikileaks, sur le réseau Facebook, ainsi que sur les sites du Département fédéral de l'intérieur suisse, a provoqué l'intervention de la police, à l'issue de laquelle Aribert Clauberg, Prince Kofer et trois mercenaires de ShylocK, la compagnie de sécurité de ce dernier, ainsi qu'un officier suisse ont trouvé la mort.

Selon certaines sources proches de l'enquête [citer les sources], Flora Argento aurait elle-même assassiné Clauberg et Kofer. (Au moment de la mise en ligne des révélations de Catwoman sur WarDogs, des spécialistes ont pu établir que Clauberg était encore vivant. Selon les éléments de l'enquête interne diligentée par la police, c'est après l'arrivée des forces de l'ordre que les deux hommes ont trouvé la mort.)

Il semble que les policiers aient brièvement détenu Flora Argento/Catwoman dans le cadre de leur intervention, avant qu'elle parvienne à s'échapper dans des circonstances restées secrètes. À la suite de l'enquête interne menée sur cette opération, deux commandants mêlés aux événements ont été sanctionnés. Le ministère de l'Intérieur n'a pas rendu publiques ses conclusions et n'a pas donné d'éléments permettant d'expliquer la présence sur place de la Blac(k)hat. Certains [citer les sources] ont prétendu qu'elle faisait partie des cobayes humains sur lesquels étaient effectuées les expériences biologiques dont on ignore la destination.

3. Affaire d'Ecublens

Flora Argento est recherchée dans le cadre d'une enquête sur un quadruple meurtre commis dans la commune d'Ecublens (Suisse), sans doute lié à l'affaire Clauberg. La police helvétique a récemment révélé que le téléphone utilisé pour signaler ce quadruple meurtre était celui dont Flora Argento s'était servie pour avertir la police helvétique de sa présence dans le laboratoire de Clauberg.

Selon les informations de la police, trois des quatre morts étaient des mercenaires employés par ShylocK. Le quatrième est un Écossais, Matthew Landen, auteur de deux meurtres à Glasgow en 2002, et évadé d'un asile psychiatrique. Identifié par son ADN, il aurait fait partie de la secte dite « des Lycanthropes ».

4. Institut de Lycanthropie

La présence de Flora Argento a également été évoquée dans l'affaire dite de l'Institut de Lycanthropie, ou secte des Lycanthropes, dans les Alpes françaises. Après l'incendie criminel de l'Institut, la police française a découvert sur les lieux six cadavres sommairement enterrés, et enquêté sur les activités des membres de la pseudo-clinique psychiatrique, sans résultats encore probants.

Toutefois, selon la police italienne, Flora Argento aurait séjourné pendant plusieurs années au sein de cette secte.

Le corps de Ronald McIntyre, fondateur et gourou de la secte des Lycanthropes, aurait par ailleurs été retrouvé à proximité des téléphones portables utilisés dans l'évasion de Flora Argento et apparemment abandonnés pour signaler sa présence. McIntyre, faux psychiatre prétendument « spécialisé » dans les schizophrénies dites lycanthropiques, est soupçonné d'avoir été l'un des fournisseurs de Clauberg en cobayes humains. Certaines sources [citer les sources] prétendent que Flora Argento aurait elle-même été l'une des pensionnaires et victimes du trafic d'êtres humains organisé par McIntyre et ses complices. Les polices suisse et française n'ont cependant pas confirmé que cette piste était à l'étude.

Certaines sources [citer les sources] ont évoqué la possibilité que Ronald McIntyre ait été exécuté par plusieurs fuyards, dont Flora Argento.

Selon des révélations du ministère de l'Intérieur italien, Flora Argento était pensionnaire de l'Institut de Lycanthropie depuis l'âge de treize ans, après plusieurs évasions des institutions spécialisées qui l'accueillaient depuis le décès de ses parents.

Certains des « admirateurs » de Catwoman [citer les sources] considèrent que ces assertions et suppositions sont mensongères et visent à la faire passer pour une folle sous l'emprise d'une secte, alors que ses actions témoignent, selon eux, d'une parfaite rationalité.

PROLOGUE

01.
FRONTIÈRES

Tim sut précisément à quel moment ils entrèrent clandestinement sur le territoire des États-Unis. Il était 2 heures du matin lorsqu'ils franchirent une ligne invisible, comme toutes celles que tracent les hommes blancs sur leurs cartes, et qui ne modifient en rien la géographie de la forêt. Il ne s'arrêta pas.

Le sable sous leurs pas dégageait une poussière qui se mêlait aux effluves d'encens des cyprès à la sève encore chaude et qui collait à la peau de leurs visages, de leurs bras nus. Tim ouvrait la marche. Les branches les plus basses le fouettaient parfois, dans l'obscurité ; il attendait alors quelques instants Flora, en écartant les rameaux épineux pour éviter qu'elle se blesse. La jeune fille en profitait pour le rejoindre, mais il la distançait sans même en avoir conscience sitôt qu'il reprenait sa marche en avant, plus rapide, plus endurant, plus régulier surtout. Shariff nageait dans la nouvelle poche d'eau qu'ils avaient achetée à Calgary avant de redescendre vers le sud. Tant mieux – chaque fois que le gamin revenait à lui-même, ils perdaient un temps fou. Cette nuit, Tim voulait s'enfoncer le plus profondément possible en territoire états-unien, au cas improbable où des gardes forestiers patrouilleraient le long de cette frontière.

Ils étaient trop visibles sous le clair de lune, astre immense dans le ciel d'une pureté absolue et d'un noir de tombeau, à plusieurs dizaines de kilomètres de la première agglomération et des éclairages urbains. La Voie lactée en semblait presque phosphorescente.

La ligne de la frontière avait été tracée sur les terres des Ojibwés, ici, des Hurons plus à l'est, des Sioux au sud. Cette nuit, ils violaient cette limite, comme l'auraient fait des indiens. Tim sentait qu'il était des leurs, partageant avec eux les ancêtres qu'il s'était choisis.

En deux mois et demi, ils avaient franchi quatre frontières, passant de France en Italie à pied, traversant l'Italie du Nord et l'Autriche en stop, prenant le train dans le Tyrol vers l'Allemagne du Nord et Hambourg. Après plusieurs jours de clandestinité dans les docks, sur l'immense port hanséatique, ils avaient embarqué sur un porte-containers pour le Québec. Depuis, ils avaient encore traversé d'est en ouest presque tout le continent américain. Ils atteignaient enfin leur but.

Ils avaient dormi toute la journée précédente, à dix kilomètres au nord, attendant la métamorphose de Shariff, vers 23 heures, pour se mettre en route dans la nuit, presque au pas de course, instinctivement courbés en deux, cherchant à se dissimuler aux yeux de guetteurs éventuels. Ils ressemblaient aux éclaireurs lakotas des Black Hills, dont Tim portait le nom. Jamais, cependant, des éclaireurs amérindiens n'auraient choisi une nuit de pleine lune pour le passage le plus délicat de leur voyage, sauf si la guerre les y avait obligés. Il s'en voulait d'avoir négligé ce détail, une erreur : l'homme rouge avait enseigné des sagesses qu'il fallait suivre sur ses terres. Dans un magasin de Calgary, il avait acheté des mocassins de peau, chaussures de cuir idéales, souples, pour ce terrain meuble et sableux. Flora avait préféré garder ses baskets, et c'était une erreur. Il fallait faire confiance à la nation indienne. Ces peuples étaient sur leurs anciens territoires. Ils savaient mieux que quiconque comment s'y déplacer.

Une sorte d'exaltation coulait dans les veines du jeune homme à se retrouver ainsi sur leurs traces, leurs terres.

Timothy Blackhills revenait chez lui, il l'éprouvait cette nuit, dans ce sable, sous cette lune, bien plus qu'en contemplant son passeport américain, le seul document d'identité en règle dont ils disposaient pour eux trois. Il se sentait appartenir aux nations indiennes, à ceux qui s'appelaient entre eux « les Êtres humains ». Il avait partagé ce sentiment autrefois avec Ben. En communion avec les anciens, avec tous ceux qui avaient traversé ces collines, bien avant les frontières tracées par l'homme blanc, il marchait également, cette nuit, avec l'esprit de son frère mort un an plus tôt, presque jour pour jour.

Il se retourna, attendit Flora, une fois de plus. Elle jura quand elle fut à portée de voix pour qu'il comprenne parfaitement qu'elle en bavait. Il lui sourit, paisiblement, puis se retourna et repartit sans même lui accorder une pause. Il leur restait au moins trois heures avant que le gamin-homard ne revienne à lui. De quoi parcourir, sur ce terrain accidenté, une douzaine de kilomètres qui les éloigneraient de la frontière de l'homme blanc.

02.
L'ŒIL DE LA LOUVE (1)

Ines suivait la trace des trois randonneurs depuis plusieurs heures. Ce qu'il y avait de plus affûté, de plus précis en elle la guidait à travers les bois et l'électrisait. Elle devinait leur progression à la persistance ou à la fugacité des odeurs qu'ils avaient laissées lorsqu'ils s'étaient arrêtés et qu'ils avaient repris leur route.

Il y avait quelque chose d'enivrant à être ainsi maîtresse de ses sens, ajustée à son environnement, à sa place. Il y avait quelque chose de parfaitement naturel, de parfaitement effrayant.

Elle entendait, respirait, percevait aussi la présence des autres chasseurs autour d'elle. Ils avançaient dans les mêmes sous-bois, chacun à son rythme. Leur présence l'excitait, à certains moments, ressuscitant l'instinct de la meute, ce sentiment d'être une bête unique et protéiforme, à douze têtes, à douze gueules, qui allait frapper de douze endroits les proies qu'ils traquaient. Parfois la lucidité revenait : les autres prédateurs n'étaient pas sa meute. Elle était louve, ils étaient fauves. Ils étaient autres, différents, et si lointains, présences silencieuses, présences dangereuses, pour les trois gibiers mais aussi pour elle. À ces instants, elle se sentait seule, exposée ; un humain esseulé éprouve davantage sa solitude au milieu d'un groupe qui l'exclut.

Ines était humaine, aussi, elle n'avait pas perdu ce souvenir.

Elle, Ines, louve, lycanthrope, était une menace pour leurs proies. Il y avait trois marcheurs, dans cette forêt profonde.

Deux garçons et une fille, des jeunes gens. Elle était capable de reconnaître l'odeur de chacun d'entre eux. Elle était excitée par la simple pensée de les mordre. L'idée de dévorer ces proies vivantes et pleines de sang chaud mettait ses nerfs à fleur de peau.

L'état de frénésie dans lequel la plongeait la chasse la sidérait.

Qu'elle s'enivre si facilement après quatre ans de *supranoïa* était ce qu'il y avait de pire. C'était sa nature profonde, elle ne l'avait endormie qu'un temps. Bahlam et Paul avaient raison : quoi qu'elle apprenne pour transcender et maîtriser sa nature, quelque moyen qu'elle ait inventé pour enfermer la louve et sa faim derrière une porte mentale, au plus profond de son cerveau, il avait suffi aujourd'hui qu'elle touche le verrou pour tout retrouver immédiatement, intact, brûlant : la finesse des sens, la voracité, inscrite dans les gènes de son espèce, l'excitation de la chasse. La peur et la fascination pour l'espèce humaine. Le sens de la meute. La soumission, l'obéissance.

Il n'y a pas de louve solitaire. Il n'y a que des animaux traquant et tuant en meute. Ines éprouvait un regret profond de sa meute, un besoin déroutant, effrayant. La chasse l'enivrait, mais moins que cette soumission à la loi du groupe, mélange d'attirance pour ceux qui l'entouraient, de répulsion qu'ils ne soient pas loups. Ils n'étaient pas elle, elle n'était pas eux. Elle aurait assouvi, peut-être, la faim démente, une faim de ses semblables, depuis longtemps, si seulement elle avait pu se fier à la meute autour d'elle. Mais elle ne voulait pas abaisser les oreilles, leur présenter son ventre, se soumettre. Ceux-là, elle ne les croyait plus. Ils mentaient. Ils étaient douze à chasser, mais aucun n'était de sa meute.

Leur faim n'était pas la sienne. Eux tuaient par plaisir, par sadisme, par jouissance.

03.
SAUVAGERIE

Sur les cartes satellites de son ordi, les collines qu'ils traversaient depuis trois jours ressemblaient à un carré vert sans une route, sans une ville. Un endroit que le monde entier ignorait, et pour cause. Un pur moment de galère, un de plus. Le dernier ? « Le dernier », avait juré Tim.

Ils avançaient dans des sous-bois assez épais, qui couvraient la terre sableuse en un véritable maquis. La résine d'un brun ambré suintait des immenses conifères, presque immobiles, sans un souffle de vent, sous les chaleurs nocturnes de l'été continental. Ils s'écorchaient dans le noir, pour éviter les sentiers, aux buissons d'épineux et aux *sagebrush*.

« Cinq jours d'excursion forestière, au milieu du grand nulle part, ça vous dit ? » avait demandé Tim en quittant la dernière ville de la civilisation canadienne, Elkwater. Non, cela ne lui disait pas, mais avait-elle le choix ?

—

– On est encore loin ?

Flora n'en pouvait plus, visiblement. Tim devait l'attendre de plus en plus longtemps, chaque fois qu'il la laissait le rattraper, prétextant une fondrière dans le sable, un passage délicat.

– Loin de la frontière ? On l'a passée depuis deux heures, Flora, répondit-il.

Elle le regarda, manifestement incrédule et vaguement

furieuse, puis elle se laissa tomber par terre, assise dans la poussière. Déjà ses épaules se dégageaient du sac à dos. O.K., apparemment, cette nuit, elle n'irait pas plus loin.

Flora s'était sans doute attendue à autre chose. Peut-être à cause de ces longues semaines qu'ils avaient passées à discuter de la meilleure stratégie pour entrer aux États-Unis, sur le porte-containers puis dans les motels, le long de l'interminable autoroute transcanadienne. Ou bien son imagination avait-elle enflé à cause de toutes ces images qu'elle regardait sur les deux nouveaux ordis achetés au Canada ? Sur le Web, la frontière états-unienne ressemblait à une zone de guerre : hommes en armes, barbelés, gardes-frontières patrouillant dans le désert, réseaux de caméras, hélicos. Mais ce n'était pas le Mexique, ici, ce n'était pas une frontière du Sud. L'homme blanc redoutait les invasions lorsqu'elles venaicnt de plus pauvre que lui, de l'homme basané. Tim le savait, c'était leur chance pour réussir à se cacher au Canada, puis aux États-Unis : ils étaient blancs, et riches. Ils seraient moins contrôlés qu'un Hispano ou un Noir. Et puis Tim avait ses papiers en règle.

Seul le réel disait la vérité.

Le Web mentait sur ce qu'il appelait l'affaire Clauberg, le Web mentait sur ce qu'il appelait la secte des Lycanthropes, le Web mentait sur le professeur McIntyre. Le Web mentait aussi sur Catwoman/Flora Argento. Il ne fallait pas le croire. Mais le Web, Dieu merci, ne disait rien sur Timothy Blackhills.

Il désigna la poche d'eau dans laquelle ils avaient mis le homard breton.

– On sort Shariff pour fêter le passage de la frontière avec un crustacé ?

– Non. Les homards ne boivent pas de champagne. Surtout à jeun.

– Mais toi, tu veux qu'on dorme ici, Flora ?

Il avait posé sa question par pure formalité. Elle paraissait rompue, et lui-même pouvait le comprendre, il éprouvait cette fatigue monotone, lasse, qu'induisent les heures de marche dans le sable.

– Tu préfères qu'on dresse la tente, ou qu'on dorme à la belle étoile ?

Il la sentait lointaine, comme si elle lui en voulait d'être le seul à pouvoir évoluer à visage découvert dans les villes des hommes, avec papiers d'identité, et de savoir se déplacer sur le territoire de l'homme rouge, dans le silence et la clandestinité. Comme si elle lui en voulait finalement de ce retour sur sa terre natale.

– Dans une tente, tous les deux ? Waouh, quelle intimité, Tim ! Ce serait presque trop de bonheur, non ?

Elle s'allongea, son sac à dos en oreiller, et lui tourna le dos. Tim commença de dresser l'abri de toile acheté à Calgary, un modèle extrêmement léger, conçu pour les raids. L'humeur de Flora ne l'inquiétait pas. Cela passerait. Il ne pouvait plus la perdre. Il sacrifierait tout, plutôt que de la perdre.

04.
L'ŒIL DE LA LOUVE (2)

Ines ne courait plus. Elle avançait avec discrétion. Le langage humain disait cela : « à pas de loup ». Cela frémissait en elle, quelque chose qui lui retournait l'estomac et envoyait des décharges d'acide dans tout le corps. La faim. La faim est une chose folle qui transforme le psychisme, la pensée, le système moral de celle qui la connaît, louve ou humaine.

La faim vous ferait tuer. Le langage humain disait cela aussi : « une faim de loup ».

Louve.

Les deux garçons et la fille avaient dressé leur tente dans cette clairière pour la nuit. Elle entendait les minuscules bruits de l'un des dormeurs dans son sommeil grâce à la prodigieuse acuité de ses sens. Ses yeux avaient fouillé la nuit et discerné sans mal le minuscule abri de toile dans lequel ils s'étaient glissés tous les trois, sans doute serrés les uns contre les autres, en se pensant à l'abri des intempéries.

Cela lui donnait envie de rire, un ricanement féroce. À l'abri ? La toile ne les protégerait de rien. Les trois randonneurs clandestins avaient pensé tromper les gardiens qui patrouillaient dans le parc national. On appelait cela du camping « sauvage » dans le langage humain. Ils s'imaginaient suffisamment loin des hommes pour retrouver la paix de la nature. La nature le leur ferait payer ; le mot « sauvage » leur paraîtrait brutalement différent, dans quelques instants.

Ines haïssait ce ricanement en elle ; sa férocité était le pire d'elle-même.

Elle vit les autres silhouettes, deux ou trois, silencieuses, des ombres sauvages comme la faim, qui s'approchaient. La forêt devenait moins épaisse à l'approche de la clairière. Ils étaient tous venus chercher cela, les campeurs comme les tueurs : la sauvagerie ; une sorte de pureté native, une proximité avec leur état naturel. Elle savait ce dont avaient rêvé les campeurs, elle n'était pas louve, pas uniquement, malgré la faim, la bave dans sa gueule.

« Sauvages » comme on le dit d'animaux que rien n'a domestiqués, que la compagnie de l'homme n'a pas gâtés. « Sauvages », les cannibales des îles, les Indiens des Grandes Plaines. Intacts. Purs. Intègres. Était-ce le meilleur ou le pire en eux ? Cela fascinait. Cela effrayait. C'était en eux, c'était là, à n'en pas douter.

Un craquement léger la fit se retourner.

Bahlam.

Le jaguar était derrière elle, aussi massif que les autres dans la clairière, davantage peut-être. Il était leur dominant. Il la regardait, gueule ouverte. Il la fixait de ses yeux jaune pâle, froids, sans vie. Elle sut qu'il l'avait suivie, elle, pendant tout le temps de la traque.

—

Elle n'oublierait plus les visages, en noir et blanc, les yeux écarquillés par une terreur sans nom. Elle n'effacerait pas les cris des deux premiers, qu'elle entendait dans son dos tandis qu'elle s'approchait lentement du troisième, le plus jeune, encore un adolescent. Torse nu, il était sorti de son duvet en reculant à quatre pattes quand ils avaient arraché la tente.

Il restait ainsi, le visage à la hauteur de sa gueule. Elle avançait sur lui. Elle montrait les dents en grondant sourdement. Elle retardait le moment du bond, non pour jouir de sa peur, mais dans l'espoir que quelque chose, quelqu'un allait l'en empêcher, ou le tuer avant elle.

Elle ne sentait pas la colère monter.

« Gronde. » « Montre les dents. » « Feins la férocité. »

« Joue ton rôle. »

Le souffle de Bahlam dans son dos.

« Frappe. Frappe maintenant. »

Elle sentit le jaguar approcher. Il rugit d'impatience. Elle ferma les yeux, éprouva sa colère. Tuer ou être tué. Ces mots existaient dans les deux langues, celle des humains, celle des loups. Ses deux cerveaux se réunirent, ses pupilles devinrent plus étroites, la peur la fit saliver. Ses oreilles se couchèrent. Soumission ou colère ? En se fronçant, son nez découvrit ses dents.

Le garçon hurla quelque chose, et tenta de lui lancer un caillou. Il manqua sa gueule, mais la toucha à l'épaule et la douleur l'aveugla un instant, un instant seulement ; cela suffit pour réveiller l'instinct et éteindre l'humain.

—

Elle n'oublierait rien.

Mevlut grognait en mordant les bras et les jambes de sa victime. Marge lui répondait en ricanant comme une hyène, elle qui était chienne. La campeuse entama un cri de mort ininterrompu, hystérique, suraigu. Qu'elle se taise, qu'ils se taisent tous. Qu'ils égorgent leur proie comme Ines venait de le faire avec le gamin. Qu'ils cessent de jouer avec elle. Qu'on en finisse.

Elle comprenait les mots humains, les supplications que jetait la jeune fille.

« Oh, faites-la taire. Taisez-vous tous. Taisons-nous. »

Elle aurait voulu ne pas saisir ses mots, ses suppliques, dans le cri. Elle voulait ignorer les prénoms, les prières. Elle voulait n'être qu'une louve achevant ce qui était commencé.

Mais l'humain n'avait été éteint qu'un instant.

—

La jeune fille avait appelé sa mère alors que Mevlut, déjà, dévorait ses jambes.

Il y avait un mot, dans la langue des loups, pour désigner cette façon de mettre à mort sans faim, un mot dédaigneux, méprisant, que son instinct de louve avait connu, autrefois. Mais tout l'instinct animal s'était effacé. Il n'y avait plus qu'une âme humaine. En langage humain, ce qu'ils accomplissaient avait un nom : sadisme. On dit aussi : bestialité, mais justement, non, seul l'humain est capable de cela.

Elle mordait dans des lambeaux de viande rouge, sanguinolente, de la chair humaine. Les mots du loup disaient que c'était la vie. Ses mots à elle disaient que c'était le mal : tu manges tes semblables, tu les manges. Mais elle n'entendait que les mots humains, ceux qui l'accusaient, qui la jugeaient.

PREMIÈRE PARTIE

CHAMANISME

—

Tim Blackhills

05.
EXTRAITS DU JOURNAL D'INES MINGUEZ (1)

4 juillet

J'ai tué un jeune homme qui s'appelait Matteo Crozzi et dont j'ai lu ce matin le nom dans l'article de La Stampa *consacré à nos meurtres. Dans la forêt, voici trois nuits, il semblait moins enfantin que sur la photo publiée, mais sans doute est-ce la peur qui, en déformant ses traits, les vieillissait. Je ne parviens pas encore tout à fait à superposer les deux visages, mais du moins sais-je devoir faire coïncider les deux informations, le nom et l'acte : j'ai tué Matteo Crozzi. Faut-il que je l'écrive encore pour m'en convaincre enfin ?*

Sa mère, dans l'article, dit qu'il aimait la montagne, qu'il n'aurait pas pris de risques inconsidérés. Les autorités italiennes ignorent encore si les trois campeurs ont été victimes de loups ou de chiens errants. Les autres, dans la Bibliothèque, ont plaisanté, à propos de Marge et de moi, pour savoir laquelle de nous finalement porterait le chapeau. « Chienne et louve, c'est vous les vedettes », disent-ils.

Marge sourit. Je sens leur dédain quand ils s'adressent à moi.

La police italienne ne rapproche pas cet « accident rarissime » de ce qui s'est produit, ces dernières semaines, en Autriche, en Slovénie, en Suisse. L'Europe des polices est en retard en matière de coordination concernant les attaques d'animaux féroces non répertoriés dans les parcs naturels de montagne.

Nous sommes les seuls à connaître le lien. Nous sommes le lien. Nous, dans notre repaire, à Sölders, en Autriche, où nous nous cachons depuis l'incendie de l'Institut. Les journalistes et les policiers considèrent l'Institut comme une « secte » ; par quel nom nous désigneraient-ils s'ils nous voyaient ?

J'avais lu des articles auparavant, dans d'autres journaux et dans d'autres langues, à propos des meurtres que les prédateurs avaient perpétrés sans moi. J'avais entendu leurs rires concernant les hypothèses des policiers ou des biologistes. Mais tout cela paraissait irréel. J'étais au Nid d'aigle, j'étais hors du monde.

Maintenant, j'en suis.

Je ne peux me reprocher les deux autres victimes, mais je suis la seule coupable de cette mort-là, celle de Matteo Crozzi. Quelque pression qu'ils aient exercée sur moi, cela ne pourra pas me servir d'excuse, je n'en ai pas.

Ils voulaient que je tue. Bahlam surtout. Selon eux, selon Paul lui-même, il fallait que je tue pour comprendre et être avec eux – c'est ce qu'ils appellent la Grande Prédation, c'est comme une nouvelle métamorphose où nous nous transformerions sans perdre la conscience de nos actes, mais en abandonnant la morale qui guide la conscience. C'est ce que Paul défend : libérer la conscience, nous libérer de notre humanité, combattre le remords et la culpabilité qui empêchent l'expression de l'instinct.

Effectivement, désormais, je suis transformée, je suis comme eux, je sais ce que nous sommes. Dans la race humaine, celui qui tue, qui chasse son semblable pour s'en nourrir est un monstre.

Il m'a fallu commettre cela pour oser enfin l'admettre, et, maintenant, pour l'écrire.

Un monstre. C'est ce que je croyais être il y a cinq ans quand je me suis présentée à l'Institut de Lycanthropie, et c'est ce qu'aujourd'hui je deviens vraiment. Car je n'ai pas perdu mon esprit, cette fois, pendant ma transformation. Cela n'a rien à voir avec les attaques que j'avais commises avant mon entrée à l'Institut.

J'ai tué en toute conscience. J'ai mangé mon semblable en toute conscience. J'aurais dû, mesurant l'interdit, régurgiter cette chair ; mais la Grande Prédation consiste à désapprendre ces pensées réflexes qui nous ont affaiblis, affadis, domestiqués, dit Paul. Il faut quitter toute culture. Il faut oublier notre culpabilité de prédateur. Je n'y parviens pas. Il n'espère même pas y arriver.

J'ai tué, et la conscience de ma faute, les haut-le-cœur, le dégoût de moi-même demeurent. Ils m'ont habitée pendant les heures qui ont suivi jusqu'à la fin de la pleine lune. Ils ne me quittent pas. Manger de la chair humaine – qu'ai-je fait, que sommes-nous en train de devenir ?

Bahlam sait ce que je pense, il ne m'a pas quittée des yeux un seul instant. C'est pour cela j'en suis sûre qu'il avait organisé la chasse une nuit de pleine lune : il voulait, sinon m'initier, du moins m'impliquer. Il fallait qu'aucun d'entre nous ne soit innocent de ses crimes. Me suis-je perdue ? Puis-je espérer le salut ?

Ce que j'ai accompli justifierait qu'on me chasse, à mon tour, comme un monstre. Si seulement j'avais pu m'oublier, perdre mon esprit dans celui de l'animal qui m'occupe… J'aurais maintenant la rémission du black-out. Mais je revois leurs visages quand ils se sont mis à crier, la peur de Matteo Crozzi.

06.
ÉTRANGER

Tim gara la Toyota de location devant la maison de bois peint, blanche, à toit sombre, comme les banlieues résidentielles américaines en comptent tant, sur tant de lotissements. Il ne pouvait pourtant confondre celle-là, si semblable aux autres, avec aucune. C'était *chez lui*, il se le répéta une nouvelle fois, mentalement. Il aurait voulu éprouver le sentiment d'un retour, comme il l'avait connu sur la terre de « ses » ancêtres, dans le maquis… Mais non.

La pelouse sans clôture était déserte, celle des maisons voisines également. 13 heures, un mercredi de début juillet. Les familles du quartier résidentiel étaient en vacances, les célibataires ou les adultes abandonnés pour l'été par leurs enfants s'ennuyaient derrière les fenêtres climatisées de leurs bureaux.

Tim soupira, se massa le cou. Ils avaient roulé sans s'arrêter ou presque depuis Havre, Montana. Juste le temps de laisser au homard l'occasion de redevenir un humain, à mi-parcours. Les montres de Flora et de Tim étaient réglées sur l'heure des marées de Bretagne Nord, elles sonnaient toutes les six heures quinze, à l'unisson, pour annoncer la réversion du processus de métamorphose. Depuis cinq heures, Shariff était humain, mais à peine moins silencieux que lorsqu'il était enfermé dans l'aquarium. Vautré à l'arrière de la berline, il dormait, ou du moins avait les yeux clos.

Flora, assise à côté de Tim, regardait droit devant elle comme si elle n'osait pas encore tourner la tête vers la maison.

– *Welcome home, miss*, dit-il, d'un ton neutre de gardien de musée.

– Je t'attends là, le temps que Shariff se réveille ? demanda Flora. Ou tu veux que je vienne ?

Elle s'était tournée vers lui et semblait le scruter pour lire sur son visage la conduite à tenir, un moyen de l'épargner.

Mais il ne pouvait, ne voulait rien s'épargner.

Tim était revenu pour retrouver la vérité. John, Geneva et Benjamin Blackhills, étaient morts dans un accident la nuit du 2 juillet, sur la route en revenant de Seattle, lorsque leur véhicule avait quitté la chaussée. Le choc avait tué ses parents. Benjamin Blackhills était peut-être décédé lui aussi sur le coup ; à moins que ce ne fût quelques dizaines de minutes plus tard, lorsque Tim était devenu un grizzly pour la première fois.

L'accident avait précédé et provoqué sa première métamorphose, Tim avait avalé le sang qui coulait de son nez, cassé dans le choc. Il y avait dans le cerveau de Tim un mur blanc, un black-out, entre la sortie de route et le réveil de sa mémoire. Ce qui s'était produit pendant ce laps de temps amnésique justifiait son retour. On avait retrouvé des traces de salive animale et des lacérations sur le corps de Ben : Flora lui avait montré les autopsies piratées dans les archives de la morgue de Missoula.

L'ours avait-il achevé son frère blessé ? Avait-il pleuré un mort ? Tim était ici pour le découvrir, si cela était *humainement* possible.

– J'y vais tout seul, dit-il à Flora. C'est mieux.

Il sortit de la voiture.

La maison, vue du trottoir, lui parut étonnamment petite. Mais l'allée, les arbres, les maisons voisines, rien n'avait changé. Seuls deux véhicules inconnus étaient garés dans l'allée de Mr et Mrs Carpenter, les voisins. À moins que les

Carpenter n'aient déménagé, qu'ils n'aient été remplacés par une autre famille identique, sans histoires, sans drames ; sans métamorphoses ?

Quelqu'un s'était chargé d'entretenir les pelouses. Les volets des trois baies vitrées étaient fermés, il ne les reconnut pas. Il s'agissait désormais de persiennes en métal blanc, peut-être électriques.

Il détaillait tout cela avec un œil froid, analytique, s'en étonnant un peu – mais sans doute était-ce pour se protéger de l'émotion qu'il savait en lui, comme une lame de fond prête à tout emporter. Extérieur à lui-même, il regardait l'orphelin Timothy Blackhills s'approcher de la maison de son passé heureux. Il sentait dans son dos le regard bienveillant mais inquiet de Flora, et peut-être celui de Shariff, sorti de son indifférence. Il ne voulait pas se retourner.

Il avait imaginé qu'il lui suffirait de revenir chez lui pour tout retrouver : il se glisserait dans le garage, par la porte faussée, y prendrait le trousseau qu'ils y laissaient toujours, derrière le matériel d'escalade, il entrerait dans la maison, comme lorsqu'il rentrait de week-end plus tôt que ses parents. La porte du garage n'était plus faussée. Quelqu'un (Mike Banning, l'avocat de la famille Blackhills, *son* avocat, maintenant ?) avait apparemment pris d'autres dispositions. Outre les volets métalliques électriques, la serrure avait été changée ; un petit écriteau signalait un système d'alarme.

—

– Timothy ? Timothy Blackhills ?

Tim entendit la surprise dans la voix de l'avocat quand sa secrétaire l'annonça par l'interphone. Deux secondes plus tard, l'homme ouvrait la porte capitonnée de son bureau et restait figé, les yeux fixés sur lui, la bouche légèrement entrouverte. Il parut finalement se convaincre que son client était réel, en chair et en os.

– Bienvenue, Tim.

Un sourire encore incrédule, mais chaleureux. Tim l'avait déjà croisé une ou deux fois. Mike Banning était un type d'une cinquantaine d'années à l'air ambitieux, à la panoplie *ad hoc*, avec signes de réussite, costume sombre sur mesure, coupe de cheveux sans fantaisie, poivre et sel, hâle bronzé mais sans excès. C'était une chance qu'à cette date il ne soit pas en vacances quelque part en Floride ou en Californie. L'avocat ouvrit plus grand sa porte et s'approcha finalement de lui, la main tendue, en secouant la tête.

– Tim Blackhills. Vous voilà donc revenu d'entre les morts.

Ils s'étaient assis, de part et d'autre du bureau. Banning avait demandé à sa secrétaire de ne pas les déranger pendant au moins une demi-heure et de décaler tous ses rendez-vous.

– Je vous remercie de me recevoir ainsi, Mike, alors que je ne vous ai pas donné signe de vie depuis un an. Je me trompe, ou vous semblez stupéfait de me voir ?

– C'est vrai, Tim. J'avoue qu'avec les événements des derniers mois, je n'espérais plus vraiment vous revoir en vie.

– Les événements ? Quels événements ?

– Ceux qui ont mis en cause l'Institut où vous étiez soigné… L'incendie, et toutes ces révélations sur les trafics d'êtres humains. Et sur le soi-disant professeur McIntyre.

– Je ne vous suis pas très bien…

Tim avait menti par réflexe, sans réfléchir. Mike Banning le dévisagea, l'air surpris et brutalement soupçonneux. Mieux valait peut-être s'en tenir à la vérité, en en dévoilant cependant le minimum, pour s'en faire un allié ? Non. Mentir, mentir toujours.

– En fait, je suis resté dans les Alpes jusqu'en avril. Et je n'ai jamais entendu parler d'incendie, de trafics d'êtres humains ni de révélations concernant le professeur.

– Je vois.

Toujours ce même soupçon sur le visage de l'avocat, mais avec peut-être une nuance amusée.

– Quelqu'un a mis le feu à l'endroit où vous viviez jusqu'en avril. Quelqu'un ou quelques-uns. Au moins six de vos anciens compagnons ont été assassinés. Mais plutôt que de vous résumer les choses en quelques mots, je vais demander à Sarah de vous transmettre les articles concernant les événements que j'ai collectés ces dernières semaines.

Il appela sa secrétaire puis se tourna de nouveau vers Tim.

– Écoutez, Tim, jouons cartes sur table. Il y a eu des dégâts, dans votre Institut. De gros dégâts. Je n'espérais plus vous revoir en vie… J'ai dû dire au FBI que vous aviez été envoyé là-bas, leur transmettre une photo, puis donner mon accord pour que l'hôpital envoie des prélèvements ADN afin qu'on puisse vous identifier parmi les cadavres. Un peu plus tard, j'ai appris que certains témoins vous avaient formellement identifié à partir des photos que j'avais envoyées. Selon eux, vous étiez à Lausanne dans les laboratoires d'Aribert Clauberg, parmi les victimes d'un trafic d'êtres humains, lorsque le scandale a éclaté… L'affaire Clauberg… WarDogs… Vous voyez de quoi je veux parler ?

Une vague dénégation de la tête, qui pouvait aussi bien passer pour une molle approbation. Tim restait dans le flou… Mike passa outre.

– Certains des témoins vous ont également identifié comme complice d'une évasion criminelle dont la principale protagoniste serait une cybercriminelle, Catwoman.

Les témoins dont je vous parle sont policiers, médecins, officiers, et ils sont formels. Se peut-il que vous ne compreniez vraiment pas de quoi je parle ?

– Je vous répète que j'ai quitté l'Institut en avril et qu'à cette date, il n'y avait ni cadavres ni incendie.

Tim s'enferrait dans son mensonge, mais cela n'avait aucune importance, ce n'était pas une déposition. Il se passa une ou deux secondes avant que Banning enchaîne d'un ton dubitatif :

– Je peux être certain de votre franchise ? À moins que vous n'ayez connu un nouvel épisode de black-out ?

– Non, Mike. Je n'ai jamais mis les pieds à Lausanne, ni dans aucun laboratoire. Je n'ai pris part à aucune évasion criminelle. Et vous n'avez aucune raison de me rechercher d'éventuels héritiers, puisque je suis bien vivant.

Le visage de l'avocat indiquait qu'il n'était pas dupe, mais que Timothy Blackhills était son client.

– Je vois… Il me semble alors… Il sera peut-être opportun que vous m'accompagniez à l'agence locale du FBI pour enregistrer une déclaration concernant ce que vous savez de l'Institut. Afin de lever certaines ambiguïtés.

– Je suis suspect de quelque chose ? Je fais l'objet d'une enquête ?

– Non, pas aux États-Unis. Les charges vous concernant à propos de cette évasion criminelle n'ont donné lieu à aucun mandat international de la part des autorités suisses, du moins jusqu'à maintenant. Mais puisque vous êtes vivant, il risque d'y avoir des questions, et éventuellement des développements judiciaires… Et le FBI m'a fait savoir que si vous preniez contact avec moi, il souhaitait vous interroger à propos de cette Catwoman. Ils ont l'air de la considérer comme une criminelle de grande envergure. Mieux vaut donc prendre les devants.

– Comme vous voudrez. Je suivrai vos conseils…

Cette nouvelle était imprévue, elle signifiait que Tim disposerait d'infiniment moins de temps et de marge de liberté qu'il ne l'avait supposé.

– En attendant, je souhaiterais entrer en possession de tous les biens de ma famille, Mike. À commencer par la maison, dont vous avez fait changer les serrures.

– Oui. Une mesure de bon sens, n'est-ce pas, dès lors que je n'avais aucune nouvelle de vous, et que les échos de votre Institut suggéraient des activités possiblement criminelles…

Mike Banning lui adressa un clin d'œil, se retourna, ouvrit son coffre, en sortit un assez volumineux dossier. Il appela de nouveau sa secrétaire et lui demanda de préparer les clés et les documents Blackhills.

Puis, en se tournant vers Tim, il désigna le dossier :

– J'ai engagé les dépenses concernant votre maison sur l'un des comptes qui vous reviennent. J'ai pris aussi l'initiative de faire fleurir la tombe de votre famille, le jour anniversaire de leur décès… C'est-à-dire avant-hier.

Tim tressaillit, comme s'il s'était agi d'un reproche… Avant-hier, il était encore *into the wild*, à une trentaine de kilomètres au sud de la frontière états-unienne, en marche vers Havre et la route 87. Mais Mike n'avait manifestement pas l'intention d'insister, il poursuivait déjà :

– Comme vous avez pu le voir, Tim, du moins si vous avez mieux surveillé vos comptes que l'actualité, j'ai obtenu au mois de mars un conséquent dédommagement du constructeur automobile, du fait des dysfonctionnements des dispositifs de sécurité de la voiture dans laquelle se trouvait votre famille au moment de l'accident. Vous êtes un jeune homme riche, désormais.

Sa situation financière avait été le cadet de ses soucis durant l'année écoulée ; Tim enregistra la nouvelle sans émotion. Jusqu'à ce que son cerveau finisse par entrevoir la piste qu'elle lui offrait.

– Et l'enquête ? Celle qui concerne l'accident ? Le constructeur a essayé de savoir ce qui s'est réellement passé ?

– Sarah va également vous préparer le rapport de la police, celui de notre assureur et le contre-rapport du constructeur, qui ont étayé le procès dont je viens de vous parler. Ce sera prêt dans vingt-quatre heures, le temps de rassembler les pièces. Quant à la drogue… J'avais averti votre responsable légal, là-bas, de l'abandon des charges… Évidemment, j'ignorais alors qu'il serait mis en cause dans cette terrible affaire.

– Il me l'avait signalé, effectivement. Merci pour tout cela. Vous m'indiquerez le montant de vos honoraires, et vous préparerez tout le dossier pour ma prochaine visite, disons dans deux jours ? Ou même dès demain, si vous avez un créneau. Nous parlerons alors de cette entrevue avec le FBI. Pour l'instant, je voudrais juste récupérer les clés… Je compte dormir chez moi.

Ils convinrent d'un rendez-vous pour le lendemain, vers 18 heures. Tim essaya d'atténuer la sécheresse de ses propos. Il ne savait pas pourquoi il adoptait une attitude aussi offensive. Après tout, Mike Banning avait fait son boulot, et même plus. Était-ce simplement parce que ces initiatives l'avaient mis à la porte de chez lui ? Ou à cause du ton que l'avocat avait pris en parlant de McIntyre ?

07.
COUPABLES

Il revint à la voiture, se pencha vers la banquette arrière avant même de remonter.

– Où est Shariff ?

– Dans le coffre, dans son aquarium, répondit Flora. Tu n'as pas entendu ta montre sonner ?

– Pas eu la tête à ça…

Son amie le dévisagea, une question muette dans les yeux : il y avait un problème ?

– Je suis grillé, apparemment. Mon avocat a communiqué mon identité au FBI pour savoir si j'étais mort dans l'incendie de l'Institut. Et des témoins ont reconnu ma photo. Les flics savent que j'étais à Lausanne, au moment de l'évasion.

– Merde, lâcha-t-elle, d'un ton plus ennuyé que catastrophé.

Apparemment, elle s'habituait à l'idée que les choses ne se déroulaient jamais comme prévu, qu'il était somme toute ordinaire d'être recherché par toutes les polices du monde, et que les suspects n'étaient jamais les coupables.

– Ouais, comme tu dis, répondit Tim. Il va falloir que j'aie une entrevue avec le FBI, assez vite, selon mon avocat. Ils veulent m'interroger sur mes relations avec une pirate informatique de très mauvaise réputation…

– Tu choisis mal tes amis, Tim.

– Je choisis mal mes amours. À part ça, j'ai les clés de chez moi.

Il les sortit de son sac, ainsi que le dossier assez mince

que Sarah, la secrétaire de Mike, venait de lui donner, puis passa le bagage sur la banquette arrière.

Shariff nageait dans le coffre et Tim en éprouvait une sorte de soulagement inexplicable. Il sentait qu'il avait besoin d'être seul avec Flora, pour ce qui allait suivre, dans quelques dizaines de minutes. *Back home.* Cette fois, il n'obtiendrait pas de délai supplémentaire. Il sentit la tension monter de nouveau, se tourna vers la jeune fille :

– Tu nous fais la lecture des articles concernant l'Institut pendant que je nous ramène chez nous ?

Le Dauphiné Libéré, 10 mai

« Incendie mystérieux dans le massif du Mont-Blanc.

Quelles activités se cachaient derrière les hauts murs de la "clinique de Lycanthropie" ?

C'est à la suite d'un incendie criminel que les pompiers ont découvert, mercredi dernier, les ruines d'un très vaste domaine, habité sans doute encore récemment, dans un secteur montagnard assez retiré.

[...]

Le domaine semblait abriter une cinquantaine d'habitations, dispersées autour d'un chalet principal, lui aussi incendié. Les pompiers et les enquêteurs n'ont retrouvé aucune trace humaine dans tout le domaine, ni corps, ni documents. Toutes les habitations avaient apparemment été entièrement vidées avant d'être incendiées. Le procureur de la République a indiqué qu'une enquête était ouverte, et que des investigations poussées allaient être entreprises pour déterminer l'identité des habitants de ce domaine, leurs activités, les raisons qui les ont poussés à disparaître en ne laissant aucune trace derrière eux.

Cet "Institut", qui se présentait aux yeux du monde comme

une clinique psychiatrique, était toutefois inconnu des autorités sanitaires et sociales du département. Ses activités relevaient-elles d'un exercice illégal de la médecine, ou d'autre chose ? Selon le procureur, la découverte d'une vingtaine de chambres fortes, ressemblant à des cachots, sous les habitations, laisse craindre que des membres du groupe y aient été retenus de force. […] »

Libération, 12 mai

« *Macabre découverte dans le "domaine des Lycanthropes".*

Cinq morts, et ce n'est peut-être qu'un début. Les gendarmes chargés d'enquêter dans le mystérieux domaine incendié de l'Institut de Lycanthropie ont retrouvé hier les restes de ce qui pourrait être cinq corps humains à quelques dizaines de mètres du chalet principal.

"Deux des corps étaient inhumés soigneusement dans ce que l'on suppose être des tombes, l'une ancienne, l'autre plus récente. En revanche, les trois derniers corps ont été enterrés beaucoup plus rapidement dans une sorte de fosse commune, et la terre avait été remuée fraîchement, ce qui nous laisse penser que leur disparition coïncide à peu près avec la fin de cet Institut", a déclaré le capitaine de gendarmerie en charge de l'enquête. "Nous continuons les recherches pour déterminer la nature des activités, l'identité des habitants et des victimes, les causes des décès", explique pour sa part le juge d'instruction… […] »

La Tribune de Genève, 14 mai

« *Affaire des Lycanthropes. Vers une connexion avec l'affaire Clauberg ?*

La gendarmerie de Thonon-les-Bains affirme avoir formellement identifié le cadavre de Ronald McIntyre, le mystérieux thérapeute qui dirigeait la secte des Lycanthropes, dans le massif du Mont-Blanc. L'homme était recherché dans le cadre d'une instruction ouverte pour homicides, séquestration et incendie volontaire après la découverte par la gendarmerie des restes de cinq cadavres enterrés dans les ruines de son sulfureux Institut de Lycanthropie, ainsi que des caves évoquant des cachots, et cætera.

La police française indique après cette identification que l'enquête pourrait connaître des "développements totalement inattendus, en lien avec une enquête criminelle menée dans la Confédération helvétique, autour d'un trafic d'êtres humains".

[…]

"La connexion entre l'affaire des Lycanthropes et l'affaire Clauberg va nous obliger à réviser entièrement les présupposés et les hypothèses de notre enquête, a indiqué M. Renart, le juge d'instruction. Il est possible que nous ayons affaire à une organisation de trafic d'êtres humains entre la France et la Suisse, et que l'Institut de Lycanthropie ait servi de lieu d'approvisionnement pour Clauberg."

[…]

Les enquêteurs ont ainsi indiqué que Flora Argento, seul "cobaye humain" dont l'identité était connue dans l'affaire Clauberg, aurait été précédemment pensionnaire de l'Institut de Lycanthropie. "Nous avons retrouvé des échanges de courrier entre Ronald McIntyre et les institutions juridico-familiales italiennes, témoignant de l'internement de Flora Argento dans la structure médicale il y a deux ans et demi. Ces coïncidences laissent penser que, selon une très forte vraisemblance, les deux affaires n'en font qu'une."

L'incendie de l'Institut de Lycanthropie s'était produit deux jours après la révélation du scandale WarDogs, le 7 mai dernier. […] »

– *Et cætera*. Fin des conneries…

Flora avait lu les extraits d'une voix monocorde, sautant manifestement des passages entiers et elle avait parcouru certains autres avec une ironie perceptible, notamment ceux qui la concernaient au premier chef. À la fin de ce troisième article, elle se tourna vers Tim :

– Je continue ?

– Non, je ne vois pas ce qu'on apprendrait de plus… La suite est du même tonneau ?

Flora feuilleta le dossier. Les articles étaient classés par ordre chronologique. Ils étaient extraits de la presse européenne, essentiellement française et suisse, mais aussi anglaise et italienne. Elle lut des titres, des légendes de photos, des manchettes racoleuses :

« Affaire des Lycanthropes : un autre massacre ? »

« Les morts du bunker et ceux de l'Institut ont un lien. »

« Une nouvelle connexion Clauberg-Lycanthropes. »

« La secte qui fournissait des cobayes à l'industrie pharmaceutique. »

« La cyberpirate était membre de la secte ! »

Et cætera.

– Oui, le reste est du même tonneau, dit-elle.

Ils savaient déjà tout ce qu'on avait imaginé, ils avaient suivi cela sur Internet, ces trois derniers mois.

08.
HANTÉ

La Toyota de location s'arrêta de nouveau devant le domicile de la famille Blackhills, de l'ancienne famille Blackhills : John et Geneva, Ben et Tim. Tim ne vit aucun véhicule garé devant sa maison, ni les propriétés voisines. Il n'avait pas remarqué de filature, non plus. Était-il déjà surveillé par le FBI ? Non. « Témoin », avait dit Mike. Bientôt suspect ? Paranoïa ?

Flora se tourna vers lui et le surprit :

– Tim… Je suis inquiète pour Shariff… Il ne dit toujours rien, ou presque… Ça fait trois mois. Je pensais qu'en arrivant ici, il retrouverait la parole, mais tu l'as vu, tout à l'heure, dans la voiture.

– Oui.

Il ne savait pas quoi lui répondre. Il avait tout autre chose en tête que le mutisme de Shariff, et ne voyait pas la nécessité d'aborder le problème *maintenant*.

– Je vais rentrer chez moi, Flora. Tu viens avec moi, du moins si tu veux. Mais on s'arrange pour que personne ne voie l'héritier Blackhills pénétrer dans cette maison en compagnie de la « cybertechnohackeuse » de mon cœur que le monde entier recherche.

– Et Shariff ?

– Pour l'instant, il nage.

—

La maison n'était plus qu'un mausolée ; sa vie, son identité profonde l'avait quitté. Mike Banning avait fait appel à une société spécialisée dans ce genre de services, en ce type de circonstances : les meubles étaient recouverts de housses, les placards avaient été vidés. Il s'agissait de la version « appartement témoin » de la maison Blackhills, aussi virtuelle, ordonnée, rangée que celle d'un catalogue.

Même lorsqu'elle partait en vacances, Geneva Blackhills ne rangeait jamais tout à fait son plan de travail, comme s'il avait fallu se tenir prêt à reprendre la cuisine dès le retour : couteau et planches à découper sortis, quelques condiments à côté de la plaque de cuisson, un ou deux torchons prêts à l'emploi. D'aussi loin qu'il se souvienne, Tim avait toujours vu de vieux journaux traîner sur la table basse du salon, si bien qu'on pouvait à tout moment relire l'actualité des six derniers mois, et mesurer le temps qui passe. Il y avait aussi, autrefois, une veste accrochée sur une chaise, des baskets oubliées dans le couloir, un tapis légèrement déplacé ; des livres, surtout, semés un peu partout, témoins des lectures en cours de John et Geneva, de Ben aussi… La mère de Tim combattait ce désordre à sa manière, réorganisant les objets dispersés par son mari et ses deux fils, selon un agencement qu'elle appelait, mystérieusement, l'ordre, et qui pouvait tout aussi bien s'assimiler à un nouveau chaos, régi par d'autres lois. L'ordonnancement actuel ne correspondait, définitivement, à aucun de ceux que la maison avait connus au cours de toutes ces années. Il ne disait qu'une chose : plus personne ne vivait ici.

Ils déposèrent leurs deux sacs à dos dans le salon.

La question de la chambre qu'ils allaient occuper était un peu délicate pour Tim : il n'imaginait pas laisser Flora squatter le matelas de ses parents ou de son frère, ni lui demander de dormir par terre. Et pas davantage passer ses nuits sans elle, désormais. Mais, apparemment, il ne s'agissait pas de rester plus que quelques jours. Les révélations du matin venaient de changer la donne. Ils n'étaient pas là pour prendre leurs quartiers, ils ne s'installeraient même pas quelques semaines, juste le temps… le temps de démêler l'affaire. On avait l'œil sur lui, un œil qui risquait de devenir trop attentif. On finirait par repérer ses amis.

Il faudrait partir très vite. Pouvait-il s'avouer qu'il en ressentait une sorte de soulagement ? Leur place à eux trois n'était pas ici, parmi les meubles de sa famille.

Il retourna à la voiture chercher l'aquarium de Shariff qu'il installa dans sa chambre, puis son sac. Il regarda longuement l'univers d'un étranger, un jeune homme de dix-sept ans mort lui aussi un 2 juillet, l'été précédent. Cette pensée ne l'attrista même pas. Il n'était plus ce qu'il était, voilà tout. À cet instant, Tim comprit enfin, aussi nettement que si quelqu'un le lui avait soufflé à l'oreille : « chez lui » était mort avec ses parents et son frère, dans un accident de voiture, un an plus tôt. « Chez lui » n'existait plus, ou n'était pas ici du moins. Ce soir, il ouvrirait pour Flora et lui le canapé du salon, réservé aux amis de passage.

Plus tard, alors que la nuit tombait, la montre de Tim sonna. Il monta à l'étage.

Shariff venait de reprendre sa forme humaine, et Tim lui résuma la situation.

– J'ignore le degré de surveillance dont je fais l'objet, poursuivit-il, mais ce n'est sans doute pas raisonnable de rester ici plus de quelques jours, peut-être même vingt-quatre heures. Je vais laisser mon avocat prendre contact avec le FBI, histoire que cette promesse de rendez-vous endorme leur suspicion. Et on essaye de faire vite.

– À toi de voir, Tim. C'est toi qui as des choses à régler ici.

Le gamin affectait une indifférence totale sur ce voyage depuis qu'ils étaient montés sur le cargo. Il ne posait pas de question, n'émettait aucune hypothèse. Il se laissait trimballer comme un objet. Un soir, un soir seulement depuis la mort de McIntyre, il avait pris la parole, longuement. C'était à Hambourg. Il leur avait dit que Paul recherchait sa *luxna*. Il leur avait expliqué que selon ses conclusions (convaincantes), c'était Julien qui avait vendu le professeur et Matthew, Julien également qui, sans doute, fabriquait la *Tiger Eye*. Ce soir-là, Shariff avait longuement plaidé parce qu'il ne voulait pas quitter l'Europe. Parce qu'il voulait, disait-il, les retrouver – Julien, Paul, Bjorn, les assassins de son père.

Ils n'avaient pas cédé à ses arguments. Ils avaient embarqué, et le gamin était retombé dans son apathie, son silence. Pour une fois, il fit montre toutefois d'un peu de curiosité, du moins sur un détail :

– C'est ta chambre, l'endroit où je dors ?

– C'était ma chambre, oui. Tu viens dîner ?

09.
DES RITUELS

Mike Banning rappela le lendemain à l'aube.

– Le FBI m'a téléphoné quatre heures après votre départ, Tim. Ils savent que vous êtes aux États-Unis, ils ont appris que vous aviez loué une voiture en utilisant votre carte de crédit. Et ils tracent aussi votre portable. Ils tenaient à m'avertir, au cas où je prendrais contact avec vous.

– Et vous leur avez dit que…

– Oui, je les ai informés de votre visite. Et je leur ai dit que vous étiez disposé à les rencontrer, dans quelques jours, pour répondre à leurs questions. Il m'a fallu donner une date, lundi prochain.

Tim vit immédiatement les erreurs qu'il avait commises. Les retraits bancaires, le téléphone à son nom, le paiement par carte de crédit… Mais il ignorait alors qu'il était surveillé, suspect peut-être. Il pensait que seuls Flora et éventuellement Shariff avaient été identifiés.

– La géolocalisation, la surveillance de mes paiements… C'est une procédure habituelle, pour un témoin, même dans une affaire criminelle ?

– Pas du tout, c'est exceptionnel, confirma Mike. Et je le leur ai fait remarquer, évidemment. Mais apparemment, le fait que vous ayez eu des connexions avec Flora Argento le justifie puisqu'elle représente une menace de première importance pour la sûreté des États-Unis d'Amérique, telle qu'évoquée par le Patriot Act. Ils ont utilisé toute la latitude juridique offerte par la loi antiterroriste.

– Ils risquent de débarquer chez moi avant lundi ?

– Je ne le pense pas. Je leur ai rappelé que, sauf erreur, ils n'avaient rien contre vous, que vous n'aviez *sans doute* rencontré que *très brièvement* Flora Argento, et que vous aviez besoin de quelques jours pour vous remettre, avant de leur livrer un témoignage exhaustif concernant les événements de Lausanne et de l'Institut. Auxquels vous avez *effectivement* pris part, mais à la marge.

Mike Banning parlait calmement, en articulant exagérément et en insistant sur certains mots. Tim comprit : l'avocat lui livrait la version officielle qu'ils allaient servir aux fédéraux. Son avocat, en contredisant sciemment sa propre version de la veille, lui faisait passer un message : ses mensonges étaient trop gros, il devait changer de discours. Et le cabinet Banning s'en chargeait.

Il improvisa une réponse :

– J'ai besoin de me reposer, Mike, et de retrouver mes esprits. Mais je rencontrerai volontiers les agents du FBI en début de semaine prochaine. De toute façon, je ne sais rien concernant cette Flora Argento. Je l'ai croisée dans les labos, j'ignorais son identité, et je l'ai perdue de vue juste après son évasion, dans laquelle j'ai été embarqué par erreur, comme je vous l'ai dit.

L'avocat ne broncha pas et dit simplement :

– Bien sûr, Tim. C'est ce que vous leur expliquerez lundi.

En raccrochant, Tim se demanda si cette comédie servait pour quelqu'un d'autre. Mais la menace « cyberterroriste » justifiait-elle qu'on mette un avocat sur écoute, *via* les grandes oreilles des services secrets, lorsqu'il s'entretenait avec son client ? Si le FBI avait mis en place certains moyens, on ne pouvait totalement exclure cette éventualité, sans doute. Il fut pris d'une bouffée de sympathie pour Banning, et se jura de le considérer désormais comme un allié.

—

Une heure après cet appel, lorsque la plupart des habitants du quartier eurent quitté leur domicile pour les bureaux en centre-ville, Flora et Tim sortirent de la maison avec un luxe de précautions.

Il était relativement simple de surveiller les voitures suspectes, dans cette banlieue à moitié désertée, mais les fédéraux disposaient sans doute de moyens insoupçonnés. Globalement, il ne faudrait pas que la jeune fille sorte dans les jours qui viendraient ; mais Tim ne se sentait pas la force d'affronter seul ce qu'il avait à vivre, maintenant. Ou bien se disait-il qu'il fallait qu'elle voie cela, cet endroit, au moins une fois.

Le cimetière semblait immuable. Les fleurs de l'avocat avaient déjà eu le temps de griller sous le soleil, en trois jours, une composition impressionnante, sûrement, à en juger par sa taille. Il n'était venu qu'une fois sur les tombes de ses parents et de son frère. C'était un an plus tôt, avec le professeur et Matthew, avant d'être initié. Il s'était senti emporté dans un gouffre noir, il avait dû lutter pour ne pas s'effondrer.

Mais Tim n'était plus seul, désormais. Il avait traversé des mois d'une noirceur sans nom, il avait affronté des ennemis intimes et des tueurs bien réels. Il revenait sur la tombe des siens pour leur présenter la jeune fille qu'il aimait et avec laquelle il avait tout enduré. Il posa un caillou de Cypress Hills sur la tombe de ses parents, à la manière des juifs sur leurs sépultures. Les Amérindiens, eux, se tailladaient les membres, parfois, devant leurs morts, pour leur montrer à quel point ils souffraient de les avoir perdus. Tim pouvait comprendre ce geste. Il s'approcha ensuite de la pierre sous laquelle reposait Ben. Il avait pris dans sa chambre le collier qui avait tout déclenché. Le collier des frères de sang. Il le déposa sur la dalle.

Saurait-il un jour ce qu'il s'était passé, entre eux, le 2 juillet ?

Les siens étaient partis. Ils n'étaient même plus des fantômes, n'habitaient plus la maison désertée ; ils dormaient ici. Tim n'y pouvait rien. Ben était mort, qu'il soit coupable ou innocent, que le grizzly y soit pour quelque chose ou non.

Flora ne disait pas un mot, elle non plus. Elle lisait et relisait les inscriptions que portaient les deux pierres tombales, comme pour se convaincre qu'ils avaient existé, qu'ils étaient autre chose que des dates de naissance et cette autre date, le 2 juillet ; elle qui ne les avait connus qu'absents, qui ne les connaissait que par le récit du cauchemar.

– Qu'est-ce que tu vas faire ? demanda-t-elle dans la voiture, au retour. Tu comptes rencontrer les flics du FBI ?

– Je ne crois pas. Tu en penses quoi ?

– On est là pour que tu trouves des réponses à tes questions. Alors, c'est toi qui décides, Tim. Si tu as besoin de temps, on prend le risque.

Elle avait dit cela tranquillement.

– Mais quand il faudra lever le camp, il y aura peut-être une option… Le réseau dont je t'ai parlé, en Allemagne. On peut l'actionner quand il le faudra.

Le « réseau » : Flora avait évoqué brièvement, en effet, une sorte d'amicale, avant d'embarquer à Hambourg, et de nouveau pendant le trajet en porte-containers. Il s'agissait d'un groupe suffisamment secret pour qu'elle ne lui en communique pas le nom, parce qu'il n'en avait pas, qui ne se réunissait jamais et n'existait, de manière informelle, que dans l'esprit de ses membres, qui ne se connaissaient pas. Depuis des années, pourtant, ils se croisaient. Ils agissaient de concert au sein de plusieurs collectifs de hackers, connus désormais comme les Anonymous, ou d'autres beaucoup moins connus. Identifiés par les polices, ou pas. Ensemble, ces hackers représentaient une menace potentielle, d'une puissance immense, pour tous les services informatiques de toutes les entités privées ou publiques du monde. Flora lui avait dit ceci : « Nous n'avons pas de liens, nous ne nous concertons pas, nous ne nous croisons pas. Mais si l'un de nous est dans la merde, la règle non écrite est qu'on l'aide, une fois. On lui permet de disparaître pour éviter que son arrestation ne compromette nos actions communes, et aussi à cause d'une certaine forme de fraternité. Deux fois, déjà, j'ai participé à ce genre d'exfiltration : faux papiers, détournements de comptes bancaires, fabrication informatique de fausses identités complètes, Sécu, casier judiciaire pour que l'un de nous aille se faire oublier. Je suis sûre qu'ils feront la même chose pour Catwoman. Mais c'est un revolver à un coup, Tim. On n'aide qu'une fois un des nôtres, s'il est dans la mouise.

– Je sais, Flora, répondit-il à son amie. Mais on garde ça en dernier ressort, pour la grande évasion. Quand j'aurai fini tout ce qu'il y a à faire ici. Pour l'instant, ça ne sert à rien : je vais devoir rencontrer les témoins, à visage découvert, et si les fédéraux me suivent, ils tomberont forcément aussi sur toi. Ça veut juste dire que nous avons beaucoup moins de temps que nous l'espérions. À moins que...

Il se tourna vers elle.

– Il faudrait peut-être que nous nous séparions, Flora. Que je vous trouve une planque. J'ai peur que les flics ne débarquent chez moi, en dépit de ce que Mike a dit.

– Tu oublies cette idée-là, Timothy Blackhills. Pas question de nous séparer. Et si tu penses que je cours trop de risques, tu en conclus qu'il faut qu'on se tire, *ensemble*...

Elle perdit son air grave, ajouta comme en plaisantant :

– En revanche, puisque les fédéraux risquent de se pointer à l'improviste, autant que je t'accompagne dans tes recherches. Promis, je resterai sagement dans la voiture.

10.
EXTRAITS DU JOURNAL D'INES MINGUEZ (2)

5 juillet

C'est Bjorn qui nous commande, mais c'est Bahlam qui nous domine, c'est lui qui me surveille.

Il voulait que je tue. Il fallait que je tue pour être aussi coupable qu'eux, aussi sanglante.

Il l'a fallu pour que je m'avoue enfin ce que je savais depuis la mort de Kate et Marco. Nous nous sommes trompés. Paul ne nous a libérés de rien et ne nous mène nulle part. Bjorn est un fou sadique, Bahlam un pervers, Paul un illuminé. Que je continue de les suivre et je me perdrai tout à fait, si ce n'est déjà fait.

Pourquoi suis-je revenue parmi eux, pourquoi n'ai-je pas profité de la durée de ma métamorphose pour fuir ? Du moins, ici, parmi eux, suis-je à ma place. Monstre parmi les monstres. Je sais la folie que constitue ce journal. S'ils le trouvent, je suis perdue. Il me faut l'écrire, cependant. Je n'ai plus que ces lignes auxquelles me raccrocher pour continuer de retracer l'histoire d'une âme, en garder le fil : une âme humaine perdue, sacrifiée, une âme qui a tué et ne veut rien oublier de sa férocité, de sa lâcheté, de sa peur. Si je finis par ne plus m'accuser, ces pages le feront. Je redoute tant que leur folie ne devienne la mienne. Est-il possible que je prenne goût, moi aussi, au sang ?

Non, je ne tuerai plus, plutôt mourir.

Ils m'assassineront, je le sais. Je regarde leurs visages, je ne les reconnais plus, comme s'ils m'étaient étrangers.

Ils m'effraient. La plupart d'entre eux ont partagé pourtant ces quatre dernières années avec moi, et j'avais suffisamment confiance en certains initiés pour renier les autres, l'Institut, pour abandonner le professeur qui m'avait accueillie.

Suis-je la seule à avoir conscience de l'impasse dans laquelle nous nous trouvons ? Suis-je la première, ou d'autres pensent-ils comme moi, feignant d'y croire encore, alors qu'ils ont compris, eux aussi ?

Est-il possible au fond qu'ils agissent sans plus réfléchir humainement ? Parmi les douze, je suis la seule à demeurer prisonnière de ma luxna, *je ne peux provoquer à volonté ma métamorphose – les leurs sont devenues tellement fréquentes, l'instinct a peut-être supplanté chez eux l'âme humaine…*

C'est le sentiment que me donnent Marge et Katia. Depuis que nous avons quitté l'Institut, elles sont devenues distantes avec moi, et je dirais même entre elles. Nous ne parlons de rien d'autre désormais : les attaques, la Grande Prédation, les erreurs des flics, les impasses des enquêtes. Ce que chacun a fait en ces circonstances, et pourquoi.

Ils aiment me dire en plaisantant : « Alors, maintenant, tu es des nôtres. » Je me rends compte à cela qu'ils m'avaient mise à part, que leur participation aux crimes et mon « innocence » avaient dessiné un cordon sanitaire autour de moi. Je ressens combien ma culpabilité les rassure et les soulage autant qu'elle m'épouvante.

Leurs preuves d'amitié, désormais que je suis comme eux, me répugnent.

La plupart d'entre eux ne lisent plus une ligne, je me retrouve souvent seule dans la bibliothèque avec Paul qui continue son œuvre de traduction et de recension. Il m'est arrivé de ressentir de la pitié pour lui : il a voulu tout déménager ici, tous ses livres, l'œuvre de sa vie – mais pour qui, sinon pour lui-même ? Je le vois travailler dans cet endroit qu'il a reconstitué. Il continue de chercher… Il ressemble si mal à l'idée de puissance qu'il défend, lui, impuissant à trouver parmi les métamorphanthropies celle qui sera la sienne. Comment procède-t-il ? Comment attend-il la morsure ? Comment essaye-t-il de provoquer les luxna ?

Et si, finalement, il se découvrait bas, très loin, dans la chaîne alimentaire ?

Ces dernières semaines, il a essayé à plusieurs reprises d'engager la conversation avec moi. Je crois qu'il a fini par comprendre que je les fuyais. Peut-être est-ce lui qui a suggéré à Bahlam de m'impliquer. Il est plus fin que tous les autres, il ressent, je le sais, ma sédition, du moins ma trahison intellectuelle. Je ne leur ressemble pas, et Paul ne s'y trompe pas. Ce que je vois dans les yeux de Bjorn, en revanche, m'effraie depuis longtemps. Et moi, suis-je comme les autres, désormais ? Ai-je cette lueur mauvaise ? Et pourquoi suis-je si portée à croire que ces lignes ont une si grande importance, qu'elles sont, peut-être, ce qui pourrait me sauver ?

La Grande Prédation, je l'ai sans cesse en tête, comme eux – mais ces meurtres m'effraient. Dans mon esprit, désormais, les cris de Kate se mêlent à tous ceux que j'ai entendus, à ceux de Matteo Crozzi. Nous sommes devenus fous, tous, ils s'enivrent de la terreur que nous inspirons, et je leur ai ressemblé, au moins le temps d'une nuit.

11. DRUG ENFORCEMENT ADMINISTRATION

Rencontrer l'inspecteur Dennis Warren, fédéral des stups, ne risquait pas de déclencher une enquête, puisqu'elle était en cours. Cette entrevue n'ébruiterait pas le retour de Tim, puisque le FBI en était déjà informé. Il décida de se présenter à la DEA, l'agence fédérale de lutte contre le trafic de drogue, le jour même, une heure après qu'ils étaient revenus du cimetière. Ils avaient pris le temps d'acheter un sandwich dans un *drive-in*, sans repasser par la case « maison Blackhills ». La voiture n'était apparemment pas suivie.

En ce milieu d'après-midi, 15 heures, il entra dans l'agence comme s'il savait où il allait et la secrétaire, à l'accueil, se laissa abuser.

L'inspecteur travaillait à son bureau, derrière une paroi de verre. Il était en bras de chemise parce que l'agence antidrogue n'avait sans doute pas le souci d'offrir la clim à ses fonctionnaires. Un holster pendait à sa hanche, comme s'il s'apprêtait à partir en intervention.

Tim poussa la porte de verre, frappa après être entré. Dennis Warren releva la tête.

– Blackhills ?

Une surprise effarée se peignit sur les traits de l'inspecteur, le même saisissement que celui de Banning. Tim était devenu une sorte de fantôme dont les apparitions provoquaient la stupeur. Du moins, cela indiquait que les fédéraux n'avaient pas prévenu leur collègue de sa présence.

– C'est moi, Warren. Vous recherchez toujours les fabricants de la *Tiger Eye* ?

L'inspecteur de la DEA retrouva ses esprits et feignit l'indifférence.

– La came a disparu du marché, Blackhills. Pourquoi, tu les connais ?

– Oui.

Il fit une pause afin que le flic digère la nouvelle, en lui souriant. Un an après, il ne craignait plus ni les questions de Warren, ni son petit carnet. Il espérait juste obtenir des informations. Warren lui fit signe de s'asseoir, sur l'un des deux sièges libres, devant son bureau. Tim prit son temps avant de poursuivre :

– Les fabricants et les trafiquants de la *Tiger Eye* faisaient partie des pensionnaires de l'Institut de Lycanthropie. Une savoureuse coïncidence, vous ne trouvez pas ? L'enquête finira par l'établir, sans doute, mais je vous donne la primeur de l'info, au cas où ça vous servirait.

Juste après l'accident, Warren lui avait montré un de ces comprimés orange que Julien Charcot fabriquait, d'après les conclusions de Shariff. Cette drogue que Bjorn avait vendue à Kofer pour financer les projets des prédateurs, toujours selon Shariff. Un an plus tôt, Warren avait soupçonné Tim d'avoir tué ses parents et son frère à cause de la *Tiger Eye*.

– Que viens-tu faire ici ?

– Je vous l'ai dit : je viens vous livrer les noms de ceux qui ont fabriqué et qui trafiquaient la came.

– Pourquoi aujourd'hui, et pourquoi à moi ? Tu es prêt à déposer sous serment ?

– Bien sûr que non, je ne suis pas venu pour ça. Je vais être entendu dans un autre cadre, à propos de ma rencontre avec Catwoman lors de notre évasion des labos de Lausanne. Mon avocat a arrangé une entrevue avec le FBI dans les jours qui viennent.

– Et tu veux négocier quelque chose avant de les rencontrer ?

– Non. Je n'ai rien à cacher aux fédéraux, et ce n'est pas votre enquête. En revanche, je peux vous fournir des éléments importants concernant le trafic de la *Tiger Eye*, le nom du chimiste, celui du fournisseur. Vous êtes preneur ?

– Tu veux quoi en échange ?

– Presque rien. Tout ce que vous avez appris concernant la nuit où mes parents sont morts. Et votre intime conviction sur ce qui s'est produit.

– Tu as eu les résultats de l'autopsie ?

– Oui. En détail.

– Ça a un rapport avec les dossiers m'appartenant, que la police suisse a retrouvés dans l'ordinateur de cette Flora Argento ? Elle espionnait pour toi ?

Il y eut de longs instants de défi électrique, pendant lesquels ils se jaugèrent.

– Non. C'est mon avocat qui m'a transmis les résultats.

Tim savait que Mike confirmerait tous ses mensonges, au besoin. Il suffisait de le mettre au courant...

– Alors, que veux-tu de plus ?

S'ils continuaient comme ça, la tension entre eux allait tout gâcher. Il fallait faire baisser la température.

– Simplement votre avis. Votre feeling... Que pensez-vous qu'il s'est passé ? Vous avez beau vous être planté à mon propos, je pense que vous êtes un flic consciencieux.

– O.K. La voiture de tes parents a très probablement voulu éviter un animal, qu'elle a cependant heurté. Sans doute le daim qu'on a retrouvé, et que l'ours a dévoré quelques centaines de mètres plus loin. C'est ce qu'ont établi les enquêteurs du constructeur, ils ont retrouvé des tissus animaux sur le pare-chocs. Ils avaient des moyens plus importants que la police locale, ou même que mon agence.

La vérité, c'est que Warren n'avait demandé aucune

expertise sur l'extérieur du véhicule parce qu'il pensait que le meurtrier avait agi de l'intérieur. Et quand il avait fini par se convaincre du contraire, il avait lâché l'affaire, qui ne l'intéressait plus.

– Donc la bagnole aurait fait une embardée après avoir heurté un daim ? Vous y croyez ?

– Elle a quitté la route parce qu'elle a voulu l'éviter, plutôt. Elle l'a juste frôlé, sinon il serait mort sur le coup. C'est ce qu'ils pensent, d'ailleurs le juge n'a pas retenu la responsabilité du constructeur concernant la sortie de route. Sinon, ton pactole serait encore plus gros...

Oui. Ça collait. Sa mère avait hurlé avant l'accident – avant le black-out. Avait-elle crié en voyant le daim pour prévenir son père ? Ou lorsqu'elle avait compris qu'ils ne pourraient l'éviter ?

– ... Et cela expliquerait aussi la présence du grizzly sur place. Il devait chasser. Le daim, sans doute paniqué, a traversé au moment où la Ford arrivait, la voiture l'a blessé et a versé dans le fossé. Le daim a disparu, l'ours est resté quelques minutes sur place, en tournant autour du véhicule, jusqu'à l'arrivée des témoins.

Le flic jeta un coup d'œil à un carnet qu'il venait de sortir d'un carton rangé dans une armoire métallique. Tim se souvenait de la couleur de ce carnet, des séances d'interrogatoire au cours desquelles Warren ne cachait même pas ses soupçons. Il avait enquêté à charge... Allait-il l'innocenter, finalement ?

L'inspecteur retrouva le nom qu'il cherchait.

– Mr et Mrs Lowry...

Tim aurait pu lui souffler l'information, il avait tant de fois retourné l'affaire dans sa tête. Mais il le laissait faire.

– Ensuite, reprit Warren, l'ours a dû reprendre sa traque et rattraper le daim blessé... En t'emportant avec lui... C'est ce que tu as raconté dans ton délire.

Oui. Tim se rappelait nettement la scène : quand il avait rejoint le daim, l'animal était blessé. Son sang coulait sur les feuilles. Il l'avait rattrapé facilement.

– Et dans la voiture ? Ils étaient morts, tous ?

– Ça, tu le sais mieux que moi, non ? Pourquoi es-tu sorti ?

Il le suspectait toujours ? Il devait refaire une démonstration, lui montrer qui était l'ours ?

– Je n'étais pas… Je l'ignore. Peut-être ai-je eu peur de l'ours ? Peut-être que je cherchais de l'aide ? Je ne me souviens de rien.

– Mon intime conviction est la suivante, Blackhills. Tes parents sont morts tous les deux, tués net dans l'accident. Toi, j'ignore pourquoi, tu as fui. Ton frère… Je n'en sais rien. L'ours l'a saisi, dans ses pattes, *ante* ou *post mortem*. Probablement *ante*, les ours ne s'acharnent pas sur les cadavres, ils ne s'intéressent qu'aux vivants, selon deux spécialistes que j'ai interrogés. D'ailleurs le grizzly n'a pas touché tes parents, d'après l'autopsie.

– Donc, c'est l'ours qui l'a tué. Vos spécialistes sont d'accord là-dessus ?

– Ils n'en savent rien. Peut-être est-ce l'ours, peut-être est-ce la peur de l'ours ? L'animal n'a porté aucun coup mortel, ça, les toubibs de la morgue en sont presque sûrs. Mais il a essayé de saisir ton frère, en revanche, ce qu'il n'aurait sans doute pas fait s'il s'était agi d'un cadavre, même encore chaud. C'est ce que disent mes spécialistes… Donc on peut penser qu'au moment où il s'est approché de lui, ton frère était vivant.

L'ours n'aurait pas approché un mort, sauf si cet ours était aussi le frère de Ben. Sauf si cet ours secouait Ben, essayait de le saisir, parce que dans son cerveau, le petit frère le disputait à l'ours, et qu'il essayait d'embrasser une dernière fois un mort.

– Il n'y a aucun moyen d'être certain, conclut Warren. Et pas davantage de comprendre pourquoi l'ours t'a épargné, toi. Pourquoi il t'a emporté si loin sans te tuer. Les deux éthologues qui ont répondu à mes questions ne comprennent pas…

– Mais vous, vous croyez quoi ?

– Moi, mon job était de vérifier que tu n'étais pas le tueur, Blackhills. Ce dont je suis certain maintenant. Quant à savoir pourquoi tu t'es barré, ce qu'a fait l'ours, et pourquoi il t'a épargné, je n'en sais rien.

Warren donna à Tim le nom et les coordonnées des deux spécialistes des ours qu'il avait consultés. En échange, Tim livra à l'inspecteur les noms de Julien Charcot, Paul Hugo, Bjorn Daehlen, respectivement chimiste, financier, fournisseur. Il donna aussi le numéro de compte sur lequel avait été versée la somme correspondant à la livraison de la came, et le nom du premier intermédiaire de Bjorn : Prince Kofer, trafiquant international, criminel de guerre, exécuté trois mois plus tôt.

– Un mort, hein… Tu étais dans les labos de Clauberg ? Tu sais qui l'a tué ?

– Oui, deux fois oui. Mais je ne vous dirai rien. Ce qui compte pour vous, c'est de savoir que le réseau ShylocK a été démantelé. Si vous faites surveiller le compte du chimiste et de son organisation, vous saurez quand Bjorn aura trouvé un nouvel intermédiaire, s'il en cherche un.

– C'est la fille qui a tué Kofer ? Argento ?

– Je ne vous dirai pas qui c'est, mais ce n'est pas la fille. Flora Argento est innocente de la plupart des crimes que vous lui imputez.

– Comment le sais-tu ?

– J'ai passé presque une semaine avec elle, après l'évasion.

– Tu veux déposer là-dessus ?

– Non. Ça, je le garde pour vos collègues du FBI.

Ce mensonge-là était une pure improvisation, mais qu'importe, cela faisait presque vingt-quatre heures que Tim avait décidé qu'il ne parlerait pas au FBI.

12.
BUREAU FÉDÉRAL D'INVESTIGATION

– Alors ?

– Rien de neuf, Flora. Pas moyen de savoir. La seule chose qui pouvait changer, c'était son intime conviction.

– Logique. Tu le savais. Nous avons eu accès par nos ordis à toutes leurs conclusions. Que vas-tu faire ?

– Je ne sais pas. Chercher. Rêver. Retourner leur parler, devant la tombe…

Garé le long du trottoir, il appela depuis son portable les deux éthologues, qui se souvenaient tous les deux parfaitement de l'enquête – apparemment, les attaques de grizzly contre les humains n'étaient pas si courantes, et moins encore les incursions de plantigrades à l'intérieur d'une voiture accidentée. Leurs conclusions, étayées dans les deux cas par un argumentaire assez savant et quoique contradictoire (ils ne partageaient pas certaines hypothèses concernant l'attitude d'un ours face à un cadavre, l'un des deux pensant que l'ours pouvait se montrer charognard à l'occasion), consistaient à constater qu'ils ne pouvaient rien conclure. L'ours avait pu tuer, ou pas. Il avait pu simplement lécher le sang sur le corps de la victime. Les lacérations telles qu'on les avait décrites ne montraient qu'une chose : l'ours ne se sentait pas en danger et n'avait pas frappé pour tuer – ses griffes auraient pu couper en deux, littéralement, un garçon comme Ben, s'il l'avait voulu.

Tim savait tout cela. Il connaissait parfaitement les blessures que peut infliger un grizzly en colère, mieux sans doute que ces deux chercheurs. Ce qu'il faisait ne rimait pas à grand-chose, sauf à se convaincre qu'il avait tout tenté.

– Leur intuition ne vaut rien, observa Flora. Ils ne peuvent pas mettre l'ours à sa juste place. Et ils ne peuvent pas non plus lui prêter les sentiments, l'esprit qui était peut-être le sien. Tu étais en plein black-out, mais tu ne sais pas si l'ours a simplement pensé comme un ours.

– Et je ne le saurai jamais, selon toi.

– Non, probablement pas. Je pense d'ailleurs que tu t'en doutais…

Elle le regarda, attentivement, tendrement aussi, mais sans illusion. Pensait-elle depuis le début que ce retour était une impasse ?

– Si nous sommes finalement venus pour que tu puisses pleurer tes morts, revoir cette maison vide et ces tombes, cela valait déjà le coup, Tim…

Sur le moment, il lui en voulut d'avoir dit cela. Peut-être parce qu'elle avait raison, sur toute la ligne. Une enquête sans issue, un simple rendez-vous avec des morts ?

Ils restèrent à discuter longuement dans la voiture, puis Tim retourna chez Mike Banning à l'heure convenue pour récupérer le dossier de contre-enquête dont Warren venait de lui parler. Il annonça à son avocat qu'il ne se rendrait pas au rendez-vous avec le FBI. Le quinquagénaire n'eut pas l'air particulièrement surpris. Il prit le temps de ranger un ou deux papiers, de fermer les pochettes des dossiers qui encombraient son bureau, puis il releva les yeux.

– C'est une décision grave, Tim. Ils risquent de vous soupçonner de détenir des informations importantes concernant cette cybercriminelle et de vouloir les soustraire à la justice.

– Oui, je suppose. Et ils auront raison. C'est bien ce que je compte faire.

Le regard de l'avocat venait de changer en un éclair : ainsi donc, aujourd'hui, son client lui disait toute la vérité.

– Vous avez quelque chose à voir dans les meurtres des Alpes, Tim ?

– Non, rien. Et Flora Argento non plus… Mais elle habite chez moi, actuellement, et je ne compte en aucune façon la livrer aux flics. S'ils s'intéressent à moi, ils n'auront qu'à…

– Bien sûr, je comprends.

Banning l'avait interrompu, comme s'il ne souhaitait pas en savoir davantage. Les avocats peuvent-ils être jugés pour complicité ou non-dénonciation de crimes ?

– Dites-moi ce que vous avez décidé de faire, Tim.

– Je vais quitter le pays. Le plus tôt possible. Ce week-end. Je vous demande de liquider tous mes avoirs et de transférer la somme sur un compte bancaire, en Europe. En Suisse.

– C'est illégal, Tim. Vous échapperiez ainsi au fisc américain et…

– Ce serait illégal si je restais vivre aux États-Unis, ce qui n'est pas le cas. Faites ce que je vous demande, voilà le numéro de compte. Et préparez-moi pour demain une somme de 10 000 dollars en liquide, si c'est possible. Vous me verserez l'argent de la vente de la maison dès que vous aurez trouvé un acheteur. Quant à vous, en plus de votre pourcentage sur l'indemnisation versée par l'assureur de Ford, vous garderez 50 000 dollars pour vos honoraires.

De nouveau, l'attitude de Mike s'infléchit en une infime transformation, légèrement réprobatrice, peut-être même vexée.

– C'est une somme très importante. Vous n'avez pas besoin d'acheter mon silence, Tim, je suis votre avocat.

– Je sais. Mais je vous demande également de fleurir la tombe de mes parents et de Ben, chaque 2 juillet, pendant les trente ans qui viennent. Le reste de la somme vous permettra de couvrir vos frais et vous dédommagera.

L'avocat se leva, lissant sa veste par réflexe. La climatisation fonctionnait à plein régime. Tim se rendit compte soudain qu'il grelottait, mais s'efforça de rester concentré sur les conseils de Banning.

– Encore une chose, Tim. Je veux que vous mesuriez correctement les risques que vous allez prendre : vous serez recherché, dans le cadre d'une enquête terroriste. On lancera probablement un mandat d'arrêt contre vous… Cette Flora Argento… Elle vaut vraiment la peine à vos yeux de vous placer dans une situation aussi inconfortable ?

– Elle vaut bien plus que cela.

Une lueur de plaisir brilla dans les yeux de l'avocat, comme le retour d'une espièglerie de sa jeunesse.

– Je vois. Et je vous envie. Bonne chance, alors, mon garçon. Vous en aurez besoin.

—

Tim sortit dans la rue, s'approcha de la voiture de location, jura : Flora n'était plus à l'intérieur. Et elle ne pouvait pas être dans le coffre, comme Shariff la veille… Il lui avait dit de ne pas prendre de risques et elle était partie se balader en ville ?

Il jeta un coup d'œil circulaire pour voir s'il l'apercevait, ouvrit sa portière, aperçut une ombre allongée à l'arrière de la Toyota.

– Démarre, chuchota Flora, comme si on risquait de l'entendre.

Elle était étendue de tout son long sur la banquette. Elle reprit à voix basse :

– Il y a deux Buick derrière toi, qui sont venues se garer

quelques minutes après ton arrivée. Je suppose que ton flic, Warren, a appelé ses collègues.

Tim roula lentement, s'engagea sur la bretelle d'autoroute qui menait à sa banlieue, jetant de temps à autre un coup d'œil dans le rétroviseur. Effectivement, les deux grosses voitures sombres, aux vitres fumées, gardaient toujours la même distance, entre elles et lui. Elles ne semblaient pas chercher à se cacher. Le FBI avait prévenu Banning. Le FBI le filait sans honte. Les fédéraux voulaient qu'il se sache surveillé – ils n'iraient pas plus loin ? Tim sentait monter cette paralysie qui l'avait déjà saisi plusieurs fois, au moment d'agir dans l'urgence.

– Qu'est-ce qu'on fait ?

– On garde son calme, dit Flora. Si tu les emmènes chez toi, il y a de bonnes chances pour qu'ils ne pensent pas à fouiller immédiatement la bagnole. Je trouverai un moyen de leur glisser entre les pattes pendant qu'ils t'interrogent. Mais si tu continues à rouler au pas, ils vont se poser des questions et nous interpeller sur la route.

– Et Shariff, il en est où ?

– Il est en homard depuis quatre heures. On n'inculpe pas un crustacé.

– Ouais… Mais s'ils restent plus de deux heures chez moi ?

– Alors, on sera vraiment dans la merde.

Il se gara le long du trottoir, de l'autre côté de la route, sortit de la voiture en la fermant à clé, traversa comme si de rien n'était. Les fédéraux le rejoignirent alors qu'il s'apprêtait à ouvrir sa porte.

– Timothy Blackhills ? FBI.

Il inspira un grand coup, se retourna vers eux en se composant un air calme. Il y avait quatre agents. Plus un autre, debout à côté des Buick, accompagné d'un jeune homme en tee-shirt qui n'avait pas l'air d'un « man in black ». Un indic ?

– Je croyais que nous devions nous voir lundi prochain, messieurs. Mike Banning, mon avocat, vient de me dire que…

– Vos ordinateurs, Mr Blackhills. Tout de suite.

Les hommes en noir procédèrent à une fouille en règle de la maison, en commençant par le rez-de-chaussée. Un à un, ils trouvèrent et apportèrent dans le salon trois ordinateurs : l'un des deux petits Mac qu'ils avaient achetés à Milan pendant leur fuite ; l'ordinateur portable de son père, qui avait pris la poussière ; son propre ordi abandonné dans sa chambre depuis un an, une machine assez obsolète, unité centrale en tour et écran plat.

Le jeune type chevelu, en tee-shirt rouge et vieux jeans, était entré après les fédéraux avec le dernier agent. Il s'assit devant les ordinateurs, pendant que deux hommes du FBI s'étaient installés en face de Tim, sans guère d'explications. Les autres continuaient la fouille, à l'étage. Leur chef annonça finalement :

– Mr Dvorjik, qui nous accompagne, est expert en contre-piratage. Il se livrait autrefois aux mêmes activités criminelles que votre amie Flora Argento, et sera parfaitement capable de reconnaître sa signature.

Tim songea à cet instant que le second Mac, celui que Flora utilisait le plus souvent depuis deux mois, était resté dans la voiture, dans le sac de la jeune fille. Il ne sut si c'était une bonne nouvelle ou l'annonce de la catastrophe. Devant son clavier, Dvorjik le renégat s'était mis à pianoter, assez fébrilement.

Là-haut, quelqu'un cria :

– Capitaine, il y a un homard dans la baignoire…

– Oui, expliqua Tim, calmement. J'ai pris en Europe

quelques habitudes de luxe concernant la gastronomie. Il y a une nouvelle loi fédérale dans le Patriot Act qui prévoit de punir la dégustation de homard ?

Au bout d'une heure et demie de fouille de plus en plus tendue, presque silencieuse, seulement troublée par le crépitement du clavier, le jeune type en tee-shirt rouge repoussa le petit Mac et constata :

– Il y a une autre machine avec laquelle celle-ci a travaillé en réseau. Le cœur du système, les infos piratées sont sans doute sur l'autre bécane. Je ne retrouve pas la signature qu'on a identifiée sur l'ordi suisse.

Les deux agents se tournèrent vers leur chef, qui regarda Tim. Warren avait déjà parlé tout à l'heure de cet « ordi suisse », la machine de Flora que Clauberg avait envoyée à la police pour incriminer la jeune hackeuse. Et que, manifestement, le FBI avait auscultée. C'était donc cela qu'ils cherchaient, des similitudes de *modus operandi*…

– Je ne sais pas de quoi parle votre expert, dit-il. Et j'ignore également si votre façon de procéder est parfaitement légale, messieurs.

– Elle l'est. Vous avez entretenu des liens, en Europe, avec une terroriste et cybercriminelle connue sous le nom de Flora Argento, alias Catwoman.

– C'est exact. Et je ne vous dirai rien à ce sujet en l'absence de mon avocat. Nous avons pris rendez-vous lundi pour en discuter, je crois ?

– Nous ne souhaitons pas que vous ayez le loisir de détruire avant ce rendez-vous certaines données informatiques qui nous permettraient de retrouver Flora Argento. Et la législation antiterroriste nous autorise à fouiller un domicile en cas de menace identifiée. Où est le deuxième ordinateur, Mr Blackhills ?

– Ma foi…

S'ils restaient ici encore trois quarts d'heure pour en discuter, ils trouveraient le suspect Shariff McIntyre à poil dans la salle de bains. On les embarquerait tous les deux, et on fouillerait la voiture. Mais s'il les emmenait maintenant à la voiture, ils tomberaient sur Flora Argento. Sauf si Flora avait pu fuir, comme elle l'espérait. Avaient-ils laissé des agents dehors ?

– Je… J'ai dû le laisser dans la voiture.

Il sortit, encadré par deux agents à l'allure parfaitement dégagée, mais qui ne lui laissaient pas un mètre de liberté. Il vit des visages aux fenêtres de deux maisons, en face. Il s'approcha de la voiture. Il sentait la sueur dégouliner dans son dos.

Il prit la clé dans sa poche, la tourna dans la serrure. Il constata avec soulagement que le véhicule était déjà déverrouillé alors qu'il était certain de l'avoir fermé à clé. Il ouvrit en grand la porte côté conducteur, jeta un œil à l'intérieur pour confirmer son intuition. Personne. Elle était sortie, Dieu merci.

– Mon sac est sur la banquette arrière. Je suppose que vous voulez le prendre vous-mêmes ?

—

Flora les vit retourner à la maison avec le petit sac noir. Elle s'efforçait de ne pas bouger d'un centimètre. Immobile sous la voiture, elle avait une chance de disparaître dans son ombre.

—

Le contre-pirate en tee-shirt ouvrit le second Mac qu'ils venaient d'extraire du sac, commença de pianoter, s'interrompit, jura. Il recommença deux ou trois fois et jura de nouveau.

– La bécane est inopérante, capitaine. Quelqu'un a détruit le système, irrémédiablement. C'est comme si cette machine n'avait jamais fonctionné.

– Vous pensez pouvoir rétablir des données, vérifier si elle a pu servir à des activités ?

– L'ordi ne marche plus, interrompit Tim. Il s'est éteint tout seul, après un échange de mails. Je m'apprêtais justement à l'emmener chez le réparateur, c'est pour ça que je l'avais laissé dans mon sac.

Les fédéraux continuaient à fouiller le sac noir. Ils sortirent l'épais dossier de l'assureur que lui avait transmis Mike et qu'il avait donné à Flora, au moment de démarrer.

– De quoi s'agit-il, Mr Blackhills ?

– De la contre-enquête réalisée par l'assureur concernant l'accident dont mes parents ont été victimes l'année dernière. Comme Warren a dû vous le dire, je suis revenu pour découvrir la vérité sur ce drame. Ce qui n'est pas illégal, il me semble.

Le fédéral ne chercha même pas à nier qu'il avait eu des informations auprès de l'inspecteur de la DEA. Échange de bons procédés, sans doute.

– Mr Blackhills, je vous pose la question : Flora Argento, alias Catwoman, a-t-elle pu avoir accès, récemment, à ces deux ordinateurs que vous transportez avec vous ?

– Pas que je sache… Mais j'ignorais tout de son activité, je… Et puis merde : si vous voulez que nous en parlions, prévenez mon avocat. Et emmenez-moi dans vos bureaux, puisque la loi antiterroriste vous y autorise.

Dix minutes, il ne devait pas rester plus de dix minutes avant la marée.

– Je vais devoir les réquisitionner, ainsi que votre smartphone, Mr Blackhills. Vous êtes conscient que votre silence pourra être retenu contre vous, si nous découvrons d'ici lundi des éléments compromettants dans ces ordinateurs ?

– J'en suis parfaitement conscient. Je n'ai rien à me reprocher, monsieur.

Il ne cillait pas. Il se demandait si tous les coupables s'efforcent de ne pas ciller, si c'était précisément un indice de culpabilité éloquent pour un flic bien entraîné et suffisamment observateur. Il cilla.

– Dois-je appeler mon avocat tout de suite, capitaine ? Vous faites déjà des heures supplémentaires…

– Ce ne sera pas utile. Nous procédons à un dernier tour d'horizon et nous vous laissons, Mr Blackhills.

Ils cherchèrent un ordinateur qu'ils auraient oublié, par acquit de conscience, ou pour ne pas lui laisser le bénéfice du premier round. Ils s'avouèrent vaincus huit minutes plus tard.

Le dernier agent descendait l'escalier au moment où la montre de Tim sonna.

– J'aurai énormément de questions à vous poser lundi, Mr Blackhills.

– Je compte bien y répondre, capitaine. Dans la mesure de mes moyens.

Tim ouvrit la porte, lançant un coup d'œil à sa voiture, de l'autre côté de la pelouse et de la route.

– À lundi, Mr Blackhills.

—

Flora attendit presque cinq minutes, après la disparition de la dernière Buick, pour se glisser hors de sa cachette.

La nuit était tombée. Au même moment, Tim et Shariff, qui avaient respecté eux aussi un délai de prudence, se précipitaient dehors à sa recherche.

13.
FUIR, DE NOUVEAU

Flora s'assit dans le canapé. Elle était trempée de sueur, noire de cambouis, radieuse.

– Le type au tee-shirt rouge... C'était Dvorjik, un enfoiré que le FBI a retourné pour nous donner la chasse.

– Je sais, approuva Tim. C'est ce que m'a dit leur chef.

– Il a réussi à rebooter la bécane ? Quand je l'ai vu entrer avec eux, j'ai compris ce qu'ils voulaient et j'ai programmé la destruction totale des données. Mais c'était du travail d'urgence...

– Pour l'instant, ça a eu l'air de marcher, Cat', sourit-il. Mais Dvorjik avait l'air d'espérer pouvoir retrouver des choses.

– Hmm... Peut-être, j'ai eu peu de temps pour tout effacer. Mais ce que j'ai semé là-dedans en vingt minutes peut aussi lui véroler tous ses systèmes, quand il essaiera de le mettre en réseau sur une autre machine.

Elle souriait, sûre d'elle-même, ne doutant visiblement pas de l'issue du duel à distance entre les deux hackers.

– N'empêche que c'était moins une sur les deux fronts, dit Tim. Il faut qu'on se casse. Maintenant. Tout de suite.

– Pas toi, dit Flora. Toi, tu as encore des trucs à chercher, ici. On va aller se planquer en t'attendant.

– Non, Flora. Tu as fixé les règles, on ne se quitte pas. Et tu as raison, je fais fausse route ici. J'ai eu le temps d'y réfléchir pendant mon heure et demie en face des fédéraux. Cette nuit, on cherche un motel, on reste encore deux jours sur place, le temps de récupérer mon fric, et on se tire.

– Mon avis intéresse l'un d'entre vous ? demanda Shariff.

—

Ils trouvèrent une chambre à vingt kilomètres de la ville. Ils n'avaient qu'un passeport valide, celui de Tim, qu'il dut présenter à la réception – autant dire que si le FBI lançait une recherche, on les retrouverait dans les deux heures.

Flora et Shariff se glissèrent en douce dans les deux chambres réservées, dont l'accès était possible depuis l'extérieur. La jeune fille suggéra à Tim de repasser chez lui pour rassurer les fédéraux s'ils venaient jeter un œil.

– Tu n'as qu'à revenir ici vers 2 heures du mat'. Je te donne ta permission pour la soirée, beau brun, dit-elle en souriant.

Elle montra la cloison de l'autre chambre, celle dans laquelle Shariff boudait déjà.

– Tu as vu sa réaction, tout à l'heure ? Il faut qu'on fasse quelque chose pour lui…

– Et quoi, à ton avis ? Il ne veut pas être ici… Les seules fois où il dit deux mots, c'est pour nous rappeler que les assassins de son père courent toujours. Tu veux aller régler leur compte à Julien et à Paul, juste pour que le gamin retrouve l'usage de la parole ?

14.
LE PRIX DES SOUVENIRS

L'orage éclata au moment où Tim revenait « chez lui », vers 23 heures. Cette fois, il gara la Toyota dans la contre-allée. Pas de Buick noire en vue. Il n'avait aucune envie de pénétrer dans la maison.

La pluie, violente, l'isola bientôt du dehors. Il distinguait à peine, à travers les rigoles d'eau, ce qui s'y passait. Et nul ne pouvait voir ce qu'il faisait dans sa voiture. Il alluma le plafonnier, sortit de son sac les documents que Mike lui avait remis. Il ne voulait pas les étudier devant Flora. Il lui en voulait encore de son avis définitif sur ses recherches, même s'il savait, au fond, qu'elle avait raison et qu'il était vain de chercher à les poursuivre.

L'enquête de l'assureur puis la contre-enquête du constructeur s'étaient concentrées sur les circonstances de l'accident du 2 juillet et les raisons de l'incendie. Pourquoi la voiture avait-elle quitté la route ? Pourquoi les dispositifs de sécurité ne s'étaient-ils pas déclenchés ? Pourquoi le feu avait-il pris si rapidement ? Trois morts, cela représente énormément d'argent, des enjeux considérables lorsqu'il s'agit d'envisager une indemnisation, des intérêts exigeant des moyens parfois supérieurs à ceux d'une enquête de police ordinaire. On avait poussé les analyses sur la carcasse du véhicule. Tim eut la confirmation de ce que lui avait dit Warren : la voiture avait heurté un animal, ce qui expliquait qu'elle ait fini dans le fossé. Les tissus retrouvés sur le pare-chocs étaient impossibles à analyser, mais compte tenu de l'impact, il s'agissait probablement d'un gros mammifère.

Le cri de sa mère, avant le choc, l'avait tiré de son sommeil, il l'avait parfaitement en mémoire. Mais ensuite, c'était le mur, le mur blanc.

Pour le constructeur, le daim expliquait l'accident. Il dédouanait également Tim de la mort de ses parents. Il avait saigné du nez *parce que* l'accident s'était produit. La présence du grizzly n'était donc pas la cause du choc, mais sa conséquence.

Les airbags ne s'étaient pas déclenchés, disait l'enquête. Le conducteur et la passagère installée à ses côtés étaient morts sur le coup. C'était la raison principale de l'indemnisation obtenue par Mike Banning.

Les mains de Tim tremblaient, les feuilles du rapport tremblaient entre ses mains.

La dernière partie s'intéressait à la portière arrière droite. C'était une question essentielle pour l'indemnisation parce que le plaignant avait été éjecté et souffrait de différents traumatismes à cause de cette circonstance, dont une amnésie partielle.

Au vu des restes du véhicule et de l'état de la charnière, les experts concluaient que cette portière ne pouvait pas s'être ouverte seule lors de l'accident. Même dans l'hypothèse qu'elle aurait été défectueuse, ils ne comprenaient pas ce qui avait provoqué son arrachement. C'était comme si une force colossale avait exercé une pression sur elle, *de l'intérieur*. Un être humain blessé n'aurait jamais pu faire cela. Un grizzly, peut-être, mais l'ours se trouvait à l'extérieur, et il fallait donc qu'il n'ait pénétré dans l'habitacle qu'après, alors que Tim Blackhills avait déjà été éjecté. Les experts ne concluaient pas, incapables de trancher les responsabilités sur ce point. Ils ne pouvaient chiffrer le préjudice de l'amnésie de Timothy Blackhills, faute de coupable. Quel prix pour le mur blanc ?

Flora avait raison : personne ne mettait jamais l'ours à

la bonne place. Les dizaines de pages d'enquête, de contre-enquête, de conclusions et d'hypothèses ne servaient à rien. Et Tim devait admettre que sa propre enquête ici touchait déjà à sa fin parce qu'il fallait fuir. Il ne trouverait rien. Et il fallait aider Shariff, trouver un moyen de le sortir de sa dangereuse rumination. Chaque fois qu'il revenait de ses six heures quinze dans l'eau salée, ils le retrouvaient plus sombre, plus amer, plus caustique. Le gamin était en train de se perdre. Mais que faire ?

Plutôt que de rentrer « chez lui » pour laisser la maison allumée pendant deux heures comme il l'avait prévu, Tim introduisit la carte électronique dans le contact puis dirigea la voiture vers le cimetière. La pluie n'avait pas cessé, elle tambourinait sur le métal de l'habitacle, sur la vitre du pare-brise. Il escaladerait le mur d'enceinte, si le cimetière était fermé la nuit. Il était temps de dire adieu aux siens. Il était temps de partir.

Il ne pourrait jamais savoir, sans doute, mais il pourrait peut-être guérir.

15.
SYNDROMES

Quand il rentra au motel, la lumière était toujours allumée dans la chambre de Shariff. Il frappa et entra sans attendre de réponse. Le gamin ne dormait pas, étendu sur son lit, abat-jour tamisé sur sa table de nuit, les yeux absorbés par le plafond dans une contemplation immobile.

– Salut… Demain, j'ai besoin de toi, Shariff. C'est toi qui prends le contrôle, et qui assures ma sécurité.

– À quelle heure ? Tu as besoin d'un homard ou d'un mômc ?

– Si je te dis que c'est le samouraï qu'il me faut ?

Shariff sourit, brièvement, tristement.

– Alors laisse tomber… Le samouraï sans son daimyo n'a plus qu'à se suicider… *Seppuku*, tu connais ? La voie de l'honneur…

Tim ne sut quoi répondre à cet aveu de désespoir. Il esquiva :

– Arrête de regarder le plafond, gamin, ça ne te réussit pas.

—

Le lendemain, Tim quitta la chambre du motel à une heure matinale, sans avoir dormi, et dirigea le véhicule vers le centre hospitalier de Missoula. Il se gara sur le parking réservé aux personnels soignants, et attendit. Une demi-heure plus tard, il vit l'homme qu'il guettait sortir de sa grosse berline. Il s'approcha, rapide et silencieux, pour le prendre par surprise. Trois minutes d'entretien, il avait besoin de trois minutes à découvert – un risque raisonnable.

– Moresby ? Docteur Moresby ? Je dois vous parler.

– Oui, je… Timothy Blackhills ? Tu… ?

Le psychiatre s'était retourné et il le dévisageait.

– Oui, doc, je suis revenu de cet Institut où vous m'aviez envoyé. Les flics ont eu l'occasion de vous interroger là-dessus ?

Tim espérait avoir mis dans son ton suffisamment de familiarité, d'allusions et de menaces voilées pour prendre l'ascendant sur le psychiatre qui l'avait soigné, le premier, après l'accident.

– Je… Le FBI m'a interrogé, Tim. Je leur ai dit tout ce que je savais sur McIntyre, et sur l'Institut… C'est-à-dire pas grand-chose… Je ne pouvais pas imaginer que…

– Vous n'avez rien à vous reprocher. C'était effectivement l'endroit parfait pour que je comprenne ce qui m'était arrivé. Mais j'ai besoin d'en savoir davantage sur la nuit où mes parents sont morts. Et j'ai besoin de vous pour ça.

– De… De moi ?

– Oui. Maintenant. Les flics savent que je suis revenu, ils vont me poser des questions. Je ne voudrais pas avoir à exagérer votre rôle dans un trafic de malades vers la France.

La menace était explicite, cette fois, mais Tim l'avait lancée sur un ton enjoué.

– Vous appelez votre service, vous leur dites que vous serez absent aujourd'hui. Ensuite, vous me donnez votre portable et nous prenons votre voiture.

Ils montèrent dans la berline, à l'abri des regards. Tim avait pris place à côté du médecin, qui sortit la clé de contact.

– Attendez avant de démarrer et écoutez-moi attentivement, doc. J'ai parlé avec Dennis Warren… Le flic de la DEA, vous vous souvenez ? Celui qui voulait me faire croire que j'avais assassiné mes parents il y a un an. Apparemment, il n'a pas digéré la façon dont vous m'avez envoyé en Europe, à son nez et à sa barbe…

Bluff. Demi-vérité.

– … Il ne demanderait pas mieux qu'un témoignage de ma part, attestant que vous m'avez menti sur les singulières caractéristiques de ma destination.

Tim se retourna vers le psychiatre avec un sourire narquois. L'homme transpirait, les mains en appui sur le volant. Tim vit que les ailes de son nez battaient fébrilement.

– Tu… Tu lui as dit que je t'avais laissé le choix, n'est-ce pas ? Et que je croyais sincèrement qu'il s'agissait d'un centre de soins ?

– Je ne lui ai rien dit du tout. Ni dans un sens, ni dans l'autre. Mais je dois voir lundi les flics fédéraux chargés de coordonner l'enquête sur les quatre disparus américains de l'Institut, et je peux être plus bavard.

– Pourquoi ferais-tu… ce mensonge ?

– Parce que vous avez commis une grosse erreur. Vous m'avez fait transférer à l'Institut sans vérifier certaines dispositions légales, obligatoires… Comme vous assurer que McIntyre était un vrai médecin, par exemple.

Les ailes du nez se mirent à battre plus vite encore. Tim poursuivit posément :

– Je peux aussi rassurer Warren et dire la vérité : vous ignoriez tout ce qui se passait là-bas. Je peux même expliquer que j'ai insisté pour partir, en dépit de vos réticences… Vous vous en tirerez avec un blâme pour négligence, surtout que je ne suis pas mort dans l'aventure.

– Qu'est-ce que tu veux, Tim ? De l'argent ?

– Non. Je suis riche. Mais je veux que vous passiez

chercher vos notes concernant mon dossier et qu'ensuite on aille là où je vous l'indiquerai. Et je veux que vous vous montriez très, très coopératif avec moi, sinon je risque de déraper devant les fédéraux.

Le psychiatre mit la main à la clé pour lancer le contact :

– Vous n'oubliez pas quelque chose ? Mon dossier ?

– Il n'est pas ici, à l'hôpital. Quand le FBI est venu me voir, j'ai préféré... Je l'ai achevé dans mon cabinet, en ville. Mais les radios et l'IRM sont ici, si tu veux.

– Non. Ce qui m'intéresse, ce sont vos notes. Alors on y va.

Ils se garèrent devant le cabinet. Tim signifia à Moresby qu'il lui donnait cinq minutes, pas une de plus, et que si les flics débarquaient, c'est le psychiatre qui avait le plus à perdre. Moins de trois minutes plus tard, le médecin transpirant réapparaissait.

– Donnez-moi le dossier. Et suivez mes instructions. Direction la sortie est de la ville.

Tim feuilleta la liasse assez épaisse, rangée dans une pochette rouge. Des copies d'actes médicaux, d'ordonnances, de prescriptions. Des dizaines de pages de notes, dans une écriture de pattes de mouche. Il saisit quelques mots au hasard, ceux qu'il s'attendait à trouver, en fait : amnésie, black-out, schizophrénie, épisode traumatique, amnésie lacunaire, encore, zoopathie, décompensation... Pour le reste, il avait besoin d'un traducteur.

– Ne vous en faites pas, docteur Moresby. Je n'utilise ces moyens expéditifs que parce que je suis pressé, très pressé. Si vous faites ce que je vous demande, votre vie reprendra un cours parfaitement normal dès ce soir.

Il sentit à un imperceptible relâchement des épaules que le psychiatre le croyait, du moins qu'il essayait.

– O.K., suivez la rocade à droite ici et, ensuite, vous

prendrez la première à gauche, docteur. Et vous continuerez pendant vingt kilomètres.

Ils roulèrent pendant deux heures, le temps que Shariff revienne parmi les humains. De rocade en rocade, effectuant parfois des demi-tours, Tim avait eu le temps de s'assurer qu'ils n'étaient pas suivis. Moresby se gara finalement à 11 heures dans l'allée du motel par laquelle on accédait directement aux chambres sans passer par la réception. Tim l'avait choisi pour cette raison.

Il frappa à la porte de Shariff, qui ouvrit aussitôt, comme s'il avait attendu tout ce temps juste derrière. Flora avait ordre de rester dans l'autre chambre jusqu'au départ du médecin, mais Tim avait besoin d'un assistant pour ce qu'il voulait accomplir : quelqu'un devait surveiller Moresby pendant que lui serait sous hypnose, si hypnose il y avait.

– Bon, asseyez-vous sur le lit, je prends la chaise. Vous reconnaissez Shariff McIntyre ? Vous avez dû le voir sur les photos que vous ont montrées les flics à propos des laboratoires de Lausanne.

Moresby hocha la tête, puis, hésitant, posa la question qui s'imposait :

– Shariff… McIntyre ?

– Oui, c'est le fils du professeur. De notre ami le professeur.

Le gamin prit la parole sèchement :

– Dites-vous bien, pour commencer, que tout ce que vous avez entendu ou lu à propos de McIntyre ces dernières semaines n'était que pur mensonge. Des conneries.

Shariff toisa ensuite Moresby, qui n'osait plus ouvrir la bouche.

Tim revint dans la chambre, depuis la kitchenette ouverte, avec un plateau sur lequel il avait posé trois tasses, une bouilloire, du café lyophilisé, du sucre.

– Mais nous ne sommes pas ici pour parler de l'Institut,

dit-il. Ce dont j'ai besoin, aujourd'hui, c'est des informations dont vous disposez et que vous m'avez cachées concernant l'accident. À vos yeux, j'étais un malade, docteur Moresby. Avez-vous décidé de me dissimuler certaines choses que vous auriez transmises au professeur ? Voire de les garder pour vous seul ? Rappelez-vous, faites un effort, relisez vos notes au besoin.

—

– Je pense que tu souffres d'un syndrome de stress post-traumatique, Tim. Exactement comme un soldat de retour du Golfe. Tu as vécu une expérience traumatisante, que ton cerveau a refoulée dans une stratégie d'évitement, au point de provoquer une amnésie lacunaire de tous tes souvenirs liés à la nuit où s'est produit l'accident.

– Non, pas de tous. J'ai des images. Et des cauchemars.

– Oui, des images incohérentes, et des cauchemars inexploitables. Il s'agit de phénomènes d'intrusion paradoxale. Tu revis l'angoisse dont tu as été le sujet, ton cerveau rappelle ces images sans pouvoir les refuser, tout en souhaitant les éviter. D'où un phénomène de dissociation mentale.

– O.K., ça, c'est votre théorie… Mais si ces images disaient la vérité ?

– C'est strictement impossible, du moins si j'en crois les cauchemars que tu m'as racontés.

– Vous disiez qu'il s'agissait de lycanthropie.

– J'ai révisé mon diagnostic… À mon avis, sauf si tu m'indiques de nouveaux épisodes de black-out, c'est un syndrome posttraumatique.

– Et les images d'animaux, alors, vous en faites quoi ?

– Dissociation mentale. Schizophrénie, en un sens, mais sans décompensation.

– Et si je vous disais que je suis vraiment devenu un ours, docteur Moresby ?

L'autre le regarda avec un intérêt nouveau, sans aucune peur, comme un spécialiste de psychiatrie doit observer un beau cas. Tim comprit qu'il ne servait à rien de poursuivre dans ce sens. Il fallait ramener Moresby sur un terrain où il pourrait être utile.

– Donc, ce syndrome de stress posttraumatique… ça se soigne ?

– Disons qu'on peut agir sur les symptômes. Le syndrome lui-même ne se guérit pas forcément, surtout dans les cas lourds où il a provoqué amnésie et dissociation. Il est strictement impossible de savoir si les souvenirs concernant cette nuit te reviendront un jour, Tim, et ce qui permettrait de les faire affleurer. Du moins en l'état actuel de nos connaissances sur l'amnésie.

– L'hypnose ?

– Inutile. L'hypnose permet éventuellement de révéler des choses que ton surmoi aurait censurées, par crainte, honte ou incapacité à les nommer. Mais en matière d'amnésie, les résultats sont presque nuls. D'autant plus dans un cas comme le tien : il est possible que sous hypnose, tu rappelles à ton esprit des cauchemars obsessionnels plutôt que tes souvenirs. Et si des phénomènes de dissociations se manifestent, l'hypnose pourrait même s'avérer dangereuse pour ta santé mentale. En aggravant la schizophrénie.

– Le professeur McIntyre disait pourtant que sous hypnose, on pouvait…

– McIntyre était un imposteur, Tim. Il n'était pas psychiatre. Peu importe ce qu'il t'a promis, il est…

– Shariff, du calme.

Moresby se retourna. Shariff s'était approché de lui par-derrière. Son visage était défiguré par la colère.

– Le docteur Moresby ne peut savoir qui était ton père,

Shariff. Il ne peut mesurer l'étendue de sa propre ignorance, et l'immense savoir du père de l'Institut. Et nous ne pouvons lui en donner aucune idée.

Moresby les regardait de nouveau avec crainte, comme s'il pensait avoir affaire à des adeptes incurables d'une secte, des esprits endoctrinés. Tim réalisa que, pour qui n'avait pas connu McIntyre, ses propos pouvaient donner cette impression. Peu importait, au fond.

– Savez-vous pratiquer l'hypnose, docteur ? demanda brusquement Shariff.

– Je… Je t'ai dit que…

– Répondez à ma question. Savez-vous la pratiquer ?

– Cela m'est arrivé, effectivement, il y a longtemps. Dans le cadre de thérapies expérimentales.

– Très bien, dit Tim. Alors nous allons expérimenter. Maintenant.

16.
HYPERCONSCIENCE

Aussitôt que Moresby eut focalisé son attention, dès que Tim eut été plongé dans cet état si singulier de semi-conscience (ou d'hyperconscience) qu'on appelle l'hypnose, les souvenirs qu'il appela à la surface de sa mémoire montèrent.

On était le 2 juillet. Tim vit l'ours. L'animal s'approchait de la voiture, tournait autour de la Ford accidentée, recherchait sa proie. Les portières étaient fermées. L'éclairage intérieur de l'automobile diffusait une étrange lueur d'ordinateur en veille, à travers la buée des fenêtres. L'avant du véhicule accidenté était entièrement détruit, dégageant une odeur écœurante d'essence, précise, minérale. Mais l'habitacle, lui, était intact.

L'ours s'énervait devant le véhicule, devant un garde-manger où il savait pouvoir trouver de quoi se nourrir.

Au bout de plusieurs hésitations, l'ours constata que la portière arrière droite était ouverte. Il sembla hésiter quelques instants, méfiant, puis Tim le vit se redresser et se glisser à l'intérieur du véhicule. Ses pattes arrière restaient à l'extérieur, ses griffes avant rencontrèrent le cuir de la sellerie, le déchirèrent.

Maintenant, Tim voyait l'intérieur. Il y avait un jeune homme assis sur la banquette, à l'opposé de la portière ouverte, sur la gauche. Il avait le visage ensanglanté et respirait en haletant. Sa respiration saccadée accéléra encore quand il tourna la tête et vit le prédateur à une vingtaine de centimètres de lui. *Ursus arctos horribilis*.

Tim dit à voix haute :
– Mon frère voit l'ours.
Moresby demanda :
– Et vous, Tim, voyez-vous l'ours ?
Il acquiesça.
– Que fait-il ?
– Il… Il s'approche de Ben. Il le flaire. Je vois la peur dans les yeux de mon frère. Il… Il veut appeler. Mais il ne peut pas, pas un mot ne sort de sa bouche. Il lève une main. Pour repousser l'ours, ou… Mon Dieu.
– Que se passe-t-il, Tim ? Que voyez-vous ?
– L'ours s'est encore approché. Il le prend dans ses pattes, il l'étreint, le… Il le griffe. Je vois du sang qui perle des entailles. Elles sont peu profondes, j'ignore si elles sont… mortelles. Et l'ours lèche ces plaies, il semble goûter… mon frère. Je…
La tête de Ben venait de tomber sur le côté. Il s'était affaissé comme une poupée de chiffon. Tim vit qu'il était mort, cette fois. L'ours avait la truffe sanglante, mais Tim ne l'avait pas remarquée jusque-là. Il ignorait s'il s'agissait de la blessure que l'accident avait infligée à l'arkanthrope, ou si c'était le sang de Ben.
– L'ours… Il a relâché mon frère. Il ne le mord pas. Il semble s'en détourner. Il… Il essaye de sortir. Mais la portière s'est refermée derrière lui, il n'arrive pas à l'ouvrir, il ne sait pas l'ouvrir avec ses pattes. Il sent la fumée, la fumée emplit l'habitacle. Il sent que les flammes vont jaillir. Il panique. Je peux sentir sa peur. Il a une haleine de viande faisandée. Il donne de grands coups dans la portière droite. Il a peur. Il veut hurler, mais comme Ben tout à l'heure, il n'y parvient pas. Il panique. Oh, mon Dieu, il a peur, il…
– Bien. Je crois que cela suffit, Tim.

Le médecin compta jusqu'à trois. Tim ouvrit les yeux,

toute la conscience lui revint d'un coup, comme s'il se réveillait d'un cauchemar éveillé.

– Te souviens-tu de ce que tu viens de me raconter, Tim ? demanda Moresby.

Il hocha la tête pour acquiescer. Oui, c'était parfaitement net.

– J'ignore si certaines choses correspondent à des souvenirs réels, ou aux cauchemars que tu faisais dans ton sommeil au cours des premières nuits d'hôpital. Certains points coïncident avec les rêves que tu m'as racontés, d'autres sont nouveaux, du moins si j'en crois mes notes. Je suis désolé, mais je ne peux te dire si tu as vraiment vécu la scène que tu viens de me décrire.

Shariff les observait, debout derrière la chaise où Tim s'était assis, face au lit sur lequel Moresby se tortillait, embarrassé. Le gamin avait les yeux écarquillés. Il ne quittait pas Tim du regard.

– Très bien, dit Tim en se levant, impassible. Je vais vous ramener chez vous, docteur Moresby. Vous oubliez ce motel et vous ne parlerez à personne de ce que nous venons de faire. C'est clair ?

Le psychiatre sourit doucement. Il semblait soulagé d'apprendre que c'était le dénouement.

– Encore une chose, doc, interrompit Shariff. Quelles sont les conséquences d'un syndrome posttraumatique mal soigné ?

– Cela dépend des sujets, jeune homme. Dans certains cas, des explosions irraisonnées et imprévisibles de violence schizophrénique surviennent, pouvant aboutir à des meurtres, comme si le sujet souhaitait revivre la situation traumatique pour y apporter cette fois une réponse de défense.

La voix de Moresby baissa, en une sourdine apaisante mais grave.

– Le plus souvent, cependant, le syndrome de stress posttraumatique aboutit à des attitudes d'autodévaluation pouvant déboucher sur des comportements dépressifs, d'isolement, voire de suicide.

– Très bien, doc, l'interrompit Tim. Comme ça, on sait à quoi s'en tenir.

Il remonta dans la voiture de Moresby et ils retournèrent en ville, devant son cabinet. Au moment où il ouvrait sa portière, son dossier rouge à la main, le psychiatre se tourna vers lui et dit :

– Tim... Tu devrais essayer de suivre un traitement. Tu as vécu depuis un an des choses effroyables. Difficiles. Tu devrais...

– Je vous remercie de vous en soucier. Vous avez fait ce que vous deviez faire, docteur Moresby. McIntyre était le meilleur médecin qu'on pouvait espérer, dans un cas comme le mien.

Moresby baissa les yeux devant le regard de défi qu'il lui lançait. Au moment où le jeune homme sortait de la berline, le médecin ajouta :

– Au revoir, Tim. Appelle-moi si tu changes d'avis.

—

Tim rejoignit l'hôpital en bus, récupéra la Toyota, repassa au domicile hanté des Blackhills pour donner le change au FBI et éviter que les fédéraux ne commencent à faire le tour des hôtels. Il y avait une voiture inconnue garée un peu plus loin, dans une contre-allée, dont les fenêtres fumées attirèrent son attention. Il aperçut un rideau bouger, à la fenêtre de la cuisine des Patton, leurs plus anciens voisins. Il entra dans la maison comme si de rien n'était, s'installa dans le salon, alluma la télé. Les images sur l'écran ne pouvaient lui faire oublier celles de son cauchemar.

La voiture aux vitres fumées quitta la contre-allée vers 23 heures. Un invité chez les Patton, ou une surveillance de routine ? Trois minutes après, Tim sortit, reprit le volant, fila vers le motel en bifurquant plusieurs fois pour vérifier qu'il n'était pas suivi. Pouvaient-ils le pister avec leurs satellites ?

Flora l'attendait avec Shariff dans la chambre qu'occupait ce dernier. Il ne dit pas un mot. Elle l'observa longuement, avant de prendre la parole :

– Alors ? Shariff m'a dit que tu avais raconté une scène, dans la Ford ?

– Oui.

Ses amis le dévisageaient avec un air étrange.

– Mais ce n'étaient pas des souvenirs, Flora. Je voyais l'ours lacérer mon frère, j'étais un témoin extérieur. Si j'avais vraiment vécu cela, j'aurais vu toute la scène avec les yeux de l'ours.

Il surprit dans le regard de Flora une sorte de soulagement. L'espace de quelques heures, elle avait cru qu'il savait. Et elle préférait, en l'occurrence, qu'il reste dans l'ignorance. Pour lui, ou pour elle ?

17. CONFESSION

– Tu aurais fait quoi si je t'avais dit que je m'étais souvenu d'avoir tué mon frère ?

Tim et Flora étaient seuls maintenant. Il la regardait avec toujours autant d'attention. Peu importaient sans doute les mots. Ce qui comptait était apparemment davantage ce qu'il lisait, sur son visage à elle, ici et maintenant. Elle ne savait pas se composer un masque pour le rassurer. Elle n'en éprouvait pas le besoin. Simplement, elle voulait qu'il n'interprète pas à tort son expression.

– Dans le fond, je m'en fous, Tim.

Il sursauta.

– Ça m'est complètement égal ce que tu as fait, cette nuit-là, et je suis convaincue que tu ne le sauras jamais avec certitude. Il n'y aura pas de preuves. S'il y en avait, elles ont été enterrées avec ton frère. Ce qui m'importe, en revanche, ce dont je ne me fous pas du tout, c'est de savoir comment tu vas vivre avec ça, cette vérité presque possible, ou cette incertitude, selon tes conclusions. Parce qu'on va vivre ensemble. Alors, même s'il faut que tu fasses un truc dément, si tu décides de déterrer ton frère pour trouver des preuves, ou de séquestrer l'un des témoins, je le ferai avec toi. Tant pis si je pense que ça ne sert à rien.

– Tu penses que je devrais… arrêter ? Pourquoi on est là, alors ?

– Je ne dis pas que c'est moi qui ai raison, et que tu devrais tourner la page. Je ne suis pas dans ta tête, Tim, ce n'est pas mon frère et je n'ai pas vécu l'accident. Ce qui compte, c'est que tu puisses continuer à vivre, si possible sans cauchemars – et s'il doit y avoir des cauchemars, je prends quand même le bonhomme, hanté ou pas. Mais rien de ce que tu découvriras ne pourra me faire changer d'avis sur toi, sur nous, sur l'avenir. Tu comprends ce que je te dis ?

18.
EXTRAITS DU JOURNAL D'INES MINGUEZ (3)

6 juillet

Bahlam sait que je le crains, et sans doute a-t-il compris que je doute. Hier soir, il est venu dans la cuisine où je travaillais et il m'a dit :

« Qu'as-tu ressenti lorsque tu as tué dans la clairière ? Lorsque tu as tué pour la première fois ? »

Il a senti que je n'avais plus peur. Il a compris que je ne lui répondrais pas.

« Fais attention, Ines… La honte est mauvaise conseillère, elle crée des dettes impossibles à effacer, des culpabilités. Tu devrais oublier la honte, sinon nous finirons tous par te haïr, et toi, tu finiras par nous trahir. »

L'horreur qu'ils m'inspirent fait de moi leur ennemie. Je ne peux leur donner l'illusion de l'ivresse. Je ne peux plus survivre dans le dégoût que suscitent en moi leurs actes, nos actes. D'une façon ou d'une autre, il faudra fuir, et je risque d'en mourir.

Dois-je profiter de l'occasion ? Ils se sont presque tous absentés, Bahlam, Bjorn, Katia et Anton, avec Mark et Wendy qui nous avaient rejoints hier. Je suppose qu'il s'agit encore d'une de ces nuits de Walpurgis, où ils vont chasser quelque part dans l'une des montagnes d'Europe. Ils se donnent rendez-vous de plus en plus souvent, et chaque fois qu'ils reviennent, des journaux racontent les meurtres qu'ils ont commis.

C'est comme un jeu où il faudrait marquer de plus en plus de points.

Je ne sais pas comment vivent Mark et Wendy, ou l'autre couple qui nous rejoint parfois, Danilo et Tina. Je ne sais pas comment ils s'occupent entre leurs parties de chasse, s'ils ont une vie normale, banale, au milieu des humains.

Mais je sais que pour nous autres, désormais, dans ce repaire, plus rien ne compte que la chasse. Le meurtre. Ils continuent d'appeler cela la Grande Prédation, mais j'ai le sentiment que cela inquiète même Paul : ils n'étudient plus, ni ne recherchent plus rien d'autre que leur sentiment infini de puissance.

Cette fois, c'est Mevlut et Marge qui sont restés avec moi pour assurer la sécurité de Paul et du Nid d'aigle. Ils sont armés, pas moi, et j'imagine que si je demandais une arme, on me ferait remarquer que je n'en ai pas besoin. Je me sens et me sais leur prisonnière, davantage que leur camarade. C'est peut-être mieux ainsi, d'ailleurs, pour le salut de mon âme. Je ne crains plus la mort. Mais je redoute la douleur, et le spectacle que m'a donné plusieurs fois Bahlam lors de ses attaques.

Mevlut et Marge, depuis vingt-quatre heures que nous sommes seuls dans le chalet avec Paul, semblent vouloir fuir ma conversation, ils évitent même de me croiser. Comme si je les effrayais, ou les dégoûtais. Nous avons mangé chacun dans notre chambre le repas que j'avais préparé pour nous quatre.

Jusqu'à la mort de Marco et Kate, j'étais pourtant des leurs, leur amie, leur complice, aussi convaincue qu'eux deux et que tous les autres que nous allions dans la bonne direction.

Depuis notre arrivée ici, au Nid d'aigle, Paul Hugo a fait de moi son assistante. Je suis la seule (avec lui, quelle ironie) à ne pouvoir commander ma métamorphose, parce que je dépends du cycle lunaire. Au début, il me semble qu'ils n'en parlaient pas comme d'une faiblesse, d'une infériorité, simplement comme d'une particularité de mon anthropie. Mais maintenant, je comprends que dans leurs regards à tous, je n'étais déjà que cela. Une prédatrice de seconde zone. Une inférieure.

Je sens poindre, depuis quelques semaines, une nouvelle hiérarchie. Qu'ont-ils éprouvé, quel sentiment de puissance, quel délire dans leurs meurtres ? Qu'ont-ils ressenti dans ces chasses, qui les lie contre moi, qui fait briller leurs regards, et qui m'effraie ? Ou avaient-ils déjà cet éclat, auparavant, et je ne le voyais pas ?

Bahlam était le seul qui se méfiait de moi, au moment de notre arrivée ici. Il savait déjà que j'avais perdu la foi. Mais sa suspicion s'est étendue, désormais je ne suis plus sûre pour personne. Ce qui s'est produit avec Matteo Crozzi il y a cinq jours n'a pas suffi à les faire changer d'avis. Cinq jours, et ils chassent de nouveau…

Quand ai-je cessé d'être convaincue ?

S'il fallait décider de la seconde exacte où cela s'est produit, où le doute et le dégoût ont remplacé la certitude, j'écrirais que c'est lorsque j'ai vu Bahlam tuer Kate, après Marco. J'avais pourtant voulu la mort de cette fille, elle si brillante en toutes choses, la préférée du professeur, j'avais été prête à l'égorger devant son laboratoire, à cause de la drogue. Oui, c'était à cause de la drogue. J'avais tout à fait perdu la tête, et ma colère, naturellement, s'était montée contre elle. Serais-je aussi folle, aussi coupable qu'eux, si j'y étais parvenue, si j'avais été la deuxième à tuer ? Peut-être.

Je n'ai pas vu la mort de Marco. J'ai vu Bahlam le manger, le dévorer, sous les yeux de celle que j'avais voulu tuer. Ces mots sont aussi difficiles à croire lorsqu'on les écrit, trois mois plus tard : J'ai vu Bahlam manger Marco. J'ai vu Bahlam tuer Kate.

Je l'ai vu se jeter sur elle, la mordre à la tête, et je n'oublierai pas ses cris. La joie sauvage que j'aurais dû ressentir, ou la colère qu'il l'ait tuée après m'en avoir empêchée, ou même la crainte qu'il agisse ainsi, à découvert, au grand jour et au soleil, alors qu'il restait des gardiens armés dans l'Institut : j'aurais pu éprouver l'un de ces sentiments, ou les mêler tous.

Mais rien. Il n'y a eu rien d'autre que l'horreur. Il n'y a rien d'autre, depuis.

Il a fallu ce sang, ces deux morts en plein jour pour qu'enfin je comprenne. Suis-je la seule ?

Lorsqu'on cesse de croire, tout soudain paraît ridicule ou prétentieux, mensonger ou sordide, grossier ou théâtral. C'est comme pour une religion que l'on quitte après en avoir été un adepte. Les théories de Paul, les grands discours de Bjorn, la prétention de Marge et Mevlut : soudain, cela a été comme si, après des mois d'aveuglement, je voyais enfin. Mais il était trop tard. J'étais dans le camp des vainqueurs, j'avais perdu la foi au moment où ils triomphaient.

Bahlam m'inspire la même peur qu'il suscite en tous, dans notre groupe. Une peur religieuse, elle aussi. Seul Bjorn peut-être ne le craint pas, du moins le redoute-t-il. Bahlam est infiniment plus dément encore que tous les autres. Il n'a pas besoin de la drogue. Il n'a pas besoin de raisons. Il tue pour le plaisir.

Lorsqu'il nous a rejoints, après la mort de Marco et Kate, j'ai vu qu'il ne me quittait pas des yeux. Il me soupçonnait déjà. Paul et Bjorn parlaient, ils organisaient la suite. Par son attaque, Bahlam avait provoqué le départ des anthropes du Hameau, ceux qui ne voulaient pas reconnaître la supériorité de l'Instinct. Mais, à cette minute, il se moquait bien de toutes ces considérations politiques et stratégiques, toute cette tactique : il ne me quittait pas des yeux. Il souriait en me regardant.

À ce moment, il avait compris que j'avais cessé d'être croyante. À ce moment, j'ai su qu'il finirait par me tuer. Il le fera, j'en suis certaine.

Peut-être aurais-je dû l'accepter, à la dernière luxna, *plutôt que de tuer et manger. Mais il y avait encore, il y a sept jours, un instinct infiniment plus puissant en moi que l'instinct animal : cette peur viscérale, animale de mourir. Écrire ces lignes m'emplit de courage. Ce sera bientôt fini.*

19.
À LA SOURCE

– On change d'hôtel, je vous dépose et je passe voir Mike. Pas question de t'emmener avec moi, Flora, les risques de croiser les flics devant son cabinet sont trop importants. Et je vais rester chez moi cette nuit, histoire de les endormir. Demain, je reviens vous chercher et on disparaît. Reposez-vous…

Shariff s'abstint de tout commentaire parce qu'on ne s'adressait pas à lui, qu'on n'écoutait pas ses rares remarques et qu'il savait qu'on fuirait de préférence quand il était un homard – plus facile à trimballer. Flora regardait Tim avec une acuité particulière.

– Tu es sûr, Tim ?

– Oui. Je ne trouverai rien de plus…

– Mais tu t'en vas à cause de moi. Parce qu'ils me recherchent.

– Oui.

Dans la voiture, Shariff demanda tout de même :

– Et tu nous emmènes où, grand chef ?

– Au Canada. À Vancouver, je pense. Il y a infiniment moins de chances qu'on vous repère dans une grande ville, et les flics canadiens ne sont pas encore sur les dents.

– Dis tout de suite que je ressemble à tout le monde, ou à n'importe qui, répliqua Flora.

Tim ne commenta même pas.

– On quitte le Montana demain soir, on passera la frontière beaucoup plus à l'ouest, au nord de Seattle. Quand on sera installés là-bas, vous m'attendrez quelques jours, ou quelques semaines. Je dois me rendre dans un village ojibwé que je connais, en Colombie-Britannique.

Shariff constata que Flora ne posait pas de questions. C'était ainsi, maintenant : pas de questions, pas de détails, pas de justifications. Tim en dirait plus s'il le voulait. Il le voulait :

– C'est une tribu du clan de l'ours, le plus grand de la nation ojibwé. Je dois voir un *medecine man*, un « homme-médecine ». Je vais faire ça, non pas pour trouver la vérité, mais pour apprendre à ne plus la chercher. Pendant ce temps, Flora, tu t'organiseras pour vous trouver des passeports, si tu parviens à activer le réseau dont tu m'as parlé. Et ensuite, on verra où on part se cacher.

– Et moi ? demanda Shariff, avec lassitude.

Tim se tourna vers lui :

– Toi, tu dois sûrement savoir dans quel pays le FBI, la police suisse et la gendarmerie française n'auront aucune chance de pouvoir nous poser des questions. Tu choisis la destination finale paradisiaque qui nous attend, en te démerdant pour qu'il y ait quelques montagnes à escalader, si possible. Tu peux faire ça ?

– Oui patron.

– Et tu te débrouilles pour nous trouver une citation qui te convienne. Parce que ça fait trois mois qu'on n'a pas entendu parler de Sun Tzu, Shariff.

—

Ils prirent une seule chambre, avec baignoire, dans un motel sur la route 90 qui reliait Missoula à Seattle. Officiellement, ils étaient tous frères et sœurs. Tim les laissa, avec les mêmes consignes que la veille : ne pas mettre le nez dehors. Ils devaient prendre leur repas dans leur chambre, se contenter de la télé et du nouvel ordi qu'ils avaient acheté. Il reviendrait le lendemain soir, et ils fileraient aussitôt.

Tim remonta dans la voiture de location, régla son GPS sur les coordonnées figurant dans le dossier de contre-enquête de l'assureur. Il n'allait pas voir Mike, pas tout de suite. Il fut au lieu dit en moins d'une heure.

Sur la route droite, les traces de freinage avaient disparu depuis longtemps. Sur le bas-côté, la nature avait repris ses droits, effaçant finalement les vestiges de l'incendie d'un véhicule accidenté qui avait dû laisser une trace noirâtre visible pendant plusieurs mois. Tim ne s'était pas attendu à ce qu'il ne reste rien. Il n'avait pu imaginer cela : aucun repère, pas une lézarde, comme dans sa propre mémoire. Quelques images, et rien d'autre que le mur blanc, que les cauchemars, l'hypnose, les enquêtes et contre-enquêtes n'avaient pas réussi à fissurer.

Les odeurs, le bruit du vent dans les conifères, il s'en rappelait, il les avait humés, ici, douze mois plus tôt, infiniment plus subtilement qu'il ne le faisait aujourd'hui. C'était son premier souvenir d'ours : les milliers de parfums de la forêt. L'odeur écœurante de l'essence les couvrait alors, et celle du sang.

Il prit la carte sur laquelle il avait tracé quelques points, en fonction des documents de l'enquête de police archivés dans les dossiers de Warren, et crackés de nouveau par Flora deux mois plus tôt.

Il s'orienta et s'enfonça dans les fourrés. Ni à l'endroit où les flics avaient retrouvé la carcasse du daim, ni à la rivière qu'il atteignit à la nuit tombante, aucun flash ne revint. Il était venu ici. Un ours s'était trouvé là. L'ours se demandait ce qu'il était, il ne savait plus quelle était son espèce, son nom. L'ours savait qu'il était grizzly, *Ursus artcos horribilis*, mais que son semblable Benjamin Blackhills brûlait au même moment dans la carcasse dévastée d'une voiture, sur le bas-côté de la route 90.

20.
EXTRAITS DU JOURNAL D'INES MINGUEZ (4)

8 juillet

*Ils sont revenus aujourd'hui. J'ai entendu l'arrivée des deux Hummer, et Bahlam est immédiatement passé me voir dans ma chambre. Il souriait. Il m'a jeté l'édition datée de samedi d'*El País*.*

L'article relatait la mort d'Esteban et Maya. Retrouvés morts chez eux, assassinés par balles.

Cette fois, ils ont tué deux des nôtres, deux initiés qui n'avaient pas suivi la voie de Paul. Je suppose qu'ils veulent éliminer les témoins qui risqueraient d'expliquer ce qui se passait autrefois à l'Institut, et de dénoncer ceux qui chassent les campeurs dans les forêts depuis trois mois. Nous, les assassins.

Bahlam a dit : « Tu vois que tu as bien fait de rester avec nous, Ines. Voilà ce qui arrive à ceux qui nous trahissent. Ils ne sont à l'abri nulle part... » Il était clair dans sa voix et dans sa façon de me regarder que c'était un avertissement.

Et ainsi, maintenant, ils n'ont plus aucun frein. La prédation ne leur suffit plus, il y a le meurtre. D'humain à humain, de semblable à semblable. Qui a appuyé sur la gâchette, qu'ont pensé Esteban et Maya lorsqu'ils les ont vus entrer ?

Je revois les yeux de Maya, sa façon de nous regarder, nous tous, les douze, au moment où ils ont quitté l'Institut, dans les heures qui ont suivi la mort de Kate et Marco. Elle nous considérait avec horreur, et peut-être moi surtout, du moins en ai-je eu l'impression. Nous étions entrées à l'Institut à quelques semaines d'intervalle, et il m'avait semblé qu'elle me disait : « Regarde ce que tu es devenue, Ines. »

Mais je ne comprenais pas, alors, que j'étais comme eux. Je croyais qu'après ces meurtres, Paul nous montrerait de nouveau la voie, et que Bahlam cesserait de nous guider.

Et s'ils ont tué à Madrid, est-ce un hasard, ou une façon de m'avertir, de me dire : « Si tu pensais un jour retourner chez toi, en Espagne, nous saurions t'y retrouver » ? Qu'importe. Esteban et Maya n'étaient que les premiers de la liste. Je suppose que désormais, à cause de l'enquête, ils vont éliminer tous les témoins qui restent.

Tous.

21.
TRANSFERTS

La mémoire ne revint pas à Timothy Blackhills, cette nuit-là.

Le lendemain, il gara sa voiture devant chez Mike Banning longtemps avant l'aube et attendit. Il récupéra l'argent, dans une valise, gara la Toyota et retourna en ville par les transports en commun pour louer un autre véhicule en payant en liquide. Le lendemain, ils étaient au Canada.

22. EXTRAITS DU JOURNAL D'INES MINGUEZ (5)

12 juillet

J'ai choisi d'agir plutôt que de fuir.

J'ai fait ce que je devais faire, voici une heure. J'ai envoyé un message d'avertissement à tous les membres de l'Institut qui ont fui, sur leurs anciennes adresses. Je leur ai dit la vérité sur ce qui se produit. Je les ai conjurés de fuir. Mais ils ne sauront rien du Nid d'aigle, je n'ai donné à personne le moyen de nous arrêter. La bibliothèque ne doit pas tomber entre les mains de la police, elle est notre bien le plus précieux.

J'ai aussitôt effacé cet envoi sur le serveur et dans l'historique, mais je suppose qu'il sera aisé à Mevlut d'en retrouver la trace s'il vérifie régulièrement nos activités sur l'ordinateur de la bibliothèque. Je me suis peut-être condamnée, mais je suis en paix, maintenant. J'ai payé ma dette à tous nos anciens compagnons, à tous ceux qui avaient partagé notre vie, avant, et à McIntyre lui-même, qui savait, qui nous avait réunis.

Ces lignes sont les dernières, je les laisserai cette nuit sur la table de ma chambre avant de fuir. Pour que les prédateurs puissent les lire. Si Mevlut me prend de vitesse, ils les trouveront sous mon lit. Si je meurs dans mon évasion, ou si je réussis, ils les trouveront sur ma table.

Je ne vous ai pas trahis, jamais, je n'ai rien livré sur vous qui vous condamne ; mais vous vous êtes trahis vous-mêmes, vous avez trahi l'Institut, McIntyre, et notre nature même.

Je ne vaux pas mieux que vous, mais du moins ai-je compris avant vous que nous étions des monstres.

Puissent ces mots éveiller quelque chose en toi, Paul. Si tu leur dis, à tous, que nous nous sommes trompés, peut-être t'écouteront-ils, toi qui as su les convaincre d'emprunter cette voie. Si tu comprends, alors, peut-être les autres comprendront-ils eux aussi ?

Tu n'as jamais tué. Tu ne connaîtras sans doute jamais le sang et cette faim inextinguible. Peut-être peux-tu encore reculer ?

23.
VAPEURS

Le peuple ojibwé est le plus vaste parmi les Amérindiens, il est dispersé dans tout le nord de l'Amérique, dans plusieurs États des États-Unis et sur la moitié environ du territoire canadien. Divisé en sept clans, il se réunit annuellement, depuis toujours, pour que ses chefs et ses *medecine men* décident ensemble de l'avenir de la nation. Le clan de l'ours vit dans l'ouest du Canada, où il côtoie le petit reste des nations Salish et Micmacs. Tim savait tout cela par cœur. Il savait également que le peuple ojibwé n'avait pas inventé la tente de sudation. Elle avait été offerte aux hommes rouges par les Lakotas venus des collines noires, « Paha Sapa » dans leur langue, « Black Hills » dans celle du colon. Les Lakotas avaient répandu ce savoir de purification parmi tous les Amérindiens, comme un don de leur nation à l'homme rouge. Ben lui avait dit que dans le village ojibwé de Makwa, il avait rencontré un *medecine man* qui guidait les jeunes de sa nation, mais aussi les métis ou les hommes de bonne volonté, dans la voie de la purification et de la guérison.

—

La tente était à l'écart du village, on lui indiqua le chemin avec une certaine méfiance mêlée de curiosité, de surprise. Rares étaient les Blancs à venir jusqu'ici. Les touristes en mal de western et de folklore préféraient les réserves balisées, officielles, où l'artisanat et quelques « animations ethniques » leur donnaient le sentiment d'avoir rencontré l'âme éteinte d'un peuple.

L'âme de l'homme rouge n'était pas éteinte, lui disait Ben, autrefois. Les nations amérindiennes, au Canada, se battaient pour obtenir la restitution des terres de leurs ancêtres, la préservation de certaines de leurs coutumes, la renaissance de leur culture, de leur science, de leurs cultes. L'âme ne pouvait s'enfermer dans une réserve, moins encore dans un musée, comme une chose morte. Elle vivait dans les villes les plus modernes de l'Amérique du Nord, parmi les Indiens et les métis qui retrouvaient leur identité. Elle palpitait ici, au cœur de la forêt, là où les anciens initiaient les nouveaux venus, les néophytes, à l'histoire, à la sagesse, au culte des ancêtres et aux pouvoirs des chamans. Tim se souvint qu'il avait utilisé ce mot lors de sa première rencontre avec McIntyre. « Certains de mes amis pensent que je suis un chaman… », lui avait répondu le psychiatre.

La hutte avait été dressée dans une clairière, au cœur d'un bois de bouleaux nains, dont les troncs d'une blancheur spectrale semblaient former une grille ou une barrière naturelle contre l'intrusion de visiteurs. Le sous-bois était apparemment désert, mais Tim savait que jamais les Ojibwé, pas davantage que d'autres Indiens, n'auraient laissé la hutte ainsi ouverte sans la protection du clan, de la tribu, des hommes et des femmes.

On ne la profanait pas.

Ceux qui le surveillaient, invisibles, le guettaient depuis qu'il avait pénétré dans le bois. Des yeux le suivaient, attentifs à ce qu'il allait faire.

Il déboucha dans la clairière, vit la forme du dôme, à moitié enterré, recouvert de peaux tannées. Il s'agissait du cœur des mystères. Il savait que la médecine indienne est une voie intérieure, qui cherche à rétablir les équilibres de l'univers, dont la maladie révèle la rupture. La médecine indienne est magie, vision.

Trois feux de feuilles brûlaient lentement, dégageant une fumée sans flammes. Des grosses pierres blanches formaient deux cercles au milieu de ce triangle de fumée. Il entendait le bruit du ruisseau qui coulait, quelque part, tout près, dans ce sous-bois, le chant du vent qui faisait bruisser les feuilles des bouleaux. Terre, feu, eau, air : les quatre éléments de l'homme blanc ne sont pas ceux de l'homme rouge. La cosmologie de l'Amérindien est circulation, retour, rencontre.

– Qu'es-tu venu chercher, *Bleeding-Bear* ? Est-ce la sagesse, ou l'oubli ?

Tim se retourna. Un très vieil homme le regardait, l'air curieux. Il avait le visage d'une tortue très ancienne, la silhouette étrangement voûtée d'un castor gigantesque sous la couverture de laine brune qui dissimulait ses membres. Il portait un chapeau orné de colifichets et de dents, qui dissimulait presque ses yeux blancs. Un aveugle.

– Comment m'as-tu appelé, homme sage ?

– Bleeding-Bear. Tu es le frère de celui qui est venu me voir il y a quarante lunes, et qui est mort. Il portait le signe du corbeau. Tu as celui de l'ours.

– Co… Comment peux-tu le savoir ?

– Je t'ai vu, voici dix nuits. Regarde.

Le peuple ojibwé est le seul, parmi les Amérindiens, à représenter picturalement les visions de ses chamans, ou des initiés. Aux pieds du vieil homme, tendu sur le bois, une peau portait les signes de l'ours et du corbeau, et le dessin du collier aux griffes de grizzly, dans un enchevêtrement de motifs circulaires ou stellaires.

– Je t'attendais, je savais que tu viendrais avant la nouvelle lune.

Tim se souvint de ce que lui avait dit Ben. Il ne sert à rien, face à certains savoirs, de chercher des explications. Notre science nous empêche de nous abandonner.

Il vit que sur la peau, l'ours, symbole de l'introspection, de la réflexion, du retour sur soi et de la méditation intérieure parmi les nations de l'homme rouge, l'ours avait le museau ensanglanté. *Bleeding-Bear*. Ours-qui-saigne. Les gouttes de sang rouge formaient le même dessin circulaire que les étoiles dans le ciel, le chariot de la vie et de la mort.

Il sut qu'il se trouvait là où il devait être, et sourit.

24.
SKYTRAIN

L'appartement était clair, agréable, moderne, impersonnel. Un parfait abri provisoire pour des oiseaux de passage, où ils ne s'attarderaient pas et ne laisseraient aucune trace. Il n'était pas question de l'habiter. Flora se souvint qu'avant de connaître Tim, elle rêvait de pouvoir traverser le monde, sans cesse, dans ce genre d'endroit, avec ces baies vitrées donnant sur des villes tentaculaires, loin, très loin, en contrebas. L'ascenseur montait des dizaines d'étages.

Elle aurait ainsi parcouru le monde, avec ses deux bécanes, le transformant, secrètement, écrivant dans une de ses marges son histoire personnelle : hackeuse. Mais plus maintenant, non, plus maintenant. Y avait-il quelque part un endroit où s'arrêter ?

Le 14 juillet, Flora posta deux images sur le forum d'un site d'*imageboards* : une photo d'elle-même, multidiffusée, celle du profil Facebook qu'elle avait créé dans l'ascenseur ; et un passeport français au format jpeg.

La légende, en dessous : ? X3.

Sur le forum, moins de huit heures plus tard, quelqu'un posta une image liée. Une carte du monde. Légende : ?

Flora sélectionna une photo de la statue de Gassy Jack, dans Gastown. Seuls ceux qui connaissaient Vancouver pouvaient identifier l'endroit, mais justement elle avait besoin de quelqu'un qui connaisse la ville. Vingt heures plus tard, quelqu'un posta une photo de l'affiche du film de

David Fincher, *Millenium*, sous laquelle une légende indiquait « 9.00 a. m. ».

Elle mit plusieurs minutes à comprendre : on lui indiquait la ligne du métro aérien, baptisée Millenium Line. Il n'y avait pas eu un mot dans l'échange informatique, parfaitement anonyme.

—

Flora monta dans le SkyTrain, le métro de Vancouver, le 16 juillet à 9 heures du matin. Elle ne devait pas se dissimuler le visage. Elle devait prendre le risque de se montrer en public, sans perruque, lunettes de soleil, ni masque jusqu'à ce qu'on la reconnaisse et qu'on l'aborde. Combien de millions de personnes avaient vu sa photo, en ligne, sur les télés, dans la presse ? Combien l'avaient déjà oubliée ? Combien pourraient l'identifier à coup sûr, la dénoncer, ici, à Vancouver ?

En cette saison, le métro n'était pas plein. Elle était assise près d'une porte pour pouvoir se jeter dehors au cas où. À la première station, deux flics montèrent dans la rame. Elle s'efforça de respirer calmement, comme si leur présence lui était indifférente. Elle était une citoyenne ordinaire, pas une clandestine sans papier, moins encore une cybercriminelle recherchée.

Deux stations plus loin, alors qu'ils descendaient, un type entre deux âges vint s'asseoir en face d'elle. Il était maigre mais transpirait dans son tee-shirt noir, et il portait de petites lunettes retenues par un cordon de laine noir. Il sortit de sa sacoche de cuir le cinquième tome de la BD d'Alan Moore, *V pour Vendetta*.

Anonymous.

Elle s'assit à ses côtés, il la regarda, retira ses lunettes.

Elle lui glissa une enveloppe dans laquelle elle avait mis trois paires de photos, ainsi que l'identité complète de sa fratrie : Fleur, Timothée et Omar Iniziato. Taille, couleur d'yeux, date de naissance. Lieu de naissance : Montréal, Québec et/ou Paris, France. Au moment où elle se levait pour quitter le métro aérien, l'homme lui tendit un papier, plié en quatre.

Elle prit une rame dans l'autre sens, après en avoir laissé passer deux et s'être assurée que personne ne restait sur le quai. Elle avait chaussé ses lunettes de soleil. Le papier ne portait que deux lignes : « *Same station*, 28 h. 1 000 CAN $. » Flora sourit : 1 000 dollars canadiens, c'était presque dérisoire pour trois passeports, à peine de quoi couvrir les frais. Les Anonymous protégeaient l'une des leurs gratuitement, pour ainsi dire.

25.
CONTACTÉS

Flora récupéra les passeports vingt-huit heures plus tard. Elle avait glissé la somme convenue dans une enveloppe brune. On lui remit une pochette.

Elle ne put se retenir de l'ouvrir, une fois qu'elle eut quitté le métro aérien. Les passeports avaient tous une date de validité différente, mais portaient tous des visas longue durée pour le Canada, plus quelques visas de séjours récents, dans deux ou trois pays. Pour la vraisemblance.

Elle sourit en croisant des policiers dans la rue devant l'entrée du Stanley Park. Pour la première fois depuis très longtemps, elle ne craignait pas de se faire arrêter au cours d'un simple contrôle d'identité. Elle était Fleur Iniziato. Seuls les flics spécialisés reconnaîtraient la cybercriminelle recherchée dans dix pays. Avec tous les autres, elle était tranquille, pour l'instant.

—

– Qu'est-ce que tu fous, Shariff ?

Il était sur l'un des deux ordinateurs qu'ils avaient payés en liquide, le jour de leur arrivée à Vancouver. C'était une ingérence territoriale inédite. Shariff renaissait à la vie ? Shariff redevenait l'emmerdeur de première, sans contraintes ni limites ? Il ne sembla même pas avoir l'intention de s'en excuser.

– Je les ai retrouvés.

– Qui ?

– Les prédateurs.

Sa voix n'était plus celle, douloureuse, des dernières semaines. Il y avait une énergie, une tension neuves. Flora s'assit devant l'écran.

Un message avait été envoyé, expéditeur caché, à une vingtaine d'adresses de la liste de diffusion en @idl.com. Les adresses des initiés de l'Institut. Quelqu'un avait envoyé cinq jours plus tôt ces cinq mots :

FUYEZ. NE VOUS RETOURNEZ PAS.

Plus une série de liens Internet.

– Tu as regardé ? De quoi s'agit-il ?

– J'ai regardé. Tu n'as qu'à cliquer…

Flora tomba sur un article du *Temps*, quotidien de Genève, en date du 15 juin :

« *Attaques tragiques dans les Alpes suisses*

Deux jeunes gens attaqués par des loups ou des chiens errants dans le massif de Samnaun, hier.

Selon la gendarmerie, les deux randonneurs ont réussi à donner l'alerte, au moment de l'attaque par des animaux indéterminés, en appelant avec un téléphone portable. Hélas, lorsque les secours sont arrivés sur place, grâce à la géolocalisation, ils n'ont retrouvé que les corps des jeunes gens, atrocement mutilés. "Je n'ai jamais vu ça", a expliqué un vétérinaire de… »

Flora en savait assez, elle cliqua sur le lien suivant. Un article du *Dauphiné Libéré* évoquant une attaque de loups, pensait-on, dans le parc national du Mercantour.

Le troisième lien renvoyait sur le site du *Kronen Zeitung*. Le journal relatait la mort de toute une famille dans le massif de Karavanke, en Slovénie.

Puis, *La Stampa* rapportait la mort de trois campeurs dans les Apennins, moins de trois semaines auparavant.

Le dernier lien n'avait apparemment aucun rapport avec les quatre autres : un bref article signalait la mort de deux jeunes gens, assassinés par balles, dans leur appartement de Madrid.

Au début, elle crut à une erreur. Ensuite, elle lut les noms des deux victimes, « Esteban Escudero et Maya Doss, récemment installés dans la capitale espagnole ». Elle revit leurs visages. Elle comprit ce que voulait dire celui qui les prévenait.

Shariff la regardait attentivement.

– Oui, dit-il. Ils ont commencé par se faire les crocs sur des campeurs. Et maintenant, ils éliminent les témoins qui pourraient les accuser.

– Tu crois qu'il y aura d'autres meurtres ?

– Je ne sais pas. Cela dépend du nombre de personnes qui ont laissé des traces. J'ai lancé une recherche d'adresse, sur tous les anciens initiés de l'Institut. En une heure, j'ai retrouvé une dizaine de personnes sur Facebook.

– Je pense qu'ici, on est tranquilles Shariff.

– Oui. Tranquilles, c'est le mot. On ne risque rien. Et les assassins n'ont rien à craindre de nous.

Il la regardait avec tout le reproche du monde dans les yeux.

– Fais-moi la morale si tu veux. En attendant, tu viens de faire une connerie, Shariff. En allant lire tes mails sur le serveur de l'Institut, tu as sûrement grillé cette adresse IP. Les flics surveillent forcément ce trafic, sans compter qu'ils pourraient nous géolocaliser. On lève le camp tout à l'heure et je laisserai un message sur le portable de Tim.

– Bien sûr, on déménage… Et on ne réagit pas au mail parce que, ici, on est tranquilles. Vous comptez fuir comme ça toute votre vie ? Vous comptez vous taire et les laisser faire ?

– Mais putain, Shariff, qu'est-ce que tu veux qu'on…

– Je ne *veux* rien, Flora. On *doit* faire quelque chose.
Il se leva et claqua la porte.

– Quel sale môme…
Flora retourna à la bécane, examina l'historique. Shariff avait relu, encore une fois, les articles concernant l'Institut et son père, tous ces mensonges. Puis il était allé sur son adresse de l'Institut. Pourquoi ? Une intuition ? Combien d'autres initiés consultaient encore cette adresse ? Combien seraient prévenus du danger ?

En attendant, il était impossible de savoir si leur planque restait sûre. Il fallait pourtant en avoir la certitude : d'ici deux jours, elle serait chatte.

Elle revint sur les différents articles qu'elle venait de télécharger, l'un après l'autre. Ils tuaient. Là-bas, en Europe, ils éliminaient les témoins survivants. Ils s'en prenaient aussi à des proies ignorantes, innocentes.

Et eux trois, étaient-ils innocents ? Devaient-ils… ?

Elle secoua la tête. Shariff avait raison : elle préférait ne pas savoir, ne plus entendre jamais parler des douze de l'Alpage. C'était peut-être lâche, mais c'était une question de survie.

—

– Qu'est-ce qui t'a pris ? Tu aurais pu au moins nous consulter, Tim et moi, avant de te signaler aux flics… On essaye de se démerder pour limiter les risques, et toi, tu…

– Moi ? Tu en as quelque chose à faire de moi ? Tu t'intéresses à Tim, tu l'as sauvé et, maintenant, vous allez disparaître, avec le gamin capricieux dans vos bagages. Le homard. Et tu crois que vous m'avez consulté pour ça, vous ?

Ses yeux flamboyaient. Elle ne l'avait jamais vu dans une

telle colère contre elle. Que s'était-il passé, ces dernières semaines, dans le cerveau du homard et du gamin ? Quelle faute avait-elle commise ?

– En attendant, il faut qu'on déménage. Aujourd'hui.

– Ouais… Il faut… On doit… À quoi ça servirait de demander son avis à un homard ? De toute façon, il est obligé de suivre, il n'a pas le choix. S'il se retrouve seul, il crèvera au bout de deux jours. Alors qu'il ferme sa gueule, le homard, qu'il s'adapte, qu'il prenne son bain… Et qu'il ne fasse plus chier.

Il quitta la chambre dans laquelle elle venait d'entrer.

26.
OURS-QUI-SAIGNE

Le vieux *medecine man* versa de nouveau l'eau sur les pierres brûlantes, sous lesquelles un jeune homme entretenait le feu, au cœur du dôme. La vapeur se répandit, suffocante, dans l'espace clos. Depuis combien de temps étaient-ils tous les trois, silencieux, sous la tente de sudation ? Combien d'heures, de jours ?

Il avait dormi, deux fois, dans le nuage étouffant, les yeux brûlants, fermés. Il ne ressentait pas la faim. Il lui semblait que son corps se décharnait, que sa peau même changeait de texture, poreuse, ne retenant plus rien.

Ils n'avaient pas échangé une parole durant tout ce temps, et pas davantage pendant les heures, le jour et la nuit précédant son entrée dans le dôme. Deux fois, sous la tente de sudation, le vieil homme avait entamé des chants rauques, gutturaux, d'une voix comme étrangère à lui-même, en jetant de la sauge dans le feu.

Le *medecine man* se tourna vers lui et lui dit :

– Tu as reçu ce que tu étais venu chercher, Bleeding-Bear.

Il n'avait pas eu de visions. Il n'avait trouvé aucune réponse. Il n'avait pas revécu le passé, comme il s'y attendait, ni rencontré l'esprit de Ben.

Il avait espéré que quelque chose survienne. Il ne s'était rien produit.

Lorsqu'il sortit, l'air frais sur la peau de son torse nu, huilé de sueur, saisit la chair. Il frissonna.

– Où as-tu laissé le collier de ton frère de sang ?
– Sur sa tombe, vieil homme.
C'est ici que Ben avait acheté le collier ojibwé qu'il avait offert à Tim, pour ses quinze ans, ici que Ben était entré dans la tente de sudation, il y avait de cela trois ans. Le vieil aveugle s'en souvenait parfaitement, de toute évidence. Le vieil aveugle savait aussi que Tim avait été le destinataire du présent. Sans qu'il y ait eu besoin de rien raconter, le sorcier-prêtre de la tribu du clan de l'ours connaissait toute l'histoire.

Tim le vit dégager son cou de la couverture dans laquelle il était resté enveloppé pendant tout ce temps, malgré la vapeur brûlante. Le *medecine man* en détacha un collier de baies mesquites et de dents d'ours, celui de son clan et de son rang.

– Maintenant que tu as libéré l'esprit de l'homme, il faut que tu libères celui de ton ancêtre.

Il tendit le collier. Tim comprit. Dans certaines croyances amérindiennes, l'ours était considéré comme l'ancêtre des humains ; comme lui, il était capable de se tenir debout. Il prit le collier, s'infligea une longue scarification avec une dent, le long de son avant-bras, comme il l'avait fait trois ans auparavant en utilisant une griffe, avec Ben, dans la chambre de ce dernier. Il pressa la chair, le sang commença de perler. Il lécha.

Il ressentit comme au ralenti l'arkanthropie. Ce fut fugace mais net, et douloureux, pour la première fois : surcroît de lucidité ou, simplement, exacerbation des sens, dilatation du temps.

27.
NUAGES-BLANCS

Il courait. Il sentait la présence des hommes autour de lui, derrière lui, il savait l'odeur des trois feux, dehors, et de son feu intérieur. Il avait traversé la vapeur, le songe, la mémoire, et elle s'était déchirée. Il était le totem de lui-même, l'animal introspectif qui guidait Tim, l'ancêtre du premier homme et de la première femme, qui avait engendré le deuxième homme et la deuxième femme, et ainsi, de lignée en lignée, ses parents.

Ses parents s'appelaient John et Geneva. Son frère s'appelait Ben.

Il était le totem de lui-même, celui qui devait le conduire hors de la vapeur, de la fumée de la mémoire. Le garçon qu'il guidait était Tim, le garçon qu'il emmenait était lui-même, à l'intérieur de lui. Des esprits l'avaient possédé, sous la peau de l'ours qui cachait la peau de l'homme. Les esprits l'avaient quitté.

Il n'avait pas retrouvé la mémoire, mais le poids de la mémoire cessait de l'entraîner au fond de l'eau noire. La mémoire était devenue vapeur, fumée, elle avait stagné sous la tente.

Maintenant, il sentait la fumée monter vers le ciel.

La mémoire n'était plus une eau noire qui l'engloutirait. La mémoire se mêlait aux nuages, au-dessus de sa tête. Les nuages pleuvraient sur lui, la pluie était bienfaisante.

Il courait. Il n'y avait pas de mots dans le langage humain pour cette sensation de liberté insatiable, cette ivresse d'être, précisément, à cet instant, deux, un seul, délesté de tout ce qui l'avait entraîné vers le fond.

Ben était dans la fumée. John et Geneva étaient dans la fumée. Ils avaient quitté son corps, leurs esprits allaient libres, dans la fumée des trois feux, ils l'avaient quitté avec la sueur qui s'était refroidie sur son corps.

Il courait. Il s'appelait Tim Blackhills. Il s'appelait *Ursus arctos horribilis*. Il s'appelait Bleeding-Bear. Il saignerait toujours, mais il ne pleurerait plus. Les esprits avaient été emportés dans la sueur salée comme des larmes.

Il n'y avait aucune magie là-dedans. Le *medecine man* avait dit : « Je t'attendais, Bleeding-Bear, mais rien ne t'obligeait à venir. Tu étais dans ma vision. » Ben était venu ici, avant lui, Ben aurait couru avec lui s'il n'avait été dans la fumée qui montait vers le ciel.

28.
QUITTER L'ENVELOPPE

Deux jours plus tard, une fois de plus, Flora sut que le temps était venu. Elle allait devenir chatte, Catwoman. Quelque chose en elle soupira et chuchota : « Tim ».

Plus tard, elle dirait qu'elle avait ressenti, inconsciemment, hors de toute pensée formulée ou même intelligible, que Tim traversait lui aussi à cette minute une métamorphose, qu'ils étaient de nouveau indissolublement liés par ce passage.

Plus tard…

—

Lorsqu'elle revint de ses quarante-huit heures félines, Shariff n'était plus là.

Il n'y avait plus que deux passeports sur la table du salon. Il avait pris aussi plusieurs liasses de billets dans la cachette de la cuisine. Il avait emporté ses affaires, pas grand-chose, quelques vêtements achetés en route, pendant leur fuite, parce qu'il ne pouvait pas se contenter des vêtements qu'il portait le jour de l'évasion. Deux ou trois livres, usés, crayonnés, surlignés…

C'était tout. Il n'avait plus les pistolets avec lesquels il s'efforçait de devenir un samouraï – trop dangereux, trop suspect, quand en plus on a des identités douteuses. Il n'avait aucun souvenir personnel, pas un talisman familial auquel se raccrocher, pas même une bague en diamant ou une chaîne en argent, comme ceux que Tim et Flora s'étaient échangés le jour où il avait organisé leur discutable cérémonie de fiançailles.

Shariff, lui, n'avait rien.

Soudain, cela sauta aux yeux de Flora. Comment leur petit frère pouvait-il se reconstruire sans autres souvenirs que celle des deuils ? Elle savait où il était allé.

Elle consulta l'historique de son propre ordinateur, força la navigation privée pour obtenir les consultations cachées – un truc de flics et de parents fouineurs.

Il avait effectivement vérifié les horaires, les escales, les étapes d'une vingtaine de vols. Il ne pouvait pas passer plus de quatre heures dans l'avion, le temps d'embarquer, puis de débarquer. Il fallait en outre que les horaires de décollage et d'atterrissage collent avec ceux des marées de Bretagne Nord. C'était un véritable casse-tête de se bâtir un plan de vol pour traverser l'Atlantique dans ces conditions.

Elle s'assura qu'il y était néanmoins parvenu lors des dernières connexions.

Elle eut honte d'entrer dans le serveur de la messagerie de Shariff, mais elle n'avait pas le choix. Il était parti pour l'Europe. Il se jetait seul dans la gueule du loup.

Moins de deux heures plus tard, elle savait que Shariff avait identifié l'adresse de Cédric et Anja à Paris. Ils faisaient partie des initiés qui avaient fui l'Institut et des destinataires du mail mystérieux. Shariff comptait sans doute prendre contact avec leurs deux anciens camarades à son arrivée en France.

Moins de vingt-quatre heures plus tard, elle avait identifié l'ordinateur à partir duquel on avait envoyé le mail d'avertissement ou de menaces. Elle nota l'adresse IP. Il était en revanche risqué de lancer une opération de police pour remonter cette adresse et la géolocaliser – sauf à signaler les prédateurs aux flics. Ce qui était inimaginable, dans la mesure où Shariff avait décidé de les pister, et risquait dès lors de tomber, lui aussi, sur la police, en cas d'arrestation.

D'abord retrouver Shariff. Ensuite, dénoncer l'ennemi.

Elle commença néanmoins par fouiller l'ordinateur identifié comme celui de l'ennemi, profitant qu'il était connecté. Elle découvrit un réseau, organisé, avec d'autres ordinateurs. Elle explora les différentes machines.

Elle trouva sur les disques durs trois boîtes au nom de Paul Hugo, chez trois hébergeurs ; elles n'avaient aucune activité. Il y en avait également une au nom de Julien Charcot, pareillement inactive. Elle identifia plusieurs autres boîtes de messagerie, aux noms d'anciens initiés : des prédateurs. Elle était au cœur du dispositif de l'ennemi. Elle fouilla chacune des boîtes. Il s'agissait de conversations électroniques ordinaires, assez épisodiques. Ceux qui utilisaient ces messageries faisaient le plus souvent allusion à d'autres conversations, apparemment. Les prédateurs étaient non seulement en réseau, mais vivaient sans doute sous le même toit.

Moins de quarante-huit heures après son retour parmi les humains, elle fouilla une boîte portant le nom de « Bahlam ». Elle l'avait gardée pour la fin, comme quelques autres, dont les pseudonymes ne lui disaient rien.

La boîte de « Bahlam » avait une activité plus importante que les autres. Il convoquait régulièrement d'autres personnes : « Sekhmet », « 23 », « Fenrir »... Chaque fois, il indiquait un lieu, de façon assez allusive : « Alpes juliennes », « Alpes rhétiques », et une date.

Elle retourna dans les téléchargements du mail d'avertissement. Toutes les convocations avaient eu lieu, systématiquement, vingt-quatre heures avant que les attaques soient commises. Les lieux correspondaient.

« Bahlam » leur donnait des rendez-vous pour des meurtres.

Qui était-il ?

Elle finit par le découvrir. Elle se souvint de leurs recherches sur le forum des chasseurs. Zaroff. Elle tapa sur le moteur de recherche : « Bahlam. Mythologie. » Google lui offrit comme première occurrence Wikipédia, l'article sur le jaguar. Bahlam, l'homme-jaguar. Un seul initié avait cette métamorphose. Elle murmura dans la pièce vide :

– Julien. Julien Charcot.

Shariff n'aurait eu besoin que de quelques secondes pour faire le lien. Il connaissait sûrement tout de la mythologie des Mayas. Il connaissait tout sur tout. Mais c'était avant, quand il leur parlait… Quand il ne s'enfuyait pas. Quand Tim, McIntyre et elle étaient sa famille.

29.
DÉCALAGE HORAIRE

Le 27 juillet, elle était une fois de plus sur leurs messageries. Bahlam avait envoyé un nouveau message, un rendez-vous :

« Nous mordrons dans la pleine lune à belles dents. Risnjak. 19 h 30. » L'ordinateur informa Flora : la pleine lune était pour le lendemain soir, Risnjak était un parc national de Croatie, dans les Alpes dinariques. Son nom signifiait apparemment, en croate, « le parc du Lynx ». Il regorgeait de grands carnivores, ours, lynx, loups, soixante-cinq kilomètres carrés de sauvagerie préservée, aux marches de l'Europe centrale.

Ce fut à cet instant que quelqu'un toqua trois fois, selon un code convenu d'avance. Tim ouvrit la porte qu'elle n'avait pas verrouillée. Il était de retour. Elle sentit que toute la tension retombait. Elle se retourna et dit seulement :

– Shariff est parti.

– Tu as déménagé à cause de ça ?

– Non, trois jours avant. On a reçu un message de quelqu'un, un mail d'avertissement concernant des meurtres commis par Julien et d'autres. Et Shariff est allé sur son serveur. Ce n'était plus sûr…

– Depuis combien de temps est-il parti ?

– Sept jours, Tim. Tout seul. Je n'ai aucune nouvelle depuis. Mais j'ai déjà retracé son parcours, en piratant les données clients des compagnies aériennes. Il a atterri à Paris hier.

– O.K. Cela ne lui fait que deux jours d'avance. Et il doit s'arrêter toutes les six heures, pas nous. On peut espérer le rejoindre avant trois jours, peut-être avant qu'il arrive à l'Institut.

Les yeux de Tim lançaient des éclairs, mais sa voix était d'un calme impressionnant. Sentait-il qu'à cet instant, elle avait besoin d'un bloc, en face d'elle – besoin du coureur des bois ?

– Les seuls endroits qu'il compte visiter, c'est l'Institut lui-même, je suppose, et le domicile de Cédric et Anja, dont il a cherché l'adresse sur le Net.

– Tu as les passeports ?

Elle n'avait même pas eu le temps de le lui dire. Elle prit les documents sur la table basse.

– Oui. Des passeports français, avec visa de séjour de longue durée au Canada.

– Donc on peut s'envoler dès aujourd'hui, pas besoin de visa… Celui de Shariff était au même nom ?

– Oui.

– Alors on y va.

– Et toi, ton… absence ?

– Je ne pense pas que ce soit le moment d'en parler. Si tout va bien, on sera à l'Institut demain, au pire après-demain.

DEUXIÈME PARTIE

CHASSES

—

Flora et Shariff

30.
RENDEZ-VOUS

L'Institut se trouvait à douze kilomètres, au bout d'une route en lacets mal entretenue de la dernière voie départementale et à vingt-trois kilomètres du premier village habité. Cédric l'avait laissé à cette intersection, soit à environ trois heures de marche, d'un bon pas, du rendez-vous qui l'attendait.

Il avait accepté de le déposer là, au cœur de la nuit, sans lui poser de questions. Au nom de ce qu'ils avaient été, sans doute, au nom de McIntyre, des années heureuses de l'Institut, plus que d'une réelle affection pour « le gamin », « le homard pensant », « l'enfant de McIntyre »… Shariff n'avait jamais été un pensionnaire comme les autres, il n'avait jamais été un ami pour les autres initiés – trop jeune, trop différent. Mais Cédric, pas plus que sa compagne Anja, n'avait oublié ce qu'ils avaient traversé ensemble, et le dernier conseil élargi, celui où le samouraï avait vaincu Paul, une dernière fois. À l'époque, Anja siégeait au conseil restreint. Elle en était désormais la seule survivante avec Paul. Éprouvait-elle une culpabilité d'avoir déserté ? Sans doute pas davantage que Flora et Tim, mais Shariff ne le lui avait pas demandé pendant la soirée qu'il avait passée chez eux. Ils s'étaient contentés de commenter ce qui se produisait, avant qu'il se métamorphose, et Cédric avait commencé le trajet avec un gamin à l'état de homard.

Cédric viendrait le rechercher dans cinquante heures, au même endroit, et l'emmènerait au premier aéroport – celui de Lyon. Shariff, alias Omar Iniziato, se débrouillerait pour partir seul, ensuite, vers le repaire des prédateurs, en fonction des indices qu'il trouverait. C'était un plan extrêmement flou, qui ne tenait qu'à un fil, l'espoir de trouver autre chose que les policiers, de faire mieux qu'eux, parce qu'il était un ancien pensionnaire du lieu.

Pour l'instant, il allait marcher, parcourir un ou deux kilomètres dans la nuit profonde, puis il se glisserait dans un buisson et méditerait pendant six heures quinze. En attendant la prochaine marée.

Puis il gagnerait le domaine, explorerait méticuleusement les lieux.

Puis il y aurait encore trois métamorphoses, avant de repartir dans la voiture de Cédric. Quatre en tout, hors du milieu marin. C'était possible, admissible, quoique légèrement risqué. Il savait pouvoir tenir jusqu'à six jours hors de l'eau, il avait payé pour mesurer ses limites, naguère. Il éprouvait une forme de satisfaction à prendre ce « risque », fût-il limité. Cela faisait près de trois mois qu'on le préservait. Mieux valait mettre sa vie en danger que de rester ainsi, un objet fragile, silencieux, dépressif.

Par réflexe, il chercha dans sa bibliothèque intime une citation pour appuyer sa lecture de la situation. Il n'en trouva pas. Cela faisait tant de semaines qu'il était hors jeu, hors vie…

Il se glissa dans un buisson, retira ses vêtements, les plia soigneusement. Cela lui rappela encore les heures passées au-dessus du col de Bise, lorsque son père adoptif était enfermé dans le bunker avec Flora et Tim. Il se remémora comment il avait retourné la situation, avec Matthew, face à Ines et Bjorn. Il aurait fallu qu'il trouve une arme. Cédric avait prétendu qu'ils n'en possédaient pas, lui et Anja, même pour se défendre.

—

« Le homard, deux fois, parfois trois fois par jour. Et maintenant dans un buisson, asphyxié, déjà…

Tu plongeais dans l'eau de mer, et l'eau de mer dissolvait ton identité, tu la perdais – ou la retrouvais-tu, plutôt ? Qu'es-tu au juste, qu'est au juste pour toi cette métamorphose : un avatar, ou retrouves-tu au contraire l'origine, ta véritable identité – l'adolescent n'est-il que l'avatar du crustacé ?

Qu'importe. Tu as le même intellect quelle que soit ta forme. Tu te ressembles… La *supranoïa* a réduit toutes les nuances dans la perception, sinon celles qui sont liées à ta taille, tes sens, au milieu dans lequel tu évolues. Des nuances biologiques, donc, sans importance quant à ta pensée consciente.

Mais l'âme diffère.

Et tu préférais le homard, ces dernières semaines. Dans l'eau salée, tu évitais les regards inquiets de Flora Argento et de Timothy Blackhills. Ils semblaient s'alarmer de ne pas voir revenir sur tes traits, dans tes yeux, une lumière. Il n'y a pas de lumière. Ils ne la cherchaient pas dans tes yeux d'arthropode, ils te laissaient la moitié de ton temps dans cet état qui n'était pas plus mensonger, cet autre toi-même. Ils n'attendaient rien de toi, comme homard. Personne n'attendait rien de toi.

Mais c'est fini, tu es face au monde. Le gamin. Le fils.

Tu es Shariff qui est cela – le crustacé autant que l'autre, le gamin à l'âme morte. "Je est un autre." Rimbaud, mon pote. Deux corps qui se nourrissent, dorment et défèquent, à égales proportions. Quant à savoir où se situe la vérité – adolescent ou homard –, qu'importe : les deux enveloppes sont aussi exactes, et aussi mensongères.

Tu as perdu Flora et Tim, quoi qu'il arrive. Qu'ils vivent

au loin leur vie sans vengeance, sans justice, qu'ils se terrent et oublient.

Il n'y a plus de place pour l'oubli. Le professeur, ton père, t'avait permis de redevenir un, de réconcilier l'enfant et l'animal. Et désormais, Shariff, tu essaies de retenir ensemble tout ce qui se disperse, de nouveau, tout ce qui se disloque, s'éparpille avec les cendres de ton père. Avec les mensonges qu'on répand sur lui.

Tim et Flora ne sont pas ta famille, ils ne t'ont pas adopté et ne pouvaient te donner un nom. L'homme qui t'en avait offert un est mort, les humains ne peuvent vivre sans nom ; pourtant, tu n'en as pas.

Tu n'étais plus pour Flora Argento et Timothy Blackhills qu'un objet brinquebalé, ils t'étaient devenus étrangers car ils comptaient continuer de vivre, essayer de le faire, du moins. Ils y trouvaient un sens, ils pensaient même que tu pourrais, toi aussi, "aller mieux". Dans ce projet, tu étais un bagage accompagné, un bagage à main.

Désormais, le homard et le garçon vont là où ils le veulent, sur les traces de leur père. Tu préférerais peut-être rester ce homard sans visage, sans nom qu'on trimballait – l'inconscient des homards ne risque pas à tout instant de les submerger. Cette décharge de rage, de tristesse, tous ces pleurs qui sont à l'intérieur du corps d'un gamin abandonné par son père, et dans lesquels tu nages, homard. L'eau de mer est salée, comme les larmes qui ne risquent pas de resurgir des yeux.

Le homard n'a pas de glandes lacrymales.

Le homard, du moins, connaît un peu de paix, il est capable de cet abandon, cette absence de troubles qu'on nomme l'ataraxie.

Le homard est la condition que tu préférais, dans ta fuite, mais ton père a choisi l'autre enveloppe pour déposer devant elle les documents de l'adoption. Ton père préférait le garçon. Il faut continuer d'être fidèle à l'enfant, infiniment plus lourd et triste. La marée remonte, ces jours-ci. Le homard cesse de philosopher. Le sens-tu, Shariff ? Tu perds l'ataraxie ? »

31.
CATON L'ANCIEN

Shariff s'arrêta un instant devant la grille cadenassée qui portait les scellés de la police. Des bandes jaunes en plastique indiquaient qu'il s'agissait d'une scène de crime interdite aux curieux. Il escalada le mur comme un chat sauvage efflanqué. Il avait faim, mais il se sentait content d'agir physiquement. Il avait cessé de tergiverser, d'attendre.

Il prit la route qui montait en lacets, à l'intérieur du domaine, sur trois kilomètres, vers les premiers mazots, ceux du Hameau. Le village des siens, son village.

Il ne restait que des ruines. Il s'y était attendu, mais il expérimenta cet écart violent qu'il peut y avoir entre ce que l'esprit anticipe et ce que les yeux voient. La réalité brutale, impitoyable, crue. Tous les mazots avaient brûlé, on n'en voyait que les socles, fondations de pierre jusqu'à la hauteur des fenêtres. Les caves, les « pièces rouges » où chacun avait vécu ses métamorphoses, étaient offertes à ciel ouvert. Les poutres noircies s'enchevêtraient. Les arbres avaient brûlé, eux aussi, mais seuls les quelques conifères directement voisins des chalets étaient entièrement calcinés.

Shariff passa devant ce qui lui avait servi de maison pendant cinq ans, le chalet qu'il avait partagé avec Flora et Tim. Rien ne distinguait cette ruine des autres, un chaos semblable qui ne suscita pas en lui d'émotion supplémentaire : ce n'était qu'une partie du désastre, guère plus remarquable. Il décida qu'il y reviendrait, continua la route en lacets. Après un dernier virage, où le bouquet de rhododendrons, encore noirci de cendres, avait été étrangement lavé par les pluies des deux derniers mois, sa vision embrassa le bâtiment principal.

Cette fois, un choc le submergea, et s'imposa ce sentiment de perte irrémédiable. Le Grand Chalet. La Grande Bibliothèque. Le bureau du professeur McIntyre, où on l'avait adopté. Le laboratoire de Kate Bidgelow, où il avait lancé la rébellion. Les livres, le conseil élargi, son père. Le cœur de ses souvenirs, de sa vie, tout était parti en fumée. C'était un désastre de bois brûlé, de vitres fondues, de pierres retournées.

Manifestement, les recherches de la police s'étaient concentrées sur ce lieu. On avait tronçonné des poutres calcinées, dégagé la charpente qui s'était effondrée dans l'incendie sur le reste du bâtiment, nettoyé le périmètre pour y chercher des indices, des éléments, des preuves peut-être sur ce qui s'était passé. Les enquêteurs de la police scientifique avaient dû y passer des jours, en pure perte : toutes leurs conclusions étaient fausses. Ils avaient tout calomnié.

Shariff avait vu sur Internet les photos de presse, et notamment celles du Grand Chalet en ruine, comme une ville barbare après la bataille, *Delendae carthago*, « Carthage doit être détruite ». Caton l'Ancien. Oui, il s'y attendait. Mais les vestiges de ce qu'avait été son existence le laissèrent toutefois interdit, dans une parfaite sidération, durant au moins une minute.

Que restait-il du passé, de sa vie ? Que subsistait-il de son enfance, de toutes les sagesses qu'il avait acquises, ce long travail, cette *supranoïa*, ce chemin douloureux pour accepter l'inacceptable, se mettre en scène, en rire, puis pour devenir le fidèle du daimyo, le guerrier, celui qui sauverait son père, fût-ce contre lui-même ?

Son père. Que restait-il de cette œuvre, de cette vie

vouée au savoir et à la libération de pauvres âmes comme lui ?

Ruines. Fumée. Cendres.

Ce n'était pas une métaphore de la vie. C'était réellement sa vie. Cela aurait fait jouir un philosophe, ce moment où l'on contemple tout ce qui a été bâti et qui n'est que ruines. Les stoïciens prétendent que là se trouve la simple lucidité. Mais Shariff emmerdait les philosophes. On lui avait tout pris, ses souvenirs, sa mémoire, après son père.

Dans ce blanc hébété qui venait de tomber sur son âme, comme une neige d'hiver, glaciale, il entendit d'abord comme étouffé le bruit d'une voiture, assez loin en contrebas. Puis son cerveau se reprit, analysa : ça s'approchait. Ça semblait monter le long de la route.

Il s'ébroua : qui entrerait désormais dans le domaine, à part des flics ? Fuir, il devait fuir, se cacher, jusqu'à ce qu'ils partent. Il prit le sac qu'il avait laissé tomber à ses pieds. À ce moment, une voix dans son dos le fit tressaillir :

– C'est ça que tu es venu chercher, Shariff ? Des vieux souvenirs ?

32.
JEU DE PISTE

Ils atterrirent à 11 h 30, heure de Paris, et en sortant de l'aéroport, Flora connecta le téléphone portable qu'elle avait acheté au nom de Fleur Iniziato. Il n'existait aucune raison que le mobile soit tracé par la police, pour l'instant.

Anja répondit à l'appel, au bout de deux sonneries. Flora dit simplement :

– C'est l'ancienne colocatrice de Shariff. On est à Paris, avec Timothée. Où est le homard ? Encore chez vous ?

Au bout du fil, elle crut mesurer la surprise, puis la perplexité, dans le silence de son interlocutrice.

– Non, dit finalement la voix féminine. Shariff est arrivé chez nous avant-hier soir, à l'improviste. Il est parti avec Cédric la nuit dernière. Cédric m'a appelée vers 3 heures du mat' pour me dire qu'il l'avait déposé juste après Morgens.

Anja hésita encore, puis compléta.

– Shariff nous a dit, pour Clauberg, la trahison de Julien et de Paul, et la mort du professeur…

– O.K. Cédric ne reste pas avec lui, là-bas ?

– Non. Il voulait y aller seul. Il nous a dit qu'il cherchait des indices, mais que c'était risqué. Cédric doit repasser le chercher dans une quarantaine d'heures, maintenant…

Flora enregistrait les informations au fur et à mesure. Son cerveau cherchait déjà la question suivante.

– Il est armé ? Vous lui avez donné un flingue ?

– Non. Il m'a demandé de lui en procurer un, mais nous n'en avions pas.

– O.K… Il vous a dit aussi, pour la menace ? Les meurtres, à Madrid ?

– Oui.

– Bien. Dis à Cédric de rentrer dès maintenant, et déménagez dans les vingt-quatre heures… Shariff vous a retrouvés sans problème, Bjorn peut en faire autant. Il faut que vous quittiez votre appart, Anja, que vous quittiez la ville, et que vous soyez invisibles, désormais.

Sa voix baissa d'un cran, plus sourde.

– Autre chose : tu ne m'as jamais parlé, Anja. Tu ne sais pas où je suis. Au fait, vous avez une deuxième voiture ?

– Non. Mais Cédric sera de retour dans huit heures, si je l'appelle, et…

– Pas le temps d'attendre. Oublie ça, Anja. Oublie tout. On prend le relais.

– Alors ?

– Il est seul, à l'Institut. Cédric l'a déposé là-bas il y a environ neuf heures. Et la marée est montante depuis plus de trois heures.

– D'accord… Alors on prend le premier train et on va le retrouver là-bas. En espérant qu'un loueur de voitures se contentera de ma *driver's licence.*

– Et sinon ?

– Taxi. Ou un autre moyen, on verra…

Tim jeta un coup d'œil à sa montre.

– Si on fait vite, on devrait pouvoir le rejoindre dans une demi-journée… Il sera humain à ce moment-là, ça nous facilitera la tâche. Dans une journée, on sera partis d'ici tous les trois.

Il semblait vouloir l'encourager, lui remonter le moral. Il ne parvenait pas à dissiper son inquiétude.

– À condition qu'il accepte de nous suivre, dit-elle seulement, sans livrer le reste de ses pensées.

À condition qu'il soit resté à l'Institut. À condition que Julien et Bjorn ne tombent pas sur lui…

– Tu t'imagines vraiment que je vais lui laisser le choix ? sourit Tim.

33.
TRAHI

Shariff se retourna. Julien, le maître du dojo, était debout derrière lui. Il tenait dans sa main un dossier de couleur bleue, un dossier qui avait contenu les papiers d'officialisation de l'adoption de Shariff McIntyre. « Volé dans le bureau du professeur. » Ce fut la première pensée, stupide, de Shariff en dépit de l'incendie, de la trahison, de tout ce qu'il savait : ils avaient osé fouiller dans les tiroirs du bureau du professeur. Ils avaient profané cela. « Ils ont volé Ronald McIntyre. » Comme le sentiment d'un blasphème. Julien sourit.

Le bruit de la voiture indiquait qu'elle serait là dans moins d'une minute. Ce n'était pas la police, c'était pire.

– J'ai un flingue, Julien, dit Shariff calmement. Et je vais te tuer.

– Faux. Tu l'aurais déjà sorti. Je te connais, petit frère. Tu es trop fougueux, en dépit de ce que j'ai essayé de t'apprendre au dojo, autrefois. Tu as l'impulsivité des espèces inférieures. Tu compenses ta faiblesse par de la hargne.

– Que… Que fais-tu ici ?

– On vient te chercher. Il y a toujours quelqu'un parmi nous qui fait le guet ici pour surveiller ce que pourraient trouver les flics, ou pour nous signaler le retour d'anciens adeptes. Il t'a repéré, venant vers le domaine, il y a presque dix heures. Tu marches lentement, et tu as besoin d'une pause à chaque marée. Cela nous a laissé le temps de venir pour organiser ta réception.

Il souriait avec une effroyable simplicité, comme s'il

s'adressait à un gamin un peu demeuré. Ce qu'était Shariff, sans aucun doute.

– Nous nous doutions que quelqu'un allait venir à cause du message d'Ines. Mais nous ne pouvions supposer que ce serait toi, et précisément aujourd'hui.

Quelque chose venait de teinter la voix et le rictus du maître du dojo, ironie ou pur plaisir cruel. Shariff ne ressentait aucune peur, juste une haine folle. Il aurait tué Julien, là, sur-le-champ, s'il l'avait pu.

– Un autre jour, nous t'aurions capturé et amené à Paul. Mais puisque tes marées nous ont laissé le temps de venir, et puisque le calendrier lunaire nous offre une occasion inespérée, nous avons décidé de nous amuser ici. Tu as vraiment un sens inné du *timing*, Shariff. Tu aurais pu faire un grand combattant, si tu n'étais pas une victime.

Julien avait mis tout le dédain du monde dans ce dernier mot. Tout ce mépris que le maître du dojo avait dû contenir, pendant des mois, quand il l'initiait et lui prodiguait ses conseils, quand il lui apprenait le kung-fu, quand Shariff croyait encore qu'il serait un combattant.

Une voix dans sa tête criait : « Fuis ! À toutes jambes ! »

Une autre voix disait : « C'est inutile. »

La voix de la sagesse, en basse, murmurait : « Maintenant, c'est fini. C'est la fin. Et il est juste que tout finisse ici. Tu n'as que ce que tu mérites. »

La voiture déboucha sur l'esplanade de gravier et d'herbe rare, devant l'immense chalet en ruine, puis s'arrêta. C'était un gros 4×4 immatriculé en Autriche, noir, aux vitres fumées, exactement comme les Hummer que possédaient les chasseurs quand ils les avaient attaqués dans le bosquet du col de Bise. Celui qui était au volant descendit le premier. Il souriait, dans une attitude triomphale. Bjorn Daehlen. Deux passagers descendirent à leur tour : Marge et Ines.

Bjorn dit :

– Ce gamin nous aura fait plaisir jusqu'au bout, il a bien choisi son moment. Paul arrivera dans quelques heures, lorsque nous lui aurons confirmé que la voie est libre. J'ai laissé Mevlut comme garde du corps.

Deux silhouettes sortirent du couvert du sous-bois : Katia et Anton.

– Rien à signaler, Bjorn, confirma la jeune Allemande, qui avait coupé ses cheveux très court depuis la dernière fois que Shariff l'avait vue, le jour du conseil élargi.

Julien s'adressa à l'ancien chef de la sécurité :

– Patrick est derrière la Bibliothèque, du côté de l'Alpage, avec Frank. Pour eux aussi, tout est *clean*.

Bjorn s'approcha de Shariff et lui balança une claque gigantesque au visage, qui le fit reculer de trois pas et lui fit monter les larmes aux yeux. Non, ne pas pleurer, ne pas…

« Laisse faire la nature, ne lui oppose pas ta fierté. Tu es mort. Tu n'es plus rien. Ce qu'ils te font n'a plus aucune importance.

C'est eux qu'ils avilissent, ils ne peuvent plus rien contre toi. Meurs, et ne songe plus à rien. »

– Le crustacé est revenu à lui il y a combien de temps, Julien ?

– Quatre heures, environ. Il lui reste deux heures avant de redevenir un homard.

Des rires, comme s'il avait proféré une insulte. Tout le monde avait ri. Tout le monde ? Non. Pas Julien. Pas Ines, non plus, elle ne se moquait pas. Elle avait un visage grave, apparemment, comme si elle ignorait ce qu'elle faisait ici.

– Si tu ajoutes les six heures de vie aquatique, cela signifie que la chasse pourra commencer dans huit heures, environ. Vers 21 heures. J'ai envoyé un mail de convocation, changement de lieu, changement d'heure. Mais pas de changement de date. Ils devraient tous être là vers 20 heures.

De quoi parlaient-ils ? De quoi ?

– Il faudrait que nous ayons quitté les lieux au lever du soleil, Bahlam… Si des ploucs aperçoivent nos voitures, on risque de voir les flics débarquer demain matin.

– O.K., Bjorn. Ça me paraît sensé. De toute façon, on arrête la chasse à 3 heures du matin quand il redevient un homard… S'il vit jusque-là.

Julien répondait comme s'il n'était pas tenu d'obéir, ils se parlaient d'égal à égal. Deux chefs. Ce fut l'ancien responsable de la sécurité qui s'adressa à Shariff, de nouveau, pour une explication :

– Tu arrives exactement au bon moment pour nous, homard. Nous avions prévu une belle chasse, cette nuit, en Croatie, mais tu nous en offres une plus belle encore. Et tu n'imagines pas le plaisir que nous aurons à tous en profiter.

Julien se tourna vers la jeune Espagnole qui ne souriait pas :

– N'est-ce pas, Ines ? Tu auras beaucoup de plaisir à jouer avec nous, puisque c'est la pleine lune ?

Bjorn sortit son arme.

– Shariff, mets-toi à genoux. Ines, va te mettre à côté de lui et agenouille-toi également, s'il te plaît.

Il vit sur les traits de la jeune Espagnole qu'elle s'attendait à ces mots. Elle n'était pas surprise. Elle était leur prisonnière. Elle venait ici pour mourir.

– Voilà ce qu'il se passe…

Bjorn s'adressait aux autres. Marge, Katia, Anton. Il sortit de sa poche un petit carnet relié de cuir noir, le leur montra.

– Vous savez tous, déjà, qu'Ines a douté de nous et qu'elle a envoyé un message d'avertissement aux anciens initiés. Ce que nous ne vous avions pas dit, c'est que nous avons retrouvé un carnet, dans lequel elle a écrit ses

« impressions ». Elle pense que nous avons sombré dans la folie prédatrice… « Comme des bêtes », ce sont ses mots. Elle pense que nous sommes fous et que nous nous sommes perdus. Et elle s'est juré de ne plus jamais tuer, quoi qu'il arrive.

Un sourire narquois.

– Nous avions donc prévu de faire une chasse au loup, cette nuit. Plus exactement une chasse à la louve, au milieu des siens, dans le parc de Risnjak, parce que c'est un sport que les braconniers pratiquent couramment, là-bas. Et pour qu'elle ait sa chance.

Il jeta le carnet dans l'herbe, devant Ines.

– Nous voulions voir si elle n'essaierait pas de tuer ceux qui la chassent. Mais le homard nous offre une perspective encore plus alléchante. Très… appétissante. Explique-leur, Bahlam.

Julien, distrait ces dernières secondes, comme ennuyé, sembla soudain retrouver de l'intérêt à la discussion. Il s'adressa à Shariff et à la lycanthrope, mais suffisamment haut pour que tout le monde entende.

– Puisque vous ne voulez pas chasser, ni tuer, nous allons vous y obliger. Tous les deux. Cette nuit, Ines, tu devras tuer Shariff, tu auras six heures, entre 21 heures et 3 heures du matin. Shariff, tu devras tuer la louve avant de redevenir un homard. Celui des deux qui l'emporte gagne vingt-quatre heures, nous l'emmenons avec nous, nous le déposons en Croatie, à l'endroit que nous avions prévu, et nous lui laissons vingt-quatre heures d'avance avant de nous lancer à notre tour dans la traque. C'est une grande faveur : s'il se débrouille bien, il peut trouver une planque.

– Et s'ils ne jouent pas le jeu ? interrompit Bjorn. Si personne n'est mort à 3 heures ? Explique-leur, Bahlam.

– Mon Dieu, si vous ne jouez pas le jeu, nous serons obligés de vous faire souffrir, longtemps, avant de vous mettre à mort. Ines, tu sais de quoi nous sommes capables. Quant à toi, Shariff… Sais-tu que certaines recettes prévoient de tronçonner vivant le homard avant de le faire flamber ?

—

Ines pleurait, à côté de lui. De temps en temps, un des prédateurs passait près d'elle et l'insultait, Marge surtout. Elle était leur traître. Lui n'était qu'un ennemi, on le haïssait moins, sans doute, même si on le méprisait plus.

Il ne sentait plus ses genoux. Il se concentrait là-dessus, cette douleur dans ses jambes qui remontait le long du nerf sciatique et lui vrillait le dos au niveau des dernières vertèbres. Mais il continuait de se tenir droit, ne s'affaissait pas : ils allaient voir qui était l'espèce inférieure. Il se souvenait des enseignements de Julien : « Tu ne sens pas la fatigue, elle n'existe pas. Tu nies la douleur, elle cesse. Tu marches sur ta peur, elle reflue. » « La pensée commande le corps. » C'était faux. Tout ce que Julien avait dit était faux, tout, depuis le début. Shariff n'était que douleur et fatigue. Mais il n'avait pas peur, non, pas peur. Il était mort, déjà, il se moquait de tout cela, il ne jouerait pas leur jeu. C'était étrange, mais il était mort.

Julien consulta sa montre et demanda à Bjorn :

– Tu as l'aquarium, comme prévu ? Il ne va plus tarder à se transformer, maintenant.

Marge et Mevlut sortirent le grand aquarium de la malle arrière du 4×4. Ils le déposèrent au milieu de l'esplanade, devant les ruines du Grand Chalet. Julien apportait deux sacs de mélange que Shariff connaissait, les sels synthétiques. Marge et Mevlut retournèrent plusieurs fois au véhicule pour prendre plusieurs grands jerricans de vingt litres d'eau filtrée.

Julien se tourna vers Shariff :

– Tu vois, on équilibre les forces du mieux qu'on le peut. Je veux que tu sois parfaitement en forme pour cette chasse. Tu vas pouvoir te réoxygéner correctement. Tu ne pourras pas dire qu'on ne prend pas soin de toi, « petit frère ».

De nouveau, Julien avait utilisé ce surnom, celui qu'il avait, jadis, au dojo. Et, cette fois encore, Shariff eut le sentiment qu'il y mettait quelque chose d'ironique ou de cruel.

– Il te reste une heure avant la transformation, dit Julien. Alors, profite de ton humanité et détends-toi les jambes pendant qu'on brasse ton eau. J'imagine que tu as des fourmis.

– Non, ça va, je préfère rester à genoux. « Oublie la fatigue », tu te souviens, Julien ?

Il aurait voulu l'insulter, mais il se retenait. En situation de faiblesse, la force la plus grande consiste à respecter l'adversaire, à lui montrer qu'on n'a pas cessé, soi-même, d'être vertueux. Les enseignements du samouraï revenaient par bribes. Cette façon de penser, il ne savait qu'en faire. C'était une illusion, cela aussi, une autre illusion. Il n'était pas un moine shaolin, il était un môme perdu, et un homard.

34.
CAR-JACKING

Flora avait profité du transfert en navette, depuis l'aéroport vers la gare de Lyon, pour sortir son petit ordinateur et tapoter deux ou trois phrases de code. Elle tomba sur le nouveau mail, voulut prévenir Tim sans crier ni alerter aucun autre passager autour d'eux, mais elle sentit que sa voix était trop blanche et trop forte à la fois.

– Tim ?

– Oui.

– Je suis sur leur serveur… Ils viennent de changer le lieu de convocation pour leur réunion de ce soir. Julien dit que ce sera un retour aux sources.

– Lis-moi tout le message, précisément.

– « Nouveau terrain pour une autre chasse. Ce sera un retour aux sources. 20 heures, tous feux éteints. Bahlam »

– Un retour aux sources ? Tu crois qu'ils vont…

– Oui, à l'Institut. Et ils parlent d'une « autre chasse ». À 21 heures, la marée monte.

– O.K. Pas le temps de prendre le train…

Ils demandèrent au chauffeur de les laisser descendre immédiatement, mais il refusa. Tim s'énerva, Flora lui montra les caméras qui filmaient l'intérieur du bus. Il ne fallait pas qu'on les remarque – sinon, on finirait par les reconnaître.

Ils ne purent quitter la navette Air France avant la gare de Lyon, rongeant leur frein pendant trente minutes interminables.

Ils se retrouvèrent au milieu de la rue de Bercy, leurs sacs à dos sur les épaules.

– Qu'est-ce qu'on fait, Tim ?

Le jeune homme désigna une voiture qui stationnait, moteur au ralenti. Un homme au volant attendait sans doute quelqu'un. Tim lança à Flora :

– Monte à la place du passager. Tout de suite.

Lui-même contournait déjà le véhicule, une Volvo gris métallisé, et ouvrit la porte du conducteur en même temps que Flora s'installait, de l'autre côté :

– Nous devons aller dans le Sud, dit-il. Périgord. On t'emprunte ta voiture. Tu as envie de vérifier que nous sommes armés ?

Le conducteur, blême, secoua la tête. Tim s'installa derrière lui et dit :

– Tu nous emmènes à la porte d'Orléans, on te laissera là-bas. En vie, sois tranquille.

—

– On aurait dit que tu avais fait ça toute ta vie, sourit Flora.

– Tu ne connais pas encore mon côté obscur, répondit Tim. Faudra qu'on change les plaques à la première aire d'autoroute. Tu as un tournevis sur toi, bien sûr ?

Elle secoua la tête. Tim faisait montre du même calme et de la même concentration un peu ironique que lorsqu'il courait, sur le terrain. Le coureur des bois, reconverti dans le *car-jacking* ? Tim ne semblait serein, sans tourments intérieurs, que lorsqu'il agissait.

Il entra sur l'autoroute du Sud, accéléra. Loin derrière eux, déjà, porte d'Orléans, un homme regardait disparaître sa bagnole en remerciant probablement Dieu d'être en vie.

35.
JUSTE UNE CHOSE ENTRE LEURS MAINS

Shariff ne se dévêtit pas, comme il en avait l'habitude avant les métamorphoses. Il ne voulait pas leur faire le plaisir de se montrer nu, à moins que ce ne soit de la peur : être humilié, se sentir humilié. De ce fait, il mit deux bonnes minutes à se dépêtrer de ces vêtements, une fois transformé. Ses pattes, ses pinces, ses antennes s'accrochaient au tissu.

Dans ses efforts, il entendait leurs rires et leurs exclamations. Depuis trois minutes, depuis la marée haute, les organes de l'ouïe étaient situés sur ses antennes postérieures. Ce qui comptait n'était pas qu'ils se moquent de sa nature, mais ce que son esprit ferait de leurs sarcasmes.

Il sortit en rampant de sous le tas de vêtements, fit quelques pas maladroits sur le sol de terre herbeuse, en s'approchant de l'aquarium. Katia vint vers lui, se pencha, l'agaça avec un bâton, plusieurs fois. Les pinces, par réflexe, essayaient de se refermer sur l'objet, Shariff laissait le cerveau animal les commander. Les autres s'esclaffaient.

Katia le prit et le jeta finalement dans l'eau de mer, à l'envers, sur le dos. Il resta ainsi quelques instants, ses dix pieds s'agitant pour se rétablir, se retourner, ses pinces battant dans le vide.

Les rires avaient repris, et les railleries :

– Oh ! oh ! tu parles d'un prédateur… Vas-y, le samouraï, fais-nous le fauve !

– Quand tu te seras retourné, préviens-nous !

– Attention, le fils de McIntyre est en chasse.

Il se sentait grotesque comme le sont les insectes quand ils se débattent sur le dos. Il lui revint les pages de Kafka, *La Métamorphose*, la grosse blatte qui essaie de se rétablir, qui se cache au regard d'autrui tant elle se sait risible. Leurs sarcasmes, leurs faciès grotesques autour de lui, vus à travers le prisme de ses yeux rudimentaires, qui saisissaient plutôt leurs mouvements, et déformés par l'eau, par le miroir des parois, ressemblaient à des gueules tirées d'une farce médiévale, d'un cauchemar de Jérôme Bosch.

Kafka, Bosch : Shariff pensait avec cette culture qui est le propre de l'humain. Il était le monstre, eux étaient les démons. « Marche sur les humiliations comme sur la peur. Ne tiens compte de rien, concentre-toi sur ce que tu cherches à obtenir, deviens tendu comme l'arc, insensible comme la flèche. »

Il parvint à glisser, toujours sur le dos, vers un coin, et en s'appuyant sur les parois verticales, il se retourna finalement après deux vaines tentatives. Les prédateurs, accroupis autour de l'aquarium ou penchés au-dessus, se mirent à applaudir avec enthousiasme :

– Oh oh oh… Pas mal !

– Fameux, le coup du dos !

Le homard était de nouveau dans la position de penser. Ses pattes crissaient sur le sol de verre de l'aquarium et, en dépit de la transparence, des regards, des moqueries, en dépit de tout cela, il était seul. Il n'était que retrait silencieux, réfugié dans le fond de son esprit, sans âme, sans doute, sans peur, une simple pierre au fond de l'eau, entouré d'un nuage de bulles. C'est tout ce que la méditation pouvait lui offrir, tout ce que la maîtrise permettait : l'ataraxie. « Démocrite, mon pote. »

Dormir, dormir ou, du moins, cesser de penser et de les voir.

36.
COMPTE À REBOURS (1)

Tim entra dans la boutique de la station-service qui précédait le péage de Fleury-en-Bière, acheta une trousse d'outils destinée aux conducteurs en galère. Il ressortit, désigna à Flora la voiture garée à côté de la leur. Immatriculée en Belgique, elle stationnait elle aussi à proximité du restoroute – il y avait des chances qu'ils bénéficient d'un peu de temps sans être dérangés.

– Tu surveilles, je dévisse, dit-il à Flora.

Il procéda à l'échange des plaques des deux véhicules avec la pince à rivets, pendant qu'elle faisait le guet. La famille devait trouver le menu du restoroute à sa convenance, et il ne passa que deux conducteurs pendant qu'il procédait. Ils remontèrent dans la Volvo volée. Flora jeta un œil à sa montre.

– Il est un homard, en ce moment… Tu penses vraiment qu'ils veulent le tuer ?

– Je n'en sais rien. J'ignore ce qu'ils veulent faire, mais à ce qu'on a lu, ils se sont plutôt acharnés sur les humains, ces dernières semaines. Donc, s'ils ont capturé Shariff, ils vont attendre qu'il redevienne humain.

– À 21 heures, ce soir. On n'y sera jamais à temps.

– Je sais… On est en retard, on n'a pas d'armes. On se jette dans la gueule du loup, dans une voiture volée, recherchés par les flics.

– Lui non plus, Tim, il n'a pas d'arme.

– Je sais, dit-il.

La Volvo accéléra en reprenant la bretelle d'accès à l'autoroute et rejoignit immédiatement la voie de gauche.

37.
NIRVANA

Shariff perçut que le temps était venu. Ses yeux s'agitèrent au bout de leur rostre. Ses pattes commencèrent à fourmiller, à s'agiter, ses pinces se dressèrent. Quelqu'un cria :

– C'est l'heure, il se réveille.

À travers l'eau et les vitres, il fut incapable de reconnaître la voix, ni les traits à travers les vitres, à cause de la distance, de sa vue limitée. À qui appartenaient cette silhouette, ce visage qui le surveillait ? Il prit la pente aménagée pour sortir de l'aquarium. Ils avaient choisi un modèle qui lui permettait cela. Julien le traître était parfaitement au courant des besoins du homard. C'est lui qui avait veillé à sa réhydratation quand il avait failli mourir asphyxié, devant le bunker. Trahissait-il déjà, à cet instant ?

C'était une pensée parasite, inutile.

Il était temps. La marée l'appelait. Il s'engagea sur la pente douce pour quitter sa cage de verre. Il ne redoutait pas les regards ni les rires. Tout glissait sur lui. Celui que plus rien n'humilie est-il déjà mort ? Ou a-t-il atteint la sagesse, le nirvana ?

38.
COMPTE À REBOURS (2)

Ils passèrent la barrière de péage de Taconnaz sans encombre.

– Les gendarmes doivent nous attendre dans le Périgord, sourit Tim.

– M'étonnerait qu'ils soient aussi naïfs, répondit Flora.

– Ne sous-estime jamais la naïveté de l'ennemi.

Il semblait vouloir maintenir un niveau de discussion léger, presque désinvolte, en dépit de la tension qui s'accumulait dans l'habitacle. Qui croyait-il tromper ?

– Combien de temps nous reste-t-il ? demanda-t-il, l'instant d'après.

– Une heure trente au moins. Il est 21 heures. S'ils tiennent Shariff, ces enfoirés viennent de commencer la chasse.

39.
LE JEU

Ils s'étaient approchés – Bjorn, Anton, Marge, Mevlut, Katia, trois ou quatre autres encore, des inconnus qui étaient là le jour du conseil élargi, qu'il avait défiés.

Il était nu devant eux, sans peur, leur présentant ce corps glabre encore, trop petit, ce corps chétif de gamin pas encore pubère. La main, par réflexe, était venue cacher son sexe, mais il lui commanda de se retirer. Ne pas connaître la honte. Ne pas se dissimuler, les affronter dans sa nudité et sa faiblesse. Qu'ils rient, qu'ils se moquent, et qu'ils se couvrent de leurs propres crachats.

– Ça suffit ! Cessez vos gamineries !

Une voix tranchante et grave venait d'interrompre leurs moqueries.

– Apportez-lui ses vêtements.

Shariff reconnaissait la voix et sentit monter une bouffée de haine pure qui faillit jaillir en cri. Il se mordit les lèvres. Paul Hugo était arrivé.

Le groupe s'écarta, Julien apportait le tas de fringues. Shariff vit le maître de la Bibliothèque, à quelques mètres, debout à côté d'Ines, avec laquelle il s'entretenait, paternel en apparence. Shariff s'habilla en prenant tout son temps. Ses lèvres ne tremblaient même pas, il n'avait plus besoin de les mordre. Il savait qu'il pourrait même sourire, d'un sourire ironique, quand il le voudrait.

– Je voulais te rendre cela, Shariff. Cela faisait partie de tes affaires, je les ai conservées pour toi.

Paul s'était approché pendant qu'il se rhabillait. Il lui tendit trois livres. Shariff les prit, sans un mot :

Hagakuré, la voie de la paix et de la guerre.

Sagesses anthropiques d'Asie, son anthologie, le seul livre qu'il avait effectivement écrit et qui avait rejoint les rayonnages de la Grande Bibliothèque. Cela avait été sa contribution à l'œuvre qu'il avait rédigée, collectionnée, constituée ensemble, toutes ces pages, tous ces mots qui formaient une sagesse.

Le dernier livre était *Les Métamorphoses* d'Ovide.

Sa main trembla. Paul se souvenait-il qu'il s'agissait du premier ouvrage qu'il avait lu, en entrant pour la première fois dans la Grande Bibliothèque, enfant encore, huit ans à peine révolus, un gamin ? Il avait pris *Les Métamorphoses* dans les rayonnages, sous le regard de Paul Hugo et de Ronald McIntyre, alors encore réunis dans leur grand œuvre commun.

Paul *et* son père. Paul, depuis, avait livré, trahi, vendu son père.

Shariff ouvrit le volume. Il avait été surligné, souligné, annoté par plusieurs mains différentes. Et parmi toutes ces écritures, il en reconnaissait une dont le trait avait changé, qui avait perdu ses boucles et ses rondeurs enfantines, s'était affermie, la sienne.

C'était sans doute le livre qu'il avait le plus lu et relu, comme un rendez-vous semestriel et, chaque fois, il parcourait aussi les notes qu'il en avait tiré, les ajouts et les commentaires, comme un moyen de mesurer le chemin parcouru depuis l'enfance jusqu'à la lecture suivante. Des phrases de plus en plus courtes, des allusions de plus en plus brèves, à mesure qu'il mûrissait, gagnait en hauteur, en détachement. C'était le journal de sa sagesse.

Et maintenant, qu'était-il devenu, au bout de la vie même ? Il était un enfant de treize ans. Un adulte de treize ans. Un vieillard de treize ans. Il était au bout de son chemin, il était déjà mort, il ne lui restait à accomplir qu'un dernier saut.

– Je voudrais un crayon. Pour ajouter quelque chose.

Paul sourit, se tourna vers Julien, qui trouva un porte-mine dans sa poche.

Shariff ouvrit la première page, s'apprêta à inscrire une ligne sur le frontispice déjà largement annoté. Mais quoi ? Il allait mourir, il n'était plus temps d'inscrire des notes supplémentaires, et pour qui – pour lui-même, qui allait disparaître ? Pour ceux-là, qui profanaient cette bibliothèque en gardant des livres qu'ils avaient détournés, salis, dévoyés ? Il regarda le livre, sourit, arracha finalement la première page, qu'il froissa dans son poing, puis déchira en petits morceaux. Il porta à sa bouche, mâcha, ingéra les fragments de papier, l'un après l'autre. Ce geste avait sûrement un sens. C'était le seul qui lui soit venu à l'esprit.

Tous les autres le regardaient faire en silence. Même Paul, dont le sourire s'était figé sur son visage, comme s'il s'attendait à ce qu'on le remercie de son cadeau.

Shariff s'essuya les lèvres, les regarda tous, puis dit :

– Je vais m'arrêter là, j'aurais bien repris une page ou deux, mais vous me coupez l'appétit. Avec vos gueules de traîtres. Surtout toi, Paul.

Il y eut des insultes autour de lui. Il les regardait en souriant, glissa le crayon et le livre dans sa poche, puis consulta la montre-bracelet qu'il venait de remettre.

– Vous avez fini de vous énerver ? Vous êtes en train de gaspiller des minutes de chasse à l'homme. Plus que cinq heures cinquante-huit avant que je regagne le varech, messieurs-dames.

Le mépris avait pris le pas sur la haine, il emplissait sa bouche avec le même goût âcre que le papier et l'encre du frontispice qu'il venait d'avaler. Il verrouilla son regard sur Hugo et reprit la parole sans hausser la voix :

– Paul, je réclame mes deux minutes de harangue avant d'aller mourir. J'y ai droit, cela fait partie des choses civilisées, non ? Des prérogatives humaines.

Le sourire n'avait pas quitté le visage de Paul, une grimace fine, droite et tranchante comme le fil d'un rasoir. Il leva la main. Les autres se turent. Paul dit :

– Le jeune Shariff croit bon de nous dire quelque chose avant ce que vous avez prévu. Écoutons-le.

Shariff inspira, ferma les yeux, s'apprêta à leur dire que… Mais non. Il sourit, puis les regarda de nouveau. Et il cracha sur les pieds de Julien, qui se tenait à côté de Paul. Puis il soupira :

– Voilà, c'est tout.

– Bien. Puisque Shariff a fini, mes amis, il me semble qu'il est temps de… commencer. Bahlam, veux-tu nous expliquer ce qui va se passer.

– Je l'ai déjà dit tout à l'heure. Cette nuit sert à déterminer qui, de Shariff ou d'Ines, nous chasserons après-demain, en Croatie…

Shariff commença à siffloter. Il allait se foutre de leurs gueules, oh oui, et comment ! En dépit de la trouille, de tous ces regards qui le fusillaient et l'effrayaient.

– … Quant à nous, notre tâche cette nuit se borne à les maintenir sur le même terrain et à les empêcher de fuir. Nous nous transformerons en même temps qu'Ines, et nous les suivrons où qu'ils aillent pour les rabattre l'un vers l'autre. Ils n'ont que cinq heures trente pour se trouver, ils auront besoin de notre aide… Et si c'est Ines qui l'emporte, il faudra aussi l'empêcher de disparaître, ensuite… Quant au homard, ce sera plus simple.

Un sourire discret.

– Il faut que quatre d'entre nous demeurent humains, cependant. Deux resteront avec Paul. Ils se chargeront de transférer le gamin-homard jusqu'au lieu de la prochaine chasse, si c'est lui qui sort vainqueur de ce duel. Un autre restera ici avec moi, nous évacuerons les voitures et nous nous occuperons de faire disparaître celui des deux cadavres qui restera sur le terrain. Au fur et à mesure de vos métamorphoses, lorsque vous redeviendrez humains, vous nous retrouverez sous le col de Bénand. Nous emmènerons les 4×4 à une vingtaine de kilomètres. Avec Ines, naturellement, si elle est toujours de ce monde…

« Bahlam » fouillait les yeux de Shariff pour y lire la peur. Il ne la trouvait pas, pas même un cillement.

– Pour nous, cela fera deux métamorphoses, à quelques heures d'intervalle, Bahlam, remarqua l'un des inconnus. Tu es sûr que… ?

– De quoi as-tu peur, Mark ? Tu crois que ta condition de prédateur est une condition inférieure ? Tu as peur de te dégrader ? Tu veux rester intact ?

Le ton avait été doucereux, mais glacial. La peur, « Bahlam » régnait par la peur. Marge eut un rire hystérique. Elle ne quittait pas Julien des yeux, comme une femelle de la meute regarde le mâle dominant.

– Bon, Mark, Katia, Tina, vous restez avec moi, cette nuit. Vous chasserez en Croatie.

– Allez chercher Ines, ordonna Bjorn. Ramenez-la pour que nous lancions la chasse.

La lycanthrope était plus loin, sous la garde de Mevlut armé d'un fusil de chasse. Il la poussa de la pointe de son canon, elle revint au milieu du cercle, tête baissée, en reniflant.

Julien reprit la parole :

– Bien. Pour équilibrer le jeu, nous allons remettre à Shariff un couteau et un bâton de combat. J'ai essayé pendant sept mois de lui apprendre à s'en servir, nous verrons si cela lui suffit.

Il y eut quelques rires gras. Marge passa les armes au « maître du dojo », qui les tendit à Shariff. Celui-ci resta les bras ballants.

– Prends-les, petit frère, sinon je vais devoir te faire mal.

Ce qu'il perçut dans cette voix fit frémir Shariff – il eut peur, pour la première fois, vraiment.

– Prends-les.

Ines se tourna vers lui :

– Prends-les, Shariff, et tue-moi. C'est tout ce que je mérite. Je…

Elle renifla de nouveau.

– Et si nous, on ne veut pas jouer ? demanda Shariff. Si on ne se prête pas à vos mises en scène de malades ?

– Alors je te l'ai dit, petit frère. Nous te ferons mal, très mal.

Bjorn fit un pas en avant :

– Mais nous commencerons par elle. Et cela durera longtemps, très longtemps. Plusieurs jours, je te préviens.

Ines le regardait avec une terreur folle dans les yeux.

– Je t'en prie… Pardon… Tue-moi.

Shariff prit les armes. Quelque chose était en train d'apparaître dans son esprit. Quelque chose de précis, d'utile. Julien reprit encore :

– Et tu n'auras pas forcément la liberté de choisir, petit frère…

Il se tourna vers le groupe.

– Dans moins d'une demi-heure, Ines deviendra un prédateur, celui qu'elle prétend haïr en elle. Nous nous lancerons avec elle sur les traces de l'enfant, et ce sera entre elle et lui. Aucun de nous ne tue, cette nuit, sauf s'il n'y a pas de perdant.

Il sortit de sa poche quelque chose que Shariff n'avait pas du tout anticipé : des comprimés orange.

– Ah oui, j'allais oublier… Deux comprimés pour chacun

de vous deux, histoire de pimenter la chasse. Cette nuit, vous êtes les seuls à prendre de la *Tiger Eye*. Et si vous n'avalez pas cela gentiment, je peux aussi vous l'injecter de force.

Après que Shariff eut gobé les deux pilules de *Tiger Eye*, Bjorn lui desserra les mâchoires et explora sa bouche à l'aide d'une lampe-torche pour vérifier qu'il n'avait pas caché les comprimés sous sa langue. Shariff sentait l'effet des amphétamines dans sa gorge et dans son larynx, un brutal assèchement. Un picotement. Il savait que le sujet dispose de trente à soixante minutes avant que la drogue ne commence à agir.

– Allez, va-t'en maintenant, petit frère. Cours. Et tue, avant d'être tué.

La dernière pensée qu'eut Shariff avant de fuir fut étrange : à son ton, il comprit que « Bahlam » souhaitait *vraiment* qu'il survive à cette nuit. Fût-ce pour vingt-quatre heures.

40.
LE MONDE DE DISNEY

« Courir ? Pourquoi courir ? »

La question résonnait dans sa tête, avec les voix d'un vieux DVD qu'il regardait, enfant. « Courir ? Pourquoi courir ? » Il se souvenait de ce dialogue, c'était entre Mowgli et Shere Khan dans le dessin animé de Walt Disney.

Il avait été un enfant de huit ans. Ce film l'avait fasciné, ce conte où, comme dans toutes les histoires pour enfants, les animaux parlent. Les animaux étaient plus cruels que dans d'autres récits de Disney. Un vieux singe y rêvait de devenir un homme. Un ours se redressait sur ses pattes, dansait comme un homme. Un ours… Oh, comme le grizzly aurait été utile, cette nuit… Tim, Flora, où êtes-vous ?

Mowgli : Shariff ne comprit pas l'étrange résurgence de son enfance. À huit ans, il lisait déjà Ovide, mais le professeur lui montrait des dessins animés pour le distraire, tout en lui révélant la vérité sur ce qu'il était. Le professeur se comportait comme un père, déjà, il essayait de préserver l'enfant, encore.

« Courir. »

Dans le dessin animé, les vautours ne sauvaient pas l'enfant qu'ils accompagnaient, ils fuyaient d'abord Shere Khan. Dans la vie réelle, les vautours suivaient l'enfant et il n'y avait pas qu'un seul tigre ; il y avait une louve ; il y avait un caracal, un jaguar, une panthère noire. Il y avait dix, douze prédateurs ?

La fiction et le réel se mélangeaient. Il disjonctait ou quoi ? L'effet du speed, déjà, ou de la stupeur, de la peur ?

« Pourquoi courir ? »

Il aurait pu tout aussi bien se trancher la gorge, là, devant eux tous, les priver du plaisir de la chasse. Avec le couteau qu'ils lui avaient donné. Ou les attendre, à quelques dizaines de mètres. Mais non. Il avait quelque chose à faire dans la demi-heure qu'ils lui accordaient, il l'avait décidé, rationnellement. Prendre les armes. Feindre d'accepter. Faire ce qu'il fallait.

Après… Après, il ne savait pas. Le speed, et ses effets, changerait la donne. Combien de temps la *Tiger Eye* mettait-elle pour agir ? Une heure ? Trente minutes ? Et sur un esprit habitué à la *supranoïa*, un esprit capable d'imposer à son animal toute la richesse, toute la mélancolie de la pensée humaine, combien subsistait-il de chances de résister aux effets chimiques ? Une sur cinq ? Une sur cent ? À cette dose, combien ?

Il lui semblait sentir le speed commencer de se disperser dans son sang, comme un compte à rebours, une bombe à fragmentation. Il voyait les cellules nerveuses, les cellules cérébrales, des images de dilatation, d'explosion, dans sa tête.

« Cours et fais ce que tu dois. Après… »

Il fonça à travers les bois du Hameau. À quelques kilomètres de là, il y avait le mur, la brèche, où Silvio était mort, où Julien, sans doute, l'avait dépecé. Voulaient-ils l'empêcher de franchir ce passage ? Il n'y serait pas avant la demi-heure d'avance qu'ils lui avaient donnée et, de toute façon, il avait autre chose à faire, avant.

Il ralentit progressivement la cadence pour prendre un petit trot, puis une marche rapide. Il sortit le livre de sa poche, commença à le griffonner, fébrilement, puis à arracher les pages, l'une après l'autre, à mesure qu'il les couvrait de son écriture fine, tout en obliquant pour redescendre vers la grille et l'entrée du domaine.

41.
AVANT LA LUNE

– Bahlam, s'il descend vers les grilles, tu es certain que… ?

– Ne t'en fais pas, Bjorn. Tu le rattraperais bien avant qu'il atteigne la nationale, s'il descendait par là. Mais, dans quelques dizaines de minutes, la *Tiger Eye* aura désorienté ses sens et éliminé toute idée de fuite.

Bahlam sourit.

– Il reviendra de lui-même vers nous. Pour tuer Ines.

La jeune Espagnole frissonna. Bahlam se tourna vers elle :

– Tu commences à sentir la rage monter, Ines ? Plus que quelques minutes et la lune t'emportera. Tu auras faim, crois-moi. Une faim impossible à assouvir.

Elle se souvenait. Kate Bidgelow. L'attaque. Et maintenant, c'était un enfant qu'elle allait…

42.
DERNIER ÉCRIT

« Les tueurs vivent loin de l'Institut. Leurs chefs sont Julien Charcot et Bjorn Daehlen. Ils roulent dans deux 4×4 de marque Hummer, noirs, immatriculés en Autriche, et dans un Nissan noir. Ils ont mis moins de huit heures à rejoindre le domaine, depuis qu'on les a prévenus…

Paul Hugo roule dans une Mercedes également immatriculée en Autriche, un modèle gris métallisé, récent, probablement acheté dans les trois derniers mois. Il est leur inspirateur.

Ils sont treize, ce soir. Marge Vandevelde, Mevlut Sukür, Anton Byroneese, Patrick O'Leary, Frank Walstein et Katia Grete sont avec eux.

Deux autres personnes que je ne connais pas sont arrivées dans une Volkswagen immatriculée en Slovénie. L'une, une certaine Tina, est une jeune femme blonde. J'ignore son nom de famille.

Quant aux dénommés Mark et Wendy, ils roulent dans une camionnette immatriculée en Italie, du côté de Venise.

Ils seront tous demain en Croatie. Ils se fixent leur rendez-vous sur Internet.

Ils chassent.

L'autre victime de cette nuit s'appelle Ines Minguez. Elle était avec eux, elle a cessé de les suivre.

Ce sont des tueurs. Ronald McIntyre est innocent de tous ces trafics. Il était mon père. J'étais dans les labos de Lausanne. J'étais dans l'hélico.

Je suis leur dernière proie.
Shariff McIntyre. »

C'étaient tous les indices dont il disposait. Il recopia fébrilement quatre ou cinq fois cette page, sur autant de feuillets des *Métamorphoses* d'Ovide, les arracha du livre, les plia et les accrocha à des branches hautes autour des grilles de l'Institut, les glissa sous des pierres, également. Il fallait qu'on retrouve un de ces messages, qu'ils échappent aux tueurs mais que les policiers les remarquent, s'ils revenaient. Les policiers se fieraient à ces indices, puisqu'il les signait. Ils avaient vu la vidéo du labo, ils recherchaient « Shariff McIntyre » et sa grenade.

Il fallait que Flora et Tim les retrouvent, s'ils venaient ici dans les prochains jours, s'ils venaient les premiers, qui sait.

Il éprouva une brutale sensation de vide, au creux du ventre, un coup de poing à l'estomac. La faim ? Non, c'était à cause de Flora et Tim, sûrement : il pensait à ses amis, sa gorge se serrait, son estomac se nouait. Il aurait fallu leur dire au revoir convenablement, leur dire combien il les avait aimés, et aussi tous ses reproches de petit frère.

Il eut envie soudain de survivre à cette nuit, mais c'était une mauvaise pensée : il ne devait pas songer à cela, cette idée induirait la peur de ne pas y parvenir, et la peur paralyserait ses gestes ou le pousserait au crime. À cause de la drogue.

Sa gorge… elle était sèche. Il ressentait distinctement l'impression de faim, une faim de loup, une sorte d'avidité organique, biologique, qui montait dans ses entrailles.

Il inspira, chassa l'idée de survivre. Elle revint. Qui sait ? Il consulta sa montre, il avait utilisé vingt-cinq minutes de son avance, la nuit était tombée. La lune montait. Il entendit un rugissement, lointain. Ines ? Un des fauves ? Lequel ?

43.
YEUX D'INES (LYCANTHROPIE, 1)

Autour d'elle, la plupart de ses « amis » s'étaient dévêtus, comme pour une orgie – et c'est cela qu'ils ourdissaient, une orgie de sang, un crime. Ils se consacraient calmement à leurs préparatifs, rituels d'avant le trip. Ines les voyait se nouer des garrots avec des élastiques bruns autour des biceps, parfois mutuellement. Veines dilatées. Injection de sang d'autrui, injection de sang de même groupe, injection de son propre sang, chacun avait sa *luxna*. Comme des drogués, ils avaient toujours leur seringue, prêts pour les métamorphoses. Comme des toxicos, ils goûtaient ces instants, ils appuyaient sur la seringue de l'autre, parfois, moments de plaisir partagé, pervers. Ils étaient des drogués, des camés du meurtre, du sang.

Marge éclata d'un rire trop aigu, en se préparant sa dose. Mevlut lui passa la main dans les cheveux, fasciné par sa beauté cruelle. Derrière elle, deux autres étaient déjà devenus des tueurs : Anton était une hyène. Danilo était un fauve petit, trapu, quelque chose dont elle avait oublié le nom parce qu'il n'était venu qu'une fois à leurs rendez-vous avec sa copine, la Slovène aux cheveux courts, si blonds, qui riait en suppliant Bahlam de lui donner du speed : Tina. Bahlam lui refusait les comprimés, Bahlam disait qu'ils devaient se maîtriser parfaitement parce que, ce soir, ils ne devaient pas tuer.

– Je te jure, Bahlam, je saurai me…

– Tu ne sauras rien. Pas de *Tiger Eye*. Tu prends l'une des bagnoles et tu montes…

Tina se faisait cajoleuse, comme une toxico séduit son dealer.

– Je te jure… Je serai gentiiiiiille.

Il avait tourné les talons.

44.

YEUX DE LA PROIE, YEUX DU CHASSEUR

Shariff entendait de mieux en mieux, voyait plus clair, sans doute était-ce l'effet de la drogue dans son cerveau, déjà : impression de réalité augmentée, illusion que les sens perçoivent mieux, plus loin, plus vite. Il jouait avec l'illusion d'être plus intensément vivant. Quelque chose battait sourdement dans son crâne, des pulsations de sang. Comme si une sorte de rage artificielle s'emparait de lui, progressivement. Comme si…

Dans son ventre, dans ses viscères, une faim douloureuse, oui, une avidité qui faisait mal. Cela montait. Oh ! non. Non, concentre-toi. La maîtrise. Reste maître de tout : ton instinct, tes intuitions, ta colère, ta colère même est humaine, c'est la tienne. Ne laisse pas… N'enrage pas.

« N'espère pas. »

Il devait les attirer loin des grilles, remonter vers la brèche du mur, là où Silvio était mort, mis en pièces par Bahlam. Ils penseraient qu'il avait voulu fuir par là. Ils ne fouilleraient pas autour des grilles.

Il devait les retrouver, à la brèche. Les tuer.

Ils oublieraient un ou plusieurs des petits papiers portant les indices, s'il les tuait, tous.

« Courir. » « Pourquoi courir ? »

La faim, bon sang, la faim.

45.
YEUX DE LA LUNE (LYCANTHROPIE, 2)

Ines sentit un gouffre s'ouvrir dans son estomac, à ce moment-là, juste avant la pleine lune. Illusion chimique. Oh ! mon Dieu. Cette faim…

Elle aurait faim, puis soif. Elle connaîtrait ensuite ce sentiment de triomphe, dans ses veines, cette toute-puissance. L'éprouverait-elle de la même façon si elle restait… humaine ?

Elle ne décidait pas, contrairement à eux.

Le crépuscule avait livré sa place à la nuit. Sa gorge se serrait. Sa « maladie » se déployait. Lycanthropie.

Là-bas, Marge et Mevlut venaient de se piquer mutuellement, en s'embrassant, comme deux vampires ivres de sang. Elle vit la transformation. L'instant d'après, elle vit le monde en noir et blanc. C'était pourtant comme si un voile rouge lui brouillait la vue. Elle sentit un grondement monter dans sa gorge, elle retroussa les babines. La faim, cette faim dévorante, la mettait en colère.

46.
YEUX DU CHASSEUR

Il devait jeter le couteau, maintenant. Après, le speed commanderait et il…

« Non, Shariff, on ne se débarrasse pas d'un couteau en pleine jungle.

Arrête Shariff, ce n'est pas la jungle, pas un dessin animé, c'est… quoi ? Réel ? »

Ils le chassaient. C'était la sauvagerie du réel. Sa vie, une vie démente, confrontée à la folie.

« Pourquoi courir ? »

« Garde le couteau. Trouve-les. Tue-les. »

« Non. Fuis-les. » Il avait fait ce qu'il fallait. Maintenant, il pouvait jouer sa chance – se venger ?

« Raisonne, raisonne encore. Garde le pouvoir. »

Il fallait les éloigner des petits papiers qu'il avait semés, les emmener sur une autre piste pour qu'ils ne trouvent pas ses indices quand ils reviendraient en arrière, après la mort d'Ines. Quand il aurait tué Ines, il…

« Tu ne vas pas tuer Ines. Raisonne. Ce n'est pas elle l'ennemie, pas elle que tu dois tuer. »

La rage montait. Elle était artificielle, elle était irrépressible.

« Tu ne dois tuer personne, tu dois garder la… maîtrise. »

Endiguer la rage exigeait infiniment plus que dominer les connexions neuronales d'un arthropode. Le flot irrépressible augmentait à chaque battement de sang, chaque fois que le sang montait dans son cerveau. La rage, l'envie de leur faire payer, le sang. *Beat. Beat. Beast.* C'était dans son sang. Le sang, une envie de les saigner, de…

« Détourne la rage, sers-t'en contre l'ennemi. »

L'annihiler ? La détourner, seulement ?

« Tue-les, eux. Tue-les. »

Il avait un couteau, un bâton.

« Tue-les. »

Il possédait encore un peu de lucidité, presque plus, juste assez pour décider contre qui il allait…

« Tue-les tous, sauf elle. »

Ils étaient des fauves, mais, cette nuit, ils n'avaient pas le droit de le tuer. Lui, si.

« Tue-les, méchamment. »

« Avec ton couteau. Ils ne peuvent rien te faire. »

« Tu peux les mettre en pièces. Ils le méritent. Ils ont tué ton père. Ils ont… »

« Inspire. Défends-toi. Inspire. Pense. »

Était-il lucide ? Était-ce la décision de son esprit, ou celle de son cerveau en pleine tempête chimique ?

« Bats-toi. Bats-les… »

« N'espère rien. Deviens maître de cela, de la colère. »

« Tue-les. »

Ordres, désordres, injonctions contradictoires. Contre-ordres.

« Tu as un couteau. Ils veulent te tuer, ils meurent. »

L'ouïe fut plus aiguë, le regard plus vif. La gorge était sèche, il sentait comme un papillonnement derrière sa rétine, quelque chose agaçait son nerf optique. Le speed innervait tout son système sanguin. Le speed s'emparait de son cortex cérébral. Il inspira profondément, sentit une flambée de colère nouvelle, comme si l'oxygène inhalé soufflait sur le brasier chimique. Il aurait voulu de la bave entre les dents. Sa gorge était sèche, sèche comme le désert.

« Désert de la mort. Tue-les. »

Chaos des mots qui s'entrechoquent. Poésie, poésie de la mort. Ses pupilles fouillaient la nuit. Deux têtes d'épingle. Deux têtes chercheuses. Il entendit plus nettement ce qui ressemblait à une course, sous les arbres.

La partie commençait.

47.
YEUX DE LA LOUVE (LYCANTHROPIE, 3)

Cette faim. Elle devait les attirer loin de lui. Oh ! mon Dieu.

Le gamin était un… gibier… innocent.

Innocent, oui, c'était le mot, il ne fallait pas que…

Oh ! comme ils couraient, autour d'elle, d'autres loups de la meute, comme des compagnons de chasse.

Non, ils n'étaient pas cela.

Plus lourds, plus distants. Ils n'étaient pas une meute, un grand tout qui chasse ensemble, qui harcèle, qui mord vingt fois, qui frappe partout.

Le gibier était innocent.

Ils étaient… Cette faim… Ils étaient le mal. Comment avait-elle pu… ?

Oh, mon Dieu. C'était pire encore d'être là, de courir, de parcourir ces bois. Comme la dernière fois, quand elle avait ingéré la came, quand elle avait…

Kate. Kate Bidgelow. Elle avait voulu l'égorger. À cause de la colère. C'était un autre qui l'avait mise en pièces. Tout ce sang. Un autre : Bahlam. Les images du jaguar attaquant et mettant en pièces la jeune femme, et Marco, affluèrent. L'horreur. Des flashes… horribles, sanglants… excitants… L'excitation de la chasse…

Elle perdait le contrôle… Ses nerfs, son âme…

Il fallait les éloigner de l'enfant. Innocent. Les éloigner. Pourquoi ?

Innocent ?

Mon Dieu, comme elle avait faim. La lune était montée. Cela sortit de sa gorge, sans contrôle. Sa gorge sèche. Le long hurlement.

48.
YEUX DU TUEUR

Des milliers de bruits, des milliers d'échos. Quelque chose courait là-bas, vers le nord, vers la brèche. Un groupe nombreux, lourd. Des branches venaient de craquer, ailleurs. Des feuilles bruissaient.

« Attends-les, ici, un par un. »

Oiseau de nuit. Shariff sursauta, sourit. Méchamment, très méchamment. Oh oui, il était méchant. Il sentait toute cette méchanceté qui bouillonnait… Son sang était plus rouge, il en était certain. Son sang bouillonnait.

« C'est le speed. »

La voix basse lui livrait les explications, hors de l'orchestre, elle commentait – il l'appela Lucidité.

« Comment vas-tu, Lucidité ? Qu'en penses-tu, Lucidité ? »

La colère venait de la drogue, avec l'envie d'en découdre. Mais non, il devait prendre le temps, les attendre. Les tuer un par un. « Tu es leur gibier, mais ils n'ont pas le droit de mordre. »

Il monta dans l'arbre, avec des gestes saccadés, il avait l'impression d'être rapide, très rapide, comme un primate arboricole.

« Tu n'es pas rapide, tu penses que tu l'es. » Et alors ? Et alors, c'est l'impression qui compte, Lucidité ? Non ?

Un sourire méchant, très méchant, qui se moquait de lui-même.

« Je les attends. Je vais les tuer, tous. »

« Tu ne les auras pas tous, mais tu peux en avoir un ou deux. Ne t'attaque pas à la louve. Attaque-toi aux autres. »

« D'accord, Lucidité. »

Mais oui, ce sont les autres qui t'intéressent. C'est eux que tu attends.

49. YEUX DU CARACAL

Ines emmenait les autres loin, très loin, vers le nord. Sur une fausse piste ? Le caracal suivait l'odeur du gamin qui était descendu vers les grilles. Le gamin avait caressé les murs. Le gamin était remonté vers la brèche.

Avait-il essayé de sortir, n'avait-il pu escalader les grilles ? Elles n'étaient pas cadenassées… Le caracal n'avait pas envie de savoir, pas envie de se questionner. Il désirait abandonner les questions, toutes ces questions qui traversent en permanence le cerveau d'un humain.

Le caracal s'appelait Mevlut, dans une autre vie, mais les questions, les doutes, les réponses appartenaient à cette autre existence. Toute cette mécanique compliquée était abolie.

Il était le caracal, des yeux, des oreilles, un flair, un cerveau traitant des informations. Des bruits, des milliers de bruits. Des ombres, des milliers d'ombres. Des mouvements, quelquefois. Le vent, les feuilles, les branches. Les animaux de nuit. Bestioles, rongeurs, affolés.

Le bruit de Marge, derrière lui. Oh, Marge, merveilleuse chienne d'attaque, capable de courir dans ce halètement, plus puissante, plus musculeuse que lui, moins souple, l'inverse de leurs jeux humains. La même chose, pourtant, le miroir inversé, la même complicité. Compagne. Merveilleuse compagne de tous les jeux, jeux du sang, jeux de mort, jeux de l'amour.

Comme elle mérite que nous fassions… cela. Ensemble. Ces jeux.

Plus loin, très haut là-bas, il entendit la course, les rugissements des fauves, le hurlement d'Ines. Peu importe leur piste, ils font fausse route. Le caracal et la chienne, eux, traquent l'enfant.

Bjorn avait dit :

– Trouve le gamin, tu es plus rapide.

Bjorn avait dit :

– Ramène le gamin vers moi, pendant que je piste la louve. Bahlam est trop sûr de sa came. Si ça se trouve, il va fuir quand même…

Le flair, les yeux, les oreilles. Le flair disait : il est par ici. Les yeux, les oreilles disaient : je ne le vois pas encore. Mais le flair disait : tu chauffes, tu brûles.

50.
YEUX DE LA PANTHÈRE

Vers la brèche de Bénand, il allait selon sa propre trajectoire, souple, droite, silencieuse. Dans la forêt, aussi intangible à chaque bond, aussi puissant et inexorable que la mort même. L'enfant remonterait vers la brèche de Bénand. Sa descente vers les grilles était un stratagème. Oui, bien sûr. L'enfant voulait les tromper.

L'instinct de la chasse s'adapte. Les humains lancent des fausses pistes, mais l'instinct de la chasse murmure à la panthère : anticipe les fausses pistes. Attends-le là où il croit que tu n'es pas. Merveilleux cerveau, merveilleux instant.

Bjorn courait vers la brèche, là où tout avait commencé. Un an plus tôt, Bahlam avait mis Silvio en pièces, à la brèche, Bahlam était devenu le premier et avait gagné une place dans le cœur de Paul.

Mais ce soir, tout commençait, tout recommençait. Bahlam qui se pensait plus fort que quiconque, plus que Paul même, Bahlam ne serait plus rien. Ce soir, quelque chose de neuf s'ébaucherait, ici, dans ces lieux où tout avait commencé.

Mevlut rabattrait l'enfant vers la brèche. Et Bjorn la panthère tuerait l'enfant et la louve. Puis il tuerait Bahlam, au col de Bénand. Et il redeviendrait le préféré de Paul, le seul.

Course à travers les arbres, course à travers le temps. L'ivresse de cette puissance, que la came de Bahlam ne donnait pas : ressentir, vraiment, corps et âme, ce qu'on est, ce qu'on devient. Pas seulement la griserie de la chasse. Non. Le sentiment de puissance, de nouveauté, d'acuité, la merveilleuse dissemblance de tous les sens, cette perception du temps, de l'espace, qui se transforme, cet oubli absolu de la condition mortelle. Puissance. Domination de soi, chaque muscle parfait commandant le mouvement parfait, avant même que le cerveau y songe, chaque…

Le cerveau humain presque oublié, tapi, tu, le cerveau humain rappelait : « Tue, tue quand même. »

Le cerveau humain désignait l'ennemi, derrière le gibier. Le gibier était double, cette nuit, mais l'ennemi était Bahlam.

À la brèche de Bénand, Bjorn tuerait la louve qui les avait trahis. Il tuerait l'enfant qui l'avait humilié, lors du conseil. Il tuerait quiconque s'opposerait à lui. Il était le superprédateur, le dominant.

Ensuite, il tuerait Bahlam.

Au col, Bahlam les attendrait pour les emmener en Croatie, à la chasse qu'il projetait et qui n'aurait pas lieu. Bahlam serait un humain, là-haut, Bjorn serait une panthère. Il redeviendrait le dominant, le fils préféré.

Paul le regarderait de nouveau. Paul le complimenterait.

Cette nuit, c'était pour cette nuit.

51.
LA RAGE

Ils approchaient, Shariff pouvait les entendre, une course, deux courses. Comme il les entendait bien, distinctement. Des craquements qui devenaient nets. Bouger, comme un primate arboricole, comme un de ses ancêtres. D'une branche à l'autre. Ils allaient passer juste sous celle-là.

Dans quelques instants.

Et ils n'avaient pas le droit de tuer. Et lui en avait le droit et l'envie.

Envie de sang. Envie de les voir souffrir. À cause de cette rage qui se dispersait dans son sang, cette…

« N'oublie pas les gestes. Garde la maîtrise des gestes, utilise ta colère. » Oh oui, Lucidité, comme tu as raison, je vais l'utiliser. Elle est si grande, elle est immense. Elle demande du sang. Vengeance.

52.
YEUX DE LA CHIENNE

Marge suivait Mevlut à la trace, dans le noir. Mevlut était souple, parfaitement adapté, merveilleusement sûr, compagnon de chasse. Elle aurait voulu chasser de jour, le voir lui, mieux voir ses proies. L'excitation de pouvoir se contempler, tous deux, côte à côte, de ne pas compter seulement sur l'oreille, le flair, de pouvoir…

Quelque chose chuta dans un choc lourd, une ombre fugace, difficile à distinguer, qui se détacha de l'ombre de l'arbre. C'était tombé sur Mevlut. Quelque chose s'était accroché à lui, se mêlait à lui, se confondait avec lui.

Un humain. Un petit humain chevauchait le caracal. Mevlut avait glapi, exhalé un cri. Il roulait de côté.

L'enfant interdit. Celui qu'il ne fallait pas tuer. Elle fit un pas en avant, s'arrêta. Bahlam avait dit : « Ne le tuez pas, surtout. »

53.
TUEUR

Shariff avait pensé briser la colonne vertébrale du fauve, dans ce saut, anéantir d'emblée toute sa force vitale. C'est ce que Shariff espérait. C'est ce que Shariff voulait.

Oh oui, les anéantir. Mais non, l'animal se tordait, il était encore capable de… se tordre… résister…

Alors, il frappa.

Lucidité disait : « Frappe aux flancs, puis attrape les oreilles. »

Lucidité disait : « Reste sur lui, empêche-le de se retourner, de mordre. »

Lucidité disait : « Attrape-lui les oreilles et fends-lui la gorge. »

Tuer. C'était les ordres que le cerveau donnait. C'était la chance qu'il avait. Les tuer tous. Ils voulaient un gibier. Ils n'avaient pas le droit de tuer.

Lui, si.

54.
YEUX DU CARACAL

C'était l'enfant, sur son dos. L'enfant qui parlait à voix très basse, en frappant, qui prononçait des mots indistincts, comme une comptine, les mêmes mots inaudibles et répétés.

Comme un feulement.

L'enfant le frappa, deux fois. Il avait des griffes, quelque chose. Douleur palpitante, en Mevlut, profonde.

L'enfant était parvenu à entrer dans sa chair.

Le feulement montait en intensité.

Mevlut tenta de le mordre. Non, il n'avait pas le droit… Mais sa vie… Bahlam avait dit : « Ne le tuez pas. » Bjorn avait dit : « Ne le touchez pas. »

Le caracal tenta de crier, mais ce ne fut qu'un gémissement.

Le couteau, c'était un couteau, le couteau entrait dans ses flancs. Le couteau entrait en lui, faisait mal, ressortait, replongeait.

Le murmure de l'enfant enflait. C'était de plus en plus net. L'enfant disait : « Crève, crève, crève. » À chaque coup. Entre ses dents.

Marge.

Marge, il mourait.

« Marge, viens, je… »

Le voile tomba sur les yeux, comme on occulte la lumière. Il ne voyait plus que les ombres. L'ombre des ombres. Il sentit que l'enfant lui tirait la tête en arrière. Il avait mal. Il voyait mal. L'obscurité descendait.

Il sentit que le couteau fendait sa gorge qu'il devait protéger, la dernière chose qu'on expose.

« Crève. »

C'est ce qu'il faisait. Marge.

« Crève. »

55.
YEUX DE LA NUIT

La nuit était profonde, les feuilles noires, les troncs noirs. La lune invisible. Son terrain de chasse.

Le groupe d'Ines approchait, par le nord, les autres prédateurs, des chasseurs. Bjorn pouvait reconnaître chaque bruit, chaque odeur, ils étaient sous le vent. Leurs sueurs fauves. Leurs humeurs. Comme il l'avait prévu, ils venaient ici.

Bjorn n'entendait pas en revanche la course de l'enfant ; il aurait dû percevoir sa fuite éperdue devant eux. Mais non. Où était-il ? Était-il déjà là ? Quelque part ?

Ou bien Mevlut le rabattrait-il depuis le sud, la grille ?

L'enfant ne pouvait se voiler et disparaître, se confondre dans la nuit.

Bjorn était la nuit. Les savants disent mélanisme, pigment sur la fourrure. Il était le noir, comme sa robe, il était la forêt nocturne, il l'habitait et la possédait, il en distinguait toutes les nuances, il en voyait chaque détail. La nuit, la panthère de la nuit. Mieux que Bahlam, sans doute. À l'égal de Bahlam.

La louve hurlait à la tête des chasseurs, Bjorn reconnaissait l'hallali, cette frénésie qui s'était emparée d'elle trop tôt, bien avant la mise à mort. Colère artificielle, rien à voir avec l'instinct du tueur. Rage artificielle, inepte, démence de chasseur.

Bjorn était la nuit. Il était calme, il était sauvage, il était mortel comme la nuit.

Pourquoi l'enfant ne courait-il pas ? Pourquoi l'enfant ne bougeait-il pas ?

Il entendit des cris, assez loin, à plusieurs kilomètres vers le sud. Des gémissements. Un grognement. Une voix humaine.

La nuit bruissait partout de la mort donnée et reçue.

Mevlut lui apportait l'enfant. La louve, elle, venait se livrer d'elle-même.

56.
ARKANTHROPIE

La voiture se rangea sur le bas-côté, devant les grilles apparemment cadenassées. Tim regarda sa montre, comme si l'heure avait encore une importance.

– Cela fait une heure qu'il est…

– Je sais.

Flora ouvrit sa portière, s'approcha du grand portail, dans le faisceau des phares, blanche de lumière, comme illuminée ; son ombre gigantesque dansait sur l'allée, de l'autre côté, à travers la grille, comme dans une cage. Il y avait une chaîne et un cadenas brisé. Des bandes de plastique déchirées. Des scellés arrachés.

Elle se retourna, Tim était sorti à son tour.

– Il est là. Ils sont peut-être là aussi. Qu'est-ce qu'on fait ?

À ce moment, il y eut un hurlement, un très long hululement nocturne. Tim leva les yeux, regarda la pleine lune dans le ciel, qui brillait entre des vagues de nuages noirs.

– C'est Ines.

Un peu plus loin, un autre cri répondit, une sorte de rugissement plus rauque, mais largement aussi puissant.

– Julien, ou Bjorn. Ou les deux.

– Qu'est-ce qu'on fait ? répéta Flora, éperdue.

Il retourna à la malle-coffre, l'ouvrit, sortit le piolet d'alpiniste qu'il gardait accroché à son sac à dos. Il lui lança l'objet, qui venait de devenir une arme.

– Tu ouvres les grilles, Flora, tu entres dans le parc. Tu essaies de t'approcher des humains, s'il en reste. Tu essaies de trouver Shariff, s'il est parmi eux… Mais tu penses d'abord à te protéger. Tu ne prends aucun risque. Reste autant que possible en terrain découvert. Utilise la lampe-torche pour les éblouir. Frappe avant qu'ils n'attaquent.

Une pause, il la regarda gravement, presque sévèrement.

– Sois sauvage, Flora… Ils sont comme Kofer et Clauberg. Ils sont pires.

– Et toi ?

– Moi, je m'occupe des fauves. On se retrouve de l'autre côté de la vallée, au village de Marclaz. Dans vingt heures.

Il eut une sorte de petit sourire, mi-rictus, mi-ironie.

– De… l'autre côté ? bredouilla Flora. Tu y vas seul, sans armes ?

Tim montra le cutter qu'il venait de sortir de sa trousse de bricolage et dit seulement :

– Une arme, j'en ai une.

Elle n'eut pas le temps de protester ni de lui dire qu'un cutter était une parade dérisoire face à une louve, à des tueurs. Il releva sa manche, se scarifia l'avant-bras d'un geste ample et naturel, à la lueur des phares. Elle vit le sang perler. Elle comprit. Il lécha la plaie. Il ne quittait pas Flora des yeux, tout en s'exécutant. Ainsi, on se regarde une dernière fois, on s'accroche par les yeux pour se murmurer : « Oh, toi, je t'ai tant aimé, je t'aime tant. Tâche de survivre à cette nuit. »

57.
YEUX DU SPEED, YEUX DU TUEUR, YEUX DE SHARIFF

La chienne grondait, puis glapissait. La dogue blanche, musculeuse, reculait, ramassée sur ses pattes comme si elle s'apprêtait à bondir. Mais non. Elle n'osait pas sauter. Elle n'en avait pas le droit. Elle craignait Bahlam plus que la mort. Plus que la mort de Mevlut ?

Shariff avait le droit de tuer, il en voulait encore. Le caracal avait crevé et, maintenant, c'était au tour de la chienne. Et puis, ce serait tous les autres. Il n'avait même pas besoin du couteau pour l'égorger, il avait ses griffes, ses dents, il avait…

« Si. Utilise tes armes. Tu n'es pas comme eux. Bats-toi comme tu es. »

Lucidité.

« Tu es un homme, tue-les comme un chasseur. »

Lucidité.

Il vit quelque chose changer dans les yeux brillants de la chienne. Il y avait de la peur et surtout d'autres choses encore : fureur, haine, pulsion de meurtre. Il ne pouvait voir que ses yeux luisants dans l'obscurité.

Lucidité : « Tue-la. »

Il n'était pas comme les nyctalopes. Il était un homme. Il sut qu'elle lançait l'attaque, mais qu'elle avait hésité trop longtemps. « Tue-la. »

Elle bondit. Il tendit le bras.

58.
LES TÉNÈBRES

Ils avaient laissé les phares de la voiture allumés. Flora courut d'abord dans le halo, sa lampe-torche à la main, le piolet dans l'autre. Elle entendait les cris, dans les bois, autour d'elle, vers la clôture du mur nord.

Il y eut un éclair, encore lointain en apparence, mais deux coups de tonnerre, à de brefs intervalles, annoncèrent que l'orage venait sur eux.

Au détour d'un lacet, elle plongea dans le noir, après un virage, et éteignit sa lampe. Tim avait tort. Il ne fallait pas être vue, surtout, ne pas être vue, puisqu'elle ne voyait pas. Elle courait.

Là-bas, beaucoup plus haut dans les lacets, il y eut une lueur, puis il fut évident qu'il y en avait deux. Des phares éclairaient la nuit, descendaient, illuminant les deux parties de la forêt, alternativement, au fil des lacets.

Elle resta au milieu de la route, sa torche braquée, encore éteinte, vers l'endroit où le véhicule allait déboucher. Elle serra le piolet.

59.
YEUX DE LA LOUVE

La piste, où était la piste ? L'enfant ? Le trouver avant la pluie ? Le retrouver... Elle avait faim, elle les emmènerait, elle sentait tous leurs souffles autour d'elle, des prédateurs. Ils la chassaient, ou ils chassaient avec elle. Elle ne savait plus.

Il fallait qu'elle apaise cette soif... inextinguible.

Elle parvint au mur. Elle savait qu'il y aurait un mur, ici. Elle avait déjà chassé sur ce territoire ; elle cherchait un enfant. Elle avait pensé qu'il serait...

Elle entendit un bruit, lourd, derrière elle.

La panthère avait sauté d'une branche basse. La panthère noire comme la nuit bondit de nouveau, un saut prodigieux, six ou sept mètres, et planta ses crocs dans sa nuque sans lui laisser le temps de comprendre.

Ines sentit qu'elle s'affaissait sous cette masse. Noire comme le mal.

Ines se souvint qu'elle s'appelait Ines.

Oh, merci... Elle sentit que quelque chose la quittait, qui avait été une âme. Oui, une âme, quelque chose qui appartenait à une autre langue, à un autre temps, quand elle avait cru se sauver.

Miséricorde. Rédemption.

Ses crocs, ses babines hurlèrent, au lieu de prononcer les mots.

Les mots revenaient dans une langue qu'elle sut maternelle : *Redención. Misericordia.* Elle sut que cela lui serait accordé.

Elle vit six ou sept paires d'yeux, lumineux, jaunes,

brillants, autour d'elle, qui regardaient la panthère avec stupeur et convoitise. Le prédateur rajustait sa prise sur le cou et s'apprêtait à le rompre. Cela fouaillait dans ses chairs, à en hurler. Mais au-delà de la douleur, Ines voulait… rester… lucide. La panthère la traînerait en haut d'un arbre, à la seule force des mâchoires, hors de leur portée… Comme chaque fois que Bjorn tuait.

Le tonnerre gronda, la vallée répercuta son roulement, comme si les rochers eux-mêmes se fendaient et s'effondraient dans une fin du monde. Il y eut un éclair incandescent dans le ciel. Elle vit les prédateurs, en demi-cercle autour de son tueur. Le léopard des neiges s'appelait Wendy. La hyène s'appelait Anton. Le couguar s'appelait Patrick. Le rottweiler aux yeux ensanglantés s'appelait Frank. L'autre, l'animal sans nom, c'était Danilo…

La panthère s'appelait Bjorn.

Elle sentit de nouveau la douleur après quelques secondes d'anesthésie. Ses yeux papillonnaient. Il y eut un autre éclair aveuglant. À cette lueur, la dernière chose qu'elle vit avant de mourir fut l'énorme masse aux petits yeux incrédules qui venait d'escalader la brèche du mur, dans le dos des prédateurs, et qui la voyait mourir, lui aussi. L'ours.

L'ours s'appelait Tim, Timothy Blackhills.

60.
« SOIS SAUVAGE »

Flora venait d'allumer sa torche, elle l'agitait au milieu de la route. La voiture qui descendait ralentit juste après le virage. Le faisceau lumineux se fixa sur le pare-brise. La lampe éblouissait le conducteur, l'empêchant de distinguer qui lui barrait le passage.

La voiture aurait pu accélérer, foncer à travers l'obstacle. Elle ralentit encore, tandis que Flora secouait sa torche pour donner le sentiment d'un signal de détresse.

Elle vit qu'il n'y avait qu'une seule personne dans le véhicule : une femme. Elle attendait la décharge d'adrénaline qui ne venait pas. O.K., tant pis. Elle déclencha soudain l'attaque, se rua droit sur la Volkswagen, bondit sur le capot. Elle balança un coup de piolet en travers du pare-brise, qui explosa. Deux autres impacts, puis elle sauta de côté, se retrouva près de la portière, lança un nouveau coup de piolet à travers la vitre.

« Sois sauvage. »

Contrôle parfait de la sauvagerie. Elle devait se forcer. Elle ouvrit la portière à la volée, le piolet s'arrêta à quelques centimètres de la gorge de la conductrice, une jeune femme blonde qu'elle avait déjà vue…

– Sors, très très lentement. Les bras en l'air. Très, très lentement.

Elle avait l'impression de hurler. Elle n'en était pas sûre, cependant. Il y avait un pistolet automatique sur le siège du passager. La fille n'avait même pas eu le temps de le prendre, ni d'esquisser le moindre geste.

Flora sut brusquement où elle avait déjà croisé la blonde : trois mois plus tôt, le jour du conseil élargi. Une prédatrice, une alliée de Paul… Elle l'attrapa par le bras, la jeta par terre.

– Mets-toi à genoux. Mains sur la nuque.

Elle avait vu faire ça dans des tas de films.

– Tu as une arme ? Une autre arme ?

La fille ne répondait pas, comme sous le choc. Flora lui balança un coup de pied dans les côtes.

– Tu as un autre flingue ?

La blonde fit signe qu'elle ne comprenait pas. Flora lança en anglais :

– Un flingue ? Enlève ta veste et ta chemise, vite…

La fille en soutien-gorge grelottait sur le chemin, à genoux, dans le faisceau des phares. En sanglotant. Flora continuait de l'interroger en anglais :

– D'autres bagnoles arrivent ? Où est Hugo ? Où sont Bjorn et Julien ? Parle !

La fille pleurnichait, mais elle écarta tout de même les lèvres pour lâcher, dents serrées :

– Bah… Bahlam te tuera… Salope.

Flora inspira pour ne pas la frapper de nouveau. Ne pas devenir comme eux. Oh non.

Elle tira un coup de feu à quelques centimètres de l'oreille de sa prisonnière pour la forcer à répondre. La fille sursauta et se mit à hurler, sans discontinuer, les mains sur les oreilles.

61.
VOIX DE BAHLAM

Paul se tourna vers Julien.

– Tu as entendu… Le coup de feu. C'est Tina.

– Ou les flics. On se barre, Paul.

– Pas forcément, Bahlam, intervint Katia. C'est peut-être les deux autres mômes. Aucun des trois gamins ne se déplaçait seul, jusque-là.

– On ne prend pas le risque. On embarque dans les deux Hummer, tous phares éteints, et on force le passage. On ne s'arrête pas avant la frontière italienne. Katia, tu pars avec Mark. Vous roulez derrière nous. Paul, monte avec moi, et allonge-toi sur la banquette arrière.

– Et… Et les autres ? demanda Katia.

– On reviendra les chercher demain au col de Bénand, si on peut. Pour l'instant, on doit s'éloigner au plus vite.

– Et Tina ?

– Tant pis pour Tina. Si elle a croisé les flics, il est trop tard pour elle.

Dans les yeux de l'homme-jaguar, il y avait de l'inquiétude, de l'impatience et de la peur. Dans ceux de Katia, il y eut comme un doute, ou peut-être une réprobation.

62.
HUMMER

L'orage qui grondait depuis qu'ils étaient arrivés éclata quelques secondes plus tard. Ce fut comme si les cieux s'ouvraient. Flora attrapa sa prisonnière, toujours pantelante, par le cou, la força à entrer dans la Volkswagen saccagée au piolet, sous la menace du pistolet. Des trombes d'eau s'abattaient sur elles. La nuit semblait soudain griffée, les phares réfléchis par des milliers de gouttes.

L'instant d'après, ou presque, deux 4×4 noirs dévalèrent la route, tous phares éteints. Ils ne ralentirent même pas en prenant le bas-côté herbeux pour passer à côté de la voiture au pare-brise dévasté. Flora sortit du véhicule, tira quatre fois, à l'aveugle, sur le second Hummer. Les éclairs des balles sur les pare-chocs arrière disparurent dans la pluie.

Les voitures noires passèrent les grilles en hurlant et s'évanouirent dans la pente qui filait vers la nationale.

– Qui c'était ? Qui c'était, ordure ?

La blonde, hébétée, les yeux dans le vague, se tenait toujours l'oreille et ne disait toujours rien. Flora devait-elle poursuivre les Hummer ? Elle était seule, avec une prisonnière. D'abord, retrouver Shariff.

—

La voiture au pare-brise défoncé s'arrêta devant le Grand Chalet, tous phares allumés. Flora avait forcé la blonde à reprendre le volant et à remonter les lacets. La fille, Tina, avait retrouvé la parole. Elle lui avait dit qu'il n'y avait plus personne, là-haut, qui fût humain. Selon elle, Paul Hugo était forcément dans l'une des voitures, que Julien Charcot conduisait ; leurs deux complices avaient fui, eux aussi.

C'est son coup de feu qui les avait probablement alertés. Était-ce une erreur ou une bonne nouvelle ?

Tim lui avait dit d'essayer de surprendre Paul, mais il était parti. Flora ne servait plus à rien ici. Autour d'elles, il y avait des fauves, huit prédateurs lancés à la recherche de Shariff. Ils étaient quelque part dans la forêt, sous l'orage. Ils traquaient Shariff, et Tim les traquait.

Elle braqua Tina, de nouveau, et dit en anglais :

– Allez, tant pis… On va sortir de la voiture pour retrouver tes potes.

Seule, au milieu des fauves.

63.
LA PLUIE

Shariff cligna des yeux, mit quelques instants à reprendre conscience. Où était-il ? Que faisait-il ?

Quelque chose pesait sur lui, quelque chose de lourd et de froid, de mou cependant, qui l'abritait de l'orage. Autour de lui, la forêt nocturne bruissait d'un crépitement sauvage. Sous son dos, le sol trempé dégoulinait de boue. Il pleuvait des trombes d'eau, à travers la futaie, depuis un ciel gris, éclairé par de vagues rayons lunaires. La pluie, des gouttes énormes, luisait presque blanche par endroits.

Lune.

Pleine lune. Il se souvenait.

La chasse.

Il essaya de se débarrasser de cette masse, sur lui, qui l'étouffait. En la repoussant, sa main reconnut le contact de la chair humaine, une peau froide.

Que faisait-il sous une morte ? En pleine nuit ? Dehors, sous la pluie ?

Il se dégagea complètement, jeta un œil au corps qui venait de rouler sur le côté. C'était une fille, nue, d'un blanc-gris, d'une clarté lisse et mate comme le marbre, des cheveux mi-longs dissimulant son visage.

Il se souvint : le chien qu'il avait éventré au moment où il se jetait sur lui était blanc, lui aussi.

Marge.

Il dégagea les cheveux trempés qui collaient au visage de la morte. C'était bien elle.

Dans sa tête, il entendait le battement du sang, *battam*,

battam. La pluie tambourinait sur son crâne, le sang tambourinait dans son crâne. Des coups de bélier. Ils lui avaient administré une chimie… spéciale. Une chimie meurtrière. Il se souvenait vaguement.

Sa gorge était sèche, très sèche. Il avait voulu les tuer, tout à l'heure, à cause de cette soif. Il tira la langue ; la pluie, l'eau lui fit du bien. Sa langue était étrange, épaisse, pâteuse, comme si elle allait sortir de sa bouche. Il fit trois pas pour s'abriter sous l'arbre.

Mon Dieu.

Il était monté dans cet arbre. Il avait sauté sur une bête. Il avait…

Il regarda : au pied de l'arbre, un autre corps humain gisait. Shariff se pencha sur lui. Les flancs étaient percés d'une vingtaine de plaies, la gorge était largement ouverte. Il avait tué celui-là aussi. Il reconnut Mevlut.

Il avait tué deux de ses semblables au couteau. Il était comme eux. Il regarda ses mains, rougies de sang humain.

Non. Pas comme eux. Il n'était pas un animal. Ils l'avaient pris pour gibier et…

Battam, battam. Le sang barattait son cerveau. Il vomit, plusieurs fois, au pied de l'arbre. Il essaya de laver ses mains dans l'herbe trempée.

Combien de temps ? Combien de temps s'était-il écoulé depuis qu'il avait avalé les comprimés ?

Les effets se dissipaient-ils ? Était-il… fou ?

Rêvait-il ?

Ses yeux perçaient la nuit, aurait-on dit. Il percevait des centaines de bruits, des craquements, des hululements, des frôlements d'ailes dans le crépitement incessant de l'orage. Assez loin, deux grondements semblèrent vouloir emplir la vallée, les éclairs tardèrent, confirmant que le cœur de l'orage n'était pas sur eux.

Il lui sembla entendre un cri, plus loin, une sorte de feulement. Il devait y avoir des rugissements, quelque part. Des hurlements. Il y avait une louve, et une dizaine de prédateurs, à sa poursuite. Pourquoi ne l'avaient-ils pas encore trouvé ?

Avait-il rêvé ? Était-il conscient ? Il ramassa le couteau, à côté de Marge. Il se souvint qu'il le lui avait planté dans le ventre au moment où elle lui sautait dessus puis qu'il lui avait serré la gorge, avec ses ongles, pour la déchirer. Il l'avait mordue comme s'il était une bête.

Elle avait soudain cessé de se battre – effet du couteau dans le cœur, ou de l'étranglement ?

Était-il devenu… fou ? L'était-il, encore ?

Il se souvint qu'il parlait à une voix intérieure qui s'appelait Lucidité et qui lui disait ce qu'il devait faire. Que devait-il faire ?

Fuir ?

Non. Il y avait des animaux, des fauves, des êtres humains nus, à la peau blanche et grise, qui devenaient des prédateurs et qui le chassaient, cette nuit. Il jeta un coup d'œil à sa montre. Il devait monter se cacher dans un arbre. Il se souvint que la chasse se terminait à 3 heures. S'il tenait jusque-là, il pourrait ensuite se glisser sous une pierre et disparaître pendant six heures, se cacher et attendre l'aube.

Il devait se réfugier dans les hauteurs et redescendre dans une heure, parce que les homards ne tiennent pas en équilibre sur des branches.

Avec l'aube, peut-être les policiers viendraient-ils, il leur avait laissé des messages. Il n'était pas un primate arboricole. Dans les arbres, il serait plus vulnérable que dans la Grande Bibliothèque. La Grande Bibliothèque avait été sa maison, avant que…

Dans cette confusion, il se souvint qu'il était venu pour la vengeance. La Grande Bibliothèque avait brûlé, son père était mort, Julien Charcot et Paul Hugo devaient mourir. Il était venu pour ça. *Battam*, *battam*, faisait le sang dans son crâne. Sa gorge était sèche. Était-il lucide ? Était-il fou ? Il prit le couteau et le bâton, ne monta pas dans l'arbre, finalement. Julien et Paul n'étaient pas dans la forêt. Ils attendaient devant la Grande Bibliothèque. Némésis, la Vengeance, était la fille de Nyx, la nuit. Elle était une fille sans père, comme lui.

Némésis était le « fléau des hommes mortels ». « Hésiode, mon pote. »

Quelque chose surgissait de son chaos mental, un sens, une signification, en dépit du speed. Il avait tué deux fois, mais il n'était pas comme eux, non. Il n'était pas nu, lui. Il n'était pas mort, sans doute même pas mortel. Il était l'enfant de Némésis, le bras de la vengeance. C'était pour cela qu'il tuait, parce qu'ils lui avaient pris son père.

Il regarda ses mains encore ensanglantées, desserra lentement les doigts. Le couteau tomba par terre. Il ressentit soudain une envie irrépressible de pleurer. Ses larmes, épaisses comme des serpents sur ses joues, se mêlèrent à la pluie bienfaisante.

64.
CARNAGE

– Shariff… Shaaariiif !

Flora hurlait depuis une heure dans la nuit profonde. L'orage avait cessé aussi brutalement qu'il était arrivé, mais toute la forêt dégouttait encore. Tina, grelottant, ses cheveux courts trempés, avançait en soutien-gorge, la main plaquée sur son oreille, trébuchant devant elle. À demi nue, ainsi, elle semblait moins dangereuse. La température avait chuté avec la pluie, mais Flora transpirait abondamment.

Sa prisonnière se retourna et cracha :

– Bjorn l'a tué. C'est inutile, tu ne le retrouveras pas. Ines ou Bjorn l'a tué.

Flora eut de nouveau envie de la gifler du revers de son arme. Cette fois, elle ne se retint pas. La peur la mettait en rage.

Autour d'elles, les prédateurs demeuraient invisibles. On n'entendait plus un rugissement depuis presque une heure.

– Shariff…

C'était inutile. S'il était en vie, il était redevenu un homard à cette heure. Introuvable, incapable de répondre à ses appels. Ce qu'elle cherchait dans la nuit, ce qu'elle trouverait à cette heure, marée descendante, c'était son cadavre. Sinon, le homard se cachait.

Il ne pouvait pas avoir été tué. Elle avançait cependant, en criant encore dans les ténèbres. Elle voulait qu'il l'entende, qu'il sache. Elle était là, ils étaient là pour lui. À chaque pas, elle redoutait de buter sur son corps.

Elles atteignirent la brèche de Bénand et tombèrent sur le carnage. Bjorn avait la tête et le thorax enfoncés. Anton s'était vidé de son sang, deux membres arrachés. Un troisième cadavre, que Flora ne reconnut pas, nu également, reposait face contre terre. Elle ne le retourna pas, c'était inutile.

Un peu plus loin, le quatrième corps sans vie était celui d'une jeune femme, le cou rompu, portant la marque de deux profondes morsures sur la nuque bleuie. Ines, Ines Minguez. C'était le jaguar qui l'avait mordue.

– À genoux.

Tina s'exécuta. Flora se pencha sur le sol qu'elle éclaira de sa torche. Dans la boue piétinée, rougie de sang, elle distingua des dizaines de traces, au moins six ou sept animaux différents. Les plus profondes, évidentes à identifier, portaient cinq orteils et la trace de cinq longues griffes. Ces griffes avaient laissé des cicatrices profondes dans un tronc de mélèze, des zébrures mortelles sur le torse de Bjorn. Flora se força à sourire, en retenant une violente envie de vomir. Tim, Tim était en vie.

TROISIÈME PARTIE

L'INFLUENCE DE LA LUNE SUR LES MARÉES EN BRETAGNE NORD

—

Shariff McIntyre

65.
L'AUTO-STOPPEUR

Tina, la blonde aux cheveux courts et au pansement sur l'oreille gauche, roulait au ralenti, sans à-coups, les deux mains bien à plat sur le volant, dans la voiture volée à Paris. Elle et Flora parcoururent lentement la seule route qui longeait la forêt. Quand elles arrivèrent au col, Flora, assise sur la banquette arrière, le pistolet braqué sur sa nuque, lui ordonna de s'arrêter, de patienter quelques minutes. Puis elles repartirent dans l'autre sens et refirent la même route.

Elles effectuèrent ce trajet plusieurs fois

Elles tournaient au rond-point, dans le hameau, à peine quelques fermes regroupées autour d'une église, une poste faisant office de mairie, ou l'inverse… Elles accomplissaient un demi-tour. Cela faisait trois fois, déjà, qu'elles répétaient cette manœuvre. La nuit tombait depuis un moment, le crépuscule laissait sa place à l'ombre. Elles roulaient sans phares cependant, elles voyaient encore suffisamment le cordon de bitume. Elles n'avaient croisé que deux véhicules en une heure, deux camionnettes qu'elles avaient vues arriver de loin, grâce aux feux de croisement, ce qui leur avait permis de rallumer à temps les phares pour ne pas éveiller la curiosité des conducteurs.

– Qu'est-ce qu'on fout, putain ? finit par demander la blonde, exaspérée, quand elles atteignirent pour la troisième fois le col qui ouvrait sur la vallée voisine, celle de Bénand et de l'Institut. De l'échancrure dans la montagne, on apercevait parfaitement le stroboscope bleu des gyrophares, la ronde des voitures de police et des services de secours qui continuaient de faire des allers-retours vers le domaine, à flanc de montagne. En revanche, les hélicos avaient cessé leurs ballets avec la nuit.

– Ferme ta gueule, répondit Flora sur un ton égal, en donnant à la conductrice un coup léger du canon de son pistolet sur le sommet du crâne.

Depuis la banquette arrière, elle pouvait surveiller sa prisonnière, tout en embrassant le paysage nocturne du regard. Elle ne lâchait pas l'arme qu'elle lui avait prise, la veille au soir. Mais elle jeta toutefois un œil à l'horloge du tableau de bord, désormais à peine lisible.

Le noir était de plus en plus complet. Plus le temps passait, plus leurs allées et venues risquaient d'intriguer quelqu'un du village, derrière ses volets clos, ou un habitant parmi ceux des grosses fermes disséminées dans cette vallée, ou n'importe qui d'ailleurs. Le curieux appellerait les flics. Les flics débarqueraient. L'opération de récupération deviendrait impossible.

Bientôt, pour que Tim les remarque, il faudrait allumer les phares, ce qui allait les signaler encore plus nettement.

– Mince, qu'est-ce qu'il fout…

Au moment où Flora jurait entre ses dents, elle le vit sortir du bois, entièrement nu. Il fit de grands signes, et quand elle eut dit à la fille de ralentir, il prit la pose, comme un auto-stoppeur, poing droit serré, pouce tendu.

– Arrête-toi !

Tim venait déjà vers elles, en courant. Flora se décala et se pencha pour ouvrir la portière avant, sans perdre Tina des yeux.

– Dis donc, dit-elle à Tim, tu sais que tu es pas mal comme ça, tout nu, grizzlyman ?

– Shariff ? Il est avec vous ?

– Oui. On l'a laissé au camping. À cette heure, il nage ou il dort, je ne sais pas trop.

– Elle, c'est qui ?

Tim montrait la conductrice.

– Une fille de chez eux. C'est la raison pour laquelle je te prie de bien vouloir t'habiller en vitesse, au lieu de faire le beau en tenue d'Adam.

Il y avait des vêtements posés sur le siège avant. Tim les enfila puis monta à côté de Tina et dit en se retournant :

– Et pourquoi tu l'as emmenée, la fille de chez eux ?

– T'as oublié un truc en me quittant hier soir, grizzlyman. Je ne sais pas conduire.

– Où on va ? demanda-t-il.

– À quatre-vingts bornes, répondit Flora. Là où deux campeuses étrangères et leur petit frère n'ont pas l'air suspect quand ils débarquent un jour de fin juillet, le lendemain d'un grand massacre sur le territoire du désormais fameux Institut de Lycanthropie.

– Et le gamin, il est dans quel état ?

– Mal. Je l'ai trouvé vers 10 heures du mat', une heure avant que les premiers flics débarquent. Assis sous la pluie à côté de ses vêtements et des cadavres de Marge et Mevlut. Il jouait avec un couteau.

– Ouais. Eux, c'est pas moi qui m'en suis occupé.

Elle fut gênée de la façon dont il disait cela, par son ton en apparence banal, informatif. Elle répondit :

– C'est lui, je crois. Mais j'ai vu aussi tes morts, Tim.

Elle avait grimacé, involontairement. Dans l'obscurité, il était possible qu'il n'ait rien vu. Il se tordait le cou pour regarder vers elle. Elle reprit :

– Tu es une vedette. Ou tu vas le devenir. À la radio, ils disent qu'un animal s'est livré à des massacres, ils pensent à des chiens d'attaque puisque, de toute évidence, il y avait aussi des humains. Et ils sont en train de chasser le lycanthrope dans toute la vallée, ils finiront par trouver les survivants si tu leur en as laissé.

– Je me souviens de trois morts, plus Ines, à Bénand. C'est ça ?

Sa voix, grave, semblait neutre. Il demandait des confirmations.

– C'est ça, Tim. Pas de black-out cette fois.

– J'en ai tué deux autres, un peu plus haut, vers le col.

Flora en fut de nouveau frappée : il semblait avoir anesthésié toute émotion.

– Et Hugo ? demanda-t-il.

– Il s'est barré. Avec Julien et deux autres gus de la bande, un type et une fille, qui devaient ramener tout ce petit monde en vue d'une autre chasse. C'est à peu près tout ce que cette fille a bien voulu me dire. Ah, au fait, elle ne cause qu'en anglais. Elle est slovène, je crois. Tina quelque chose.

– Bonsoir, Tina Quelque-Chose, dit Tim, en anglais, avec une sorte de sourire dangereux. Tu as des amis très peu recommandables, et j'imagine que tu dois le regretter à la minute présente.

La conductrice lui jeta un regard affolé.

– Tu lui fous la trouille, Tim. Elle a vu le boulot de l'ours, elle aussi.

La voix de Flora n'avait presque pas tremblé, jusque-là, elle avait maintenu le bon niveau d'humour pour masquer son stress. Mais, à ce moment, quelque chose craqua – la peur de ne pas le retrouver vivant, de ce qui s'était passé cette nuit, de ce qu'il avait fait de nouveau ; l'immense soulagement d'être réunis, surtout.

– Oh ! bon Dieu.

Elle fondit en larmes.

66.
CAMPING

– Bon, c’est pas un palace… Un mobil-home pour trois, pour quatre, maintenant. Niveau intimité, on repassera…

Flora avait retrouvé son calme et son ton désinvolte, après sa brève crise de larmes. Tim ne lui avait demandé aucune explication, pas davantage sur cette idée qu’elle avait eue de l’installer à l’avant, à côté de la prisonnière, comme si elle tenait à garder une distance entre eux. Elle se donnait sans doute du temps pour retisser leurs liens, après… ça.

Flora sortit de la Volvo en poussant Tina devant elle, le pistolet discrètement braqué dans son dos. Apparemment, il n’y avait pas de voisins, du moins aucun mobil-home de la pinède n’était-il éclairé. Ils ouvrirent la porte de leur logement et entrèrent dans l’espace effectivement confiné, mais intelligemment aménagé.

– La fille avait deux flingues dans ses affaires, alors j’en ai laissé un à Shariff. Et aujourd’hui, elle a passé la journée attachée au radiateur, histoire de ne pas nous faire chier. Mais cette nuit…

– Cette nuit, elle va faire pareil, et demain, on trouve une solution, dit Tim.

– Pourquoi on ne s’en débarrasse pas maintenant ?

Shariff venait de sortir de la minuscule salle de bains. En peignoir, les cheveux trempés, l’air épuisé, son revolver à la main. Tim le regarda, froidement, et répliqua :

– Parce que c’est moi qui décide, gamin. Et que cette

fois, tu vas m'écouter et faire ce que je dis avant de nous foutre encore dans la merde. Pour commencer, tu me donnes cette arme.

Sans protester, Shariff s'exécuta, l'air surpris. Tim avait mis trop de colère dans sa voix. Mais c'était ainsi : le gamin les avait obligés à replonger. Le gamin l'avait contraint à tuer, de nouveau.

– Viens là quand même, que je t'embrasse.

Shariff hésita un instant puis, finalement, fit deux pas en avant. Ils se tombèrent dans les bras.

– Flora m'a dit… pour l'ours…

– Ouais. On n'en parle plus, tu veux ? Bon, on ligote notre amie Machine Quelque-Chose pour la nuit. Elle va dormir dans la même chambre que nous, Flora. Shariff, tu as besoin de calme et de solitude.

– Il paraît que tu as eu Bjorn ?

– Oui, je l'ai eu. Quatre-vingts kilos contre une demi-tonne. Il n'avait aucune chance.

—

Ils étaient sortis tous les deux et marchaient main dans la main entre les pins du camping. Tim avait empoché le pistolet automatique de Tina.

– Alors, tu le trouves comment ? demanda Flora.

– Shariff ? Mal. Très mal, répondit Tim. Mais il n'y a pas besoin de chercher des explications bien loin. Regarde…

Il lui montra le panorama, devant eux, comme si cela constituait une réponse.

Cela semblait d'une irréalité de carte postale, retouchée sur Photoshop. L'orage de la veille avait lavé l'atmosphère. Le vent était tombé, pas un souffle sur le lac d'huile qui semblait vibrer de chaleur, une sorte de brume flottant à la clarté lunaire. Irréel, oui, comme une plaquette publicitaire pour des vacances parfaites. Le mois de juillet s'éteignait dans la douceur, cette odeur de pins, ce sable sous leurs pieds, mêlé d'aiguilles. En roulant au hasard vers le nord pour s'éloigner des lieux de la chasse, avec sa prisonnière au volant et le gamin traumatisé contre elle, Flora avait décidé de s'arrêter sur le camping de la plage d'Excenevex, sur une impulsion, juste à cause de ça : les pancartes qui vantaient la seule grève de sable au bord du Léman. Qu'est-ce que Tim voulait dire en lui montrant cela ?

Il regarda le ciel, le merveilleux disque lunaire, d'une blancheur opalescente, dont on distinguait parfaitement les cirques et les reliefs, comme si l'astre mort s'était approché, cette nuit, à se laisser toucher. Elle entendit sa voix soudain songeuse, triste, infiniment lasse, monter dans le bleu nuit.

– Pleine lune, comme hier. Magnifique. Mais Ines aurait encore été prédatrice, cette nuit. Si Bjorn ne l'avait pas égorgée, et si je n'avais pas tué Bjorn...

Il paraissait distant, trop lointain.

– Tu regrettes ? demanda-t-elle.

– Pas une seconde. Je recommencerais cette nuit, s'il le fallait. Pour Shariff.

Il était perdu dans la contemplation de la lune. Revoyait-il les images du massacre ? Avait-il appris à les effacer ?

– Et là-bas... Regarde comme c'est beau, comme c'est calme. Comme c'est menteur.

Des lumières clignotaient assez loin vers le nord-est. C'était Lausanne où Aribert Clauberg avait installé ses labos, ou d'autres menaient probablement les mêmes travaux, avec le même cynisme, prêts à utiliser d'autres cobayes humains pour d'autres recherches – ailleurs, quelque part dans le monde où on se fichait bien de diffuser des images, de protester contre des cages de verre, contre des expérimentations douteuses. Ils avaient longuement parlé de tout cela, depuis leur séjour au cœur de WarDogs. Il était inutile d'ajouter tout commentaire. Elle avait compris.

Tim garda le silence longtemps, elle entendait sa respiration, de plus en plus calme. L'avait-il oubliée, elle, dans cette contemplation qui était comme un résumé de cette année de sang : la double réalité, merveilles et mensonges ?

Il reprit :

– Shariff est un môme et tout ce que le monde lui a proposé, c'est la folie, la convoitise, le meurtre. Les adultes autour de lui tuent, mutilent, massacrent, ou meurent lorsqu'ils sont estimables. Il a treize ans et ça fait trois fois qu'on le chasse comme une bête. Son esprit a du mal à l'accepter, ça me paraît logique.

– Mais son âme, Tim… C'est son âme qui m'inquiète.

– Toi, Catwoman, tu crois à l'âme ? Je croyais que tu considérais nos cerveaux comme des circuits d'ordinateurs, des disques durs amovibles et interchangeables dont il serait possible de remplacer les fonctions lorsqu'ils sont usagés.

Il avait dit cela avec un sourire grave. Elle lui balança un coup de poing, vaguement simulé. Le paysage splendide et factice ressemblait à un *memento mori* créé pour eux : tellement d'allusions à la dernière année, de bruit et de fureur.

Ils s'assirent tous les deux dans le sable. Il était froid.

– O.K., dit-elle, après un temps. Sans déconner, on fait quoi pour lui ?

– Qu'est-ce que tu proposes ? Qu'on l'emmène voir un psychologue pour qu'il raconte ce qu'il a vécu, et ce qui lui arrive toutes les six heures ? Tu en connais un qui le croirait ?

Tim paraissait en colère, tout d'un coup, comme s'il lui en voulait, à elle comme à la terre entière.

– Non. Mais on devrait peut-être se demander ce qu'aurait fait McIntyre, dans ce cas.

– Arrête… On ne va pas jouer à ça. Je ne suis pas son père, Flora. Et tu n'es pas sa mère. On ne peut pas…

– Mais il n'a plus de père, justement, et personne d'autre pour l'aider que nous deux. Alors, qu'est-ce qu'on fait ?

Ce bref échange jeta un froid entre eux. Ils continuaient de regarder tous les deux vers le lac. Il n'y avait pas âme qui vive, ni promeneur sur les rives, ni l'ombre d'un bateau. Elle jeta un coup d'œil à sa montre : minuit.

– Tu lui en veux de nous avoir forcés à revenir ici ? À plonger là-dedans ? demanda-t-elle.

– Bien sûr. Pas toi ?

– Je ne sais pas, répondit-elle trop vivement. De toute façon, il fallait qu'on se taille. Et puis, aux États-Unis, on était chez toi… Ici, c'est… C'est chez nous.

– Et c'est l'endroit du monde où on est effectivement le plus à l'abri. Coincés pile-poil entre la police suisse et la police française, avec des dizaines de gendarmes qui enquêtent sur l'Institut à moins de quatre-vingts kilomètres.

Son ton était amer. Tim sourit cependant légèrement et ajouta :

– C'est exactement l'exil idéal, l'endroit le plus approprié pour une lune de miel.

« Lune de miel ». Flora répondit comme si cette pensée la frappait soudain :

– Au fait, tu ne m'as pas embrassée depuis que tu es revenu parmi nous, monsieur le naturiste.

– J'attendais de savoir si tu en avais envie. Tu as vu le nouveau massacre. Tu m'as demandé si je regrettais ce que j'avais fait. Mais toi, tu ne m'as pas dit ce que tu en avais pensé.

Il se tourna vers elle.

– Tu as pleuré, tout à l'heure. Je te fais horreur dans ces moments-là ?

Elle le regarda, hésita une seconde, puis :

– Je crois que j'ai sommeil, mais que je n'ai pas envie de dormir. Et je pense que tu aurais pu prendre une douche en rentrant de vingt heures de chasse aux prédateurs.

Elle l'embrassa, puis se blottit contre lui, dans ses bras. Sa peau était douce sous les mains de Tim, elle le savait. Douce et chaude. Ses cheveux étaient comme de la soie.

Sur la plage d'Excenevex, la nuit était presque assez tiède pour qu'ils dorment dehors, le sable presque assez fin pour qu'il ne gratte pas sous leurs dos, leurs jambes, la pinède presque assez tranquille, déserte, pour qu'ils restent ainsi, dans les bras l'un de l'autre, enlacés, amoureux à l'abri des regards assassins d'une Slovène entravée qui avait rêvé de les tuer, et des tourments d'un gamin à l'âme égarée qui, tout à l'heure, retournerait nager dans l'eau de mer.

67. TECHNIQUES D'INTERROGATOIRE DIVERGENTES

Le soleil était déjà haut dans le ciel. Le vent frais et les cauchemars avaient réveillé Tim à l'aube, quatre heures auparavant. Il se sentait une crampe dans l'épaule à force de servir d'oreiller à Flora mais, à cette minute, il n'aurait échangé sa place pour rien au monde, ni même déplacé sa clavicule au risque de troubler le sommeil de la jeune fille. En cet instant, il n'avait pas davantage envie de songer à la suite. Le gamin s'en moquait. Le gamin avançait à son rythme. Il les rejoignit sur la plage.

– Bien nagé, gamin ?

– Comme un loir, dirait Dada.

En se redressant, Tim réveilla Flora, ils se levèrent, s'époussetèrent du sable qui avait collé à leurs vêtements. Shariff attendait en les regardant, l'air impatient. Il finit par estimer qu'il leur avait donné assez de temps.

– Alors, on fait quoi maintenant, mister grizzly ?

– C'est Bleeding-Bear, Shariff… Je te raconterai. Mais, pour l'instant, on recueille les informations que Tina pourra nous donner, on les transmet à la police. Et ensuite, on verra.

– Tu ne veux pas qu'on les retrouve nous-mêmes ? Jamais la police ne croira que…

– Qu'il y a une secte qui massacre tous ses membres, jusqu'au dernier, en utilisant des bêtes sauvages ? À ton avis, vu ce que les flics ont retrouvé hier à l'Institut, ce sera compliqué de les convaincre ?

Il coupa là l'échange. Il n'avait aucune envie de débattre. Il annonça :

– Bon, je vais acheter les journaux locaux pour voir ce qu'ils racontent sur l'enquête et ce qu'ils ont exactement retrouvé sur place. Histoire de ne pas gamberger dans le vide.

Il ne savait pas pourquoi il sentait monter une colère pareille chaque fois que le gamin ouvrait la bouche. Il avait juste besoin de s'éloigner un peu et de prendre une heure pour lui.

—

Il jeta les trois quotidiens sur la tablette de camping que Flora avait installée devant le mobil-home avec des bols de café au lait très sucré – le meilleur remède contre les nuits trop courtes.

– Ils parlent de tes messages, Shariff, annonça Tim. Des pages des *Métamorphoses* couvertes d'indices sur les tueurs, signées de ta main. Ils te recherchent…

Shariff et Flora prirent les différents journaux, tous ouverts à la page concernée, les feuilletèrent l'un après l'autre. Après deux minutes, le gamin leva les yeux vers eux.

– Je suis désolé, j'avais oublié cette histoire de messages…

– Il n'y a aucun problème, Shariff, dit Flora. Ou plutôt, ça simplifie encore les données du problème. Les flics ont eu le message, ils ont ce qu'il leur faut pour trouver Paul et Julien.

– Et, au besoin, Tina nous fournira les dernières informations nécessaires, ajouta Tim. Ce matin. Ensuite, on se tire.

– On se tire ? Tu ne veux pas qu'on…

– Non, je ne veux pas, Shariff. Je ne veux pas qu'on se venge nous-mêmes. Je ne veux pas qu'on s'occupe de cela parce qu'on finirait par devenir comme eux. Putain, regarde-toi !

Flora reprit, plus doucement :

– Pourquoi tu te mets en colère, Tim… Explique-lui. Explique-lui calmement.

La remarque de la jeune fille fut la goutte d'eau qui faillit faire déborder le vase. Flora prenait la défense de Shariff. Elle lui reprochait sa colère, et pas les contestations permanentes du gamin, qui les avait flanqués dans cette situation, au milieu des flics, en pleine zone de guerre. Shariff l'avait obligé à tuer, de nouveau. Les journaux étaient parfaitement explicites sur les atrocités subies par les cadavres « dévorés et mutilés par une ou plusieurs bêtes féroces ».

– Putain !

Il sortit en claquant la porte.

Trois minutes plus tard, ils le rejoignirent sur la plage.

Tim reprit où il en était resté, d'une voix aussi posée que possible. Il ne regardait pas Shariff, à qui, de toute évidence, il s'adressait.

– Les amis de Paul ont fini par devenir des chasseurs parce que Zaroff et Clauberg les avaient chassés. Ils ont fini par trouver normal de tuer, à leur tour. Et toi, tu vas finir par trouver normal de les tuer. Par vengeance. Où ça s'arrête ?

– Ça s'arrête quand ils meurent, répondit Shariff, en regardant le lac, lui aussi.

Parfaitement calme, maître de lui, décidé.

– Alors ça s'arrêtera quand on sera tous morts, ou fous, reprit Tim.

– Ils sont déjà fous. Ils ont tué mon père.

Tim explosa de nouveau :

– ET ALORS ? Si tu les tues, si je les tue pour toi, ça te le rendra ton père ?
– Et si je ne les tue pas, vous me le rendrez, vous ?

—

Ils étaient debout tous les trois autour de la jeune femme blonde ligotée au pied du lit. Elle avait dormi, sans doute mal et par séquences courtes, seule dans le mobil-home, ignorant où étaient ses geôliers, tout ce temps. Il était midi passé et elle semblait profondément assoupie, mais leur simple présence, silencieuse, finit par l'éveiller. Elle dut avoir le sentiment d'ouvrir les yeux dans un cauchemar, face à un tribunal qui allait froidement décider de son sort. C'était exactement l'impression que Tim voulait lui donner.

Il dit, en français :

– Shariff, détache-la.

Le gamin se pencha vers elle. La Slovène eut un mouvement de recul. Flora sortit le pistolet qu'elle lui avait pris l'avant-veille. Elle dit, en anglais :

– Allons, laisse-toi faire. Assieds-toi sur le lit. Tout va bien se passer.

Shariff la libéra puis s'adossa au mur, debout. Flora et Tim avaient attrapé les deux chaises du mobil-home et s'assirent. Dans l'espace confiné, chacun d'eux était à moins d'un mètre de la fille. Tim sentait les vibrations de peur monter, ce qu'il souhaitait, là encore.

– Tu vas m'écouter, Tina, fit-il en anglais. Je veux l'identité complète de tous les amis de Paul, ceux qui restent en liberté et ceux qui chassaient avant-hier. Je veux l'adresse de l'endroit où ils ont installé leur refuge, ou les différentes adresses s'il y en a plusieurs. Je veux savoir où les survivants ont pu se réfugier depuis le fiasco de votre dernière partie de chasse.

Elle commençait à secouer la tête.

– Et je veux savoir tout ça maintenant.

– Et si je ne veux pas te le dire ?

Il y avait une tension extrême dans sa voix, mais elle avait retrouvé la parole. C'était un premier pas important. Tim se souvenait des interrogatoires subis chez WarDogs, entre deux métamorphoses. Il se surprit à penser qu'ils avaient maintenant basculé du côté des questionneurs, et cela ne lui plut pas. Ils n'avaient pas le choix, il fallait en finir le plus vite possible. Ils allaient la jouer comme dans les films. Il regarda Flora, puis dit :

– Si tu refuses de parler, je vais me mettre en colère. Tu as vu ce que ça donne lorsque je me mets vraiment en colère ? Tu te souviens de Bjorn ?

Le visage de la jeune femme, fermé, avait blêmi.

– Donc tu vas parler, et le faire très vite, n'est-ce pas ?

Elle secoua lentement la tête, en signe de dénégation.

– On n'a qu'à la torturer, dit Shariff en anglais. On gagnera du temps.

Il avait émis cette idée comme une hypothèse parmi d'autres. Tim ne sut pas si le gamin jouait à faire peur à leur prisonnière, si c'était la raison pour laquelle il s'était exprimé en anglais, ou s'il était vraiment sérieux.

Le silence s'éternisa. Shariff regarda sa montre et parla de nouveau, cette fois en français et en s'adressant à Tim :

– Tu lui donnes jusqu'à quelle heure ?

Tim répondit en anglais :

– Si elle me répond dans l'heure, je la laisse partir. Sans armes. Et dans la zone de recherche des gendarmes…

– Tu es fou, elle va…

– Oui, c'est un risque à prendre. Elle peut ne pas être capturée et retrouver ses amis. Mais si elle ne me parle pas maintenant, je la livre directement aux flics. Et je les laisse l'interroger.

– Tu ne veux pas qu'on la fasse parler nous-mêmes ?

Cette fois, Tim avait la réponse à sa question. Shariff lui proposait de la torturer, en français, langue qu'elle ne comprenait pas. Il ne disait pas cela pour effrayer Tina. Il envisageait vraiment de la *faire parler*, par n'importe quel moyen. Et de s'en *débarrasser* ensuite, comme il l'avait dit.

– Non, Shariff, je ne veux pas. Et je veux que tu sortes, maintenant.

Le gamin s'empourpra, faillit lui répondre. Ils échangèrent un regard très explicite. Mais il finit par obtempérer, sans un mot.

Tina sembla réfléchir encore quelques minutes. Finalement, elle leur délivra toutes les informations qu'ils attendaient, en jetant des regards effrayés vers la porte.

68.
LE GRAND SECRET

La bise commençait à se lever, une forêt de nuages annonçait que les soirées estivales au clair de lune étaient terminées. Shariff les attendait un peu plus loin, les mains dans les poches, l'air boudeur. Tim avait sorti le pistolet automatique de sa poche. Il en vérifia le fonctionnement, lentement. Flora les observait tous les deux, le garçon qu'elle aimait et qui avait pris les choses en main, le gamin qui était son petit frère et qu'ils étaient en train de perdre.

– Tim ? Tu nous parles ou tu préfères ton jouet ? demanda-t-elle.

Elle ne savait pas pourquoi elle lui faisait des reproches plutôt qu'à Shariff. C'était comme une façon de maintenir le contact avec ce dernier, de prendre son parti – parce qu'elle savait qu'avec le jeune homme, rien ne pourrait distendre le lien. Elle lut néanmoins dans les yeux de Tim une vraie colère contre elle lorsqu'il la regarda et lui sourit sans joie.

– O.K. Shariff, Tina a parlé… Maintenant, je vais tenir ma parole et l'emmener rejoindre la forêt et ses congénères. À elle de voir si elle préfère retourner parmi eux, après les avoir trahis, ou disparaître dans la nature.

Tim annonçait les choses sans demander l'avis de quiconque. Comme depuis deux jours. Comme depuis qu'il était revenu de son voyage chamanique, en fait. Cela convenait à Flora.

– Tu y vas tout seul, chef ? plaisanta-t-elle pourtant.

– Oui. J'ai assez envie de me réserver le plaisir du

spectacle de Tina gambadant dans les fourrés. Je crois que je vais l'obliger à fuir entièrement nue. Ça te va comme explication ?

– Crétin.

– J'avoue.

Elle avait réussi à le faire sourire, cette fois sincèrement. Il enchaîna sur un autre ton, moins froid, moins directif, plus chaleureux.

– Toi, Flora, tu restes avec Shariff. Je largue Tina à une trentaine de bornes, et j'en profite pour me débarrasser de cette voiture volée. J'en emprunterai une autre.

Tim ne parlait qu'à elle. Il ne regardait pas Shariff. Il semblait vouloir lui montrer qui décidait. C'était quoi, le malaise : une crise d'autoritarisme ? Une rupture entre les deux mâles de la bande ?

– Et ensuite ? demanda Flora, en jetant un coup d'œil à Shariff.

– Ensuite, on se rend dans un lieu où la police s'intéressera moins à l'Institut et à nos petites personnes.

Elle lança un nouveau coup d'œil, plus appuyé, vers le gamin. Cette fois, Tim comprit :

– O.K., Shariff ? demanda-t-il.

– Tu veux vraiment savoir ce que j'en pense ?

– Oui, même si ça ne me fera pas revenir sur ma décision.

– Mon avis, c'est que ces gens-là sont des tueurs qui ne méritent aucune pitié parce qu'ils ne font montre d'aucune pitié. Mon avis, c'est qu'on doit les traiter comme des animaux nuisibles. Ils m'ont chassé, moi. Ils m'ont donné la chasse pour me manger. Et toi, Tim, ça te posait beaucoup moins de problèmes moraux de tuer quelqu'un quand j'ai dû électrocuter Kofer pour te sortir de ta cage. Mon avis, c'est aussi que mon père ne voulait pas que le Grand Secret soit dévoilé. Il était prêt à négocier avec Clauberg pour l'éviter. Il était prêt à tout pour cela, et on l'a suivi : si on s'est retrouvés enfermés dans les cages de verre dont on t'a sorti, Tim, c'est parce qu'il fallait ne rien révéler à la police, tu te souviens ? Et si on livre les prédateurs et leur repaire aux flics, on est sûr que le Grand Secret sera éventé. Et on sait ce que les autres peuvent en faire : on a vu les chasseurs, on a vu Clauberg. Il y en aura d'autres. Alors, mon avis, c'est qu'il faut régler nos affaires entre initiés. Entre nous. Nous sommes les seuls à pouvoir empêcher Julien et Paul de continuer à nuire, et à tuer. Parce que nous ne pouvons mettre aucun flic du monde dans la confidence. Et si vous ne le faites pas avec moi, je le ferai tout seul, je me barrerai de nouveau, autant de fois qu'il le faudra, et j'irai leur régler leur compte. Si vous voulez m'en empêcher, il faudra m'attacher. Parce que je ne renoncerai jamais.

Il venait de débiter sa longue tirade, sans même reprendre son souffle. Il défiait Tim, le visage fermé, comme un parfait étranger – ou même un ennemi. Qu'était devenu le gamin au tajine-de-la-mort-qui-tue ?

Flora intervint, doucement, en lui posant simplement une question :

– Et ça te fait plaisir d'avoir à faire ça ? Honnêtement, Shariff, ça te fait plaisir de les empêcher de nuire, comme tu dis ?

Il se tut, trente secondes. Puis il se tourna vers elle, d'un air très las, soudain.

– Oui, ça me fait plaisir de régler mes comptes, Flora. *Nos* comptes.

– C'est ça qui nous dérange, Tim et moi, Shariff. Le plaisir que tu prends à te venger. Tu as tué deux êtres humains dans la forêt, avant-hier. Tu les as tués avec un couteau, et même si c'était de la légitime défense, ton seul désir devrait être de ne jamais, jamais recommencer. Tu comprends ce que je te dis ?

– Cela dit, tu as raison sur un point, la coupa Tim. On ne peut pas laisser le Grand Secret dans les mains des flics. Trop de gens risqueraient d'en souffrir. Et il n'y a que nous qui pouvons éliminer les traces de la métamorphanthropie.

Il venait de concéder un point à Shariff, et Flora vit son visage se détendre un peu.

– Mais je ne veux pas que nous les affrontions, Shariff. Nous avons fait assez de morts à cause d'eux. Je veux qu'on trouve ensemble un moyen de faire disparaître toutes les preuves du Grand Secret, sans avoir à les affronter.

Le gamin fit une moue dédaigneuse, genre : « Tu fais comme tu veux, si la guerre te fout la trouille. »

– Et ce n'est pas de la lâcheté, gamin, reprit Tim. Avant-hier, j'en ai tué cinq pour sauver ta peau.

—

Ils décidèrent ensemble du plan le plus simple. Tim revint au mobil-home, seul. Il s'adressa à Tina :

– Tu vas appeler tes amis avec ton portable. Tu vas leur dire que tu as tout avoué aux flics, que tu leur as donné l'adresse du refuge en Autriche et qu'ils doivent fuir. Vite.

– Ce n'était pas prévu dans notre contrat.

– Oui. Mais les termes du contrat viennent de changer. Donc, tu fais ce que je te dis, et après je te dépose comme prévu dans la forêt.

Tina passa l'appel sur le téléphone de Paul, tomba sur la messagerie. Elle répéta méticuleusement, mot à mot, ce que Tim lui avait dicté.

—

Tim venait de monter dans la voiture. Tina y était attachée, contre la portière du passager. Flora se pencha vers la fenêtre du conducteur.

– Shariff a peut-être raison, Tim… On prend des risques en la relâchant maintenant… Elle peut les rappeler, les prévenir qu'on arrive.

– Oui, on prend des risques. Mais on n'a pas le choix, n'est-ce pas ?

69.
LA MÉLANCOLIE DU HOMARD

« Où es-tu resté, Shariff McIntyre ? Où t'es-tu perdu ?

Dans la Grande Bibliothèque où tu es né à toi-même, où tu as découvert tous ces mots, tous ces pères, ceux qui t'ont inspiré, qui t'ont nourri, qui t'ont fait devenir un sage avant l'âge de la sagesse, un guide avant même d'en avoir rencontré un ? Cette bibliothèque qu'ils ont incendiée, cette bibliothèque qu'Hugo avait édifiée avant de la défigurer, d'en faire l'ouvrage de la traîtrise et du mensonge. Cette bibliothèque où tu es entré, les armes à la main, pour défendre ton père, où tu les as affrontés une fois, où tu as triomphé du mensonge. Est-elle restée là, ton âme, danse-t-elle parmi les fumées de l'incendie, dans l'odeur des flammes, ou dans les livres qu'ils ont emmenés quelque part, ailleurs, qu'ils lisent avec leurs yeux faussés, leurs mains salies, leurs esprits dévoyés ?

Dans le bureau de ton père, là où il t'a présenté ces papiers qu'il te fallait signer, et où tu as été submergé – il te reconnaissait comme sien, comme l'égal de lui-même, un fils, la chair de sa chair, un enfant digne de porter son nom, un disciple digne de marcher dans ses pas. Tu étais dans la folie martiale, tu étais dans cette connerie de la maîtrise et de l'impuissance, du samouraï et de son daimyo. Le seul à qui tu as cru bon de te confier sur tout cela, c'était Julien, l'homme qui le livrait.

Est-elle restée là, ton âme, dans cette cage de verre, quand, sous l'IRM, tu as pris conscience de cette évidence : tu étais unique, parmi les anthropes, le seul qui passait autant de temps sous son enveloppe animale que sous ses traits humains ? L'as-tu laissée, ton âme, quand tu as su que tu étais bien moins humain que les autres, un simple objet ? Quand tu as compris que tu n'étais pas davantage le fils de McIntyre que le fils de la mer, de l'écume, d'un décapode, d'un animal ?

Oh oui, ils t'ont vraiment rendu cobaye, animal d'expérimentation, corps et âmes. Deux âmes, deux corps. Il aurait fallu après cela le regard bienveillant de ton père pour guérir. Toute la tendresse grave, tout l'humour tranquille, toute la sagesse de ton père pour te rétablir, réapprendre à être pleinement, complètement Shariff McIntyre, même la moitié de ton temps où tu étais dans l'eau. Oui, pour guérir de la cage de verre, de Clauberg, de l'expérimentation, de la négation et de l'oubli de soi, il aurait fallu le regard d'un père sur son fils. Mais le dernier regard qu'il a eu, c'était pour te supplier – pour te dire qu'il aurait tellement voulu rester en vie. Cela peut-il suffire ? Comment en être digne ?

Oui, c'est sans doute dans la cage que ton âme est restée, sous l'IRM, quand tu ne cessais de penser et qu'ils ne cessaient de te nier. Mais il aurait suffi d'un regard de ton père pour la retrouver, ton âme. Il aurait suffi de cela. Tu aurais guéri, comme chaque fois, toutes les fois précédentes.

Ils t'ont pris ce regard. Ils l'ont voilé. Ils t'ont perdu, et tant pis pour eux : puisque tu n'as plus d'âme, tu n'auras plus de pitié. Tu seras une machine, opérante, au moment de les tuer. Une machine aussi neutre, aussi insensible, aussi inhumaine que l'IRM qui te regardait, te disséquait comme un cobaye, comme une chose. »

—

– Alors ? C'est fait ? Pas d'accroc ? demanda Flora.

– Non.

Tim sortait d'une voiture plus petite, une Saab d'un bleu discret. Elle s'était précipitée vers lui.

– J'ai déjà procédé à l'échange des plaques, dit-il… Je vais finir par devenir bon en vol de voiture.

– On est immatriculés en Italie ? Avec des passeports français ?

– La mondialisation a du bon… Sérieusement, j'ai entendu à la radio que les flics diffusaient le portrait-robot d'un adolescent dont on ignorait s'il avait survécu au nouveau massacre.

– Shariff ?

– Ben oui. Il a signé son billet et depuis Lausanne, ils ont sa photo.

Ils se dirigèrent vers le mobil-home.

– Il nage ? demanda Tim en regardant sa montre.

– Comme un homard…

– O.K. La nasse se referme, Flora. On ne va pas pouvoir continuer éternellement à se cacher, à voler des bagnoles et à passer des frontières sans se faire choper. Si ça se trouve, les flics ont fait le lien entre nos passeports et les deux voleurs de voiture, à Paris. On devrait balancer le portable. Ça commence à craindre franchement.

– Qu'est-ce que tu proposes ?

Il hésita quelques secondes.

– Je ne sais pas. Se planquer quelques semaines, le temps que les choses se calment, et puis se barrer dans un pays où aucun de nous ne se serait fait remarquer.

– Ça existe, ça ? sourit-elle.

Il sourit à son tour, mais il n'y avait aucune joie en lui. Pourtant, cela dut appeler une idée amusante dans son cerveau car le sourire s'élargit et il retrouva son air malicieux.

– Ah, il y a autre chose. Les experts sont formels. Les tueurs de l'Institut ont utilisé une panthère et un ours, un ours domestique, sans doute. On n'a jamais vu ce genre de bête dans les Alpes.

Il ouvrit la porte du mobil-home.

– Bon, je dors deux heures et ensuite on décolle avant que le directeur du camping voie le portrait de Shariff s'afficher sur son poste de télé au journal du soir. Le crustacé va se réveiller sur la route de l'Autriche. Et j'espère qu'il aura retrouvé ses esprits.

Ils entrèrent dans la caravane.

– Au fait, Flora…

Tim s'était retourné vers elle. Il avait une mine perplexe, un peu étrange.

– Oui ?

– L'un des deux types que j'ai tués au col… C'était le mec de Tina, un certain Danilo. Un lycaon, je crois.

Elle ne sut quoi lui répondre, ni ce qu'il attendait qu'elle dise.

—

« Qu'irais-tu oublier ? Ton père mort, toute la vérité de ta vie est là. Ton père tué, livré, trahi, vendu, ton père privé même d'une mort digne – il s'est éteint comme un homme en proie à la folie, un animal qui se convulse, ligoté sur un brancard. Un poids mort, un légume.

Tu ne veux pas l'oublier.

La colère qui t'emplit chaque fois, cette rage, peut remplacer la maîtrise. Elle est ta nouvelle conseillère, ta vérité.

À cette minute, Shariff-le-gamin les haïrait presque, Flora et Tim, d'avoir des tombes sur lesquelles pleurer, d'avoir des passés qu'il faut éclaircir et qu'ils n'éclairciront pas, des zones d'ombre. Il les haïrait presque de n'avoir pas devant eux la vérité nue et cruelle, la mort du père, la fin de l'âme.

Mais pas toi, non. Shariff-le-homard est sans haine pour cela. Il se moque bien d'eux, de leurs regards pour l'adolescent, de leur pitié, de leurs inquiétudes.

Voici cinq jours, tu aurais appelé l'amnésie comme une bénédiction, une pause, un silence. L'image du carcajou, les yeux grands ouverts, l'image de la lumière qui disparaissait, des yeux qui se voilaient au moment où le cadavre reprenait figure humaine… Amnésie, oui. Amnésie pour oublier cela. Les homards n'ont pas la possibilité d'oublier. Ils nagent dans leurs larmes.

Mais plus maintenant, non. Tu ne veux plus oublier. La guerre vient à toi et tu l'accueilles comme une amie. Quel goût a la colère ? »

70.
EXPLORATION

Ils entrèrent dans le village et s'arrêtèrent à un café dont la terrasse offrait une vue dégagée sur le panorama. Sölders se situait au fond de la cuvette, à l'extrémité de la vallée bornée à l'ouest par l'amphithéâtre des premiers sommets du Tyrol, enneigés sur leurs aiguilles et leurs plus hautes arêtes malgré la saison. Le Nid d'aigle était accroché à mi-pente, au sud-ouest, au cœur d'une forêt de conifères noirs comme les Alpes centrales les cultivent, presque invisible depuis la vallée pour qui ignorait qu'il existait. Tim l'avait situé sur une carte satellite proposée par une société américaine célèbre pour son moteur de recherche.

« Adler Bauernhaus », la « Ferme de l'Aigle » : Tina leur avait expliqué qu'il s'agissait d'une ancienne grosse demeure d'alpages, plutôt destinée aux touristes qu'à des bouviers ou des bergers, et occupée jusque-là seulement l'été, mais qu'ils avaient commencé d'aménager depuis six mois pour en faire un ermitage, un lieu où ils pourraient se réfugier toute l'année. Paul Hugo et ses disciples avaient préparé leur exil avant même la rupture avec McIntyre. La Ferme de l'Aigle culminait à plus de mille cinq cents mètres d'altitude. Une seule route y montait, dépourvue de toute pancarte et en cul-de-sac. On voyait les voitures l'emprunter depuis les fenêtres du domaine. Mais une approche pédestre avait autant de chances d'être repérée : de là-haut, s'ils y étaient encore, un guetteur embrassait sans problème la vue sur toute la vallée, largement déboisée par les travaux des champs. La forêt dans laquelle le chalet disparaissait ne commençait qu'après trois kilomètres de montée, depuis Sölders. C'était une position remarquable pour qui voulait voir sans être vu.

– Autant monter en bagnole, décida Tim. Dans tous les cas, ils sauront que nous arrivons. Plus on arrivera vite, moins ils auront le temps de se préparer

– Tu crois qu'ils ont fui ? demanda Shariff.

– Je l'espère sincèrement.

– Sincèrement, moi, je préférerais que Paul soit là, répliqua le gamin.

Il semblait avoir retrouvé la parole et une forme de spontanéité, sinon d'humour. Il avait longuement ruminé dans la voiture. Flora ne disait pas un mot, elle touillait un café glacé débordant de crème viennoise. Elle semblait les écouter d'un air distrait et vaguement réprobateur. Elle finit par demander.

– Qu'est-ce qu'on fait, s'ils sont là ?

– On improvise, dit Tim. Mais je pense que le nid est vide.

– Et si c'est le cas, on détruit tout, c'est ça ? questionna-t-elle.

Tim opina du chef, lentement.

– Oui. Tu te charges d'effacer définitivement toutes les données numériques, Shariff organise la destruction des livres, et moi, je m'occupe des éventuels occupants. Et on ne cherche même pas à sauvegarder des données, ce serait trop risqué si on se faisait prendre avec une copie des ordis du labo. Le professeur n'aurait pas voulu que les flics mettent la main sur le Grand Secret.

– Le professeur est mort, Tim, observa Flora. Et nous, on est en vie, et on se jette dans la gueule du loup.

Shariff se retourna vivement vers elle.

– Donc on les laisse saloper tout ce qu'il avait bâti ? On les laisse s'en servir contre nous, contre le reste de l'humanité, ou on le laisse tomber dans les mains de gens qui l'utiliseront à leur tour ? Tu as vu ce que voulaient en faire Clauberg et Kofer…

– Oui. Mais je préfère prendre ce risque-là que d'être morte. C'est ma position.

– Ça se défend, Flora. Mais on est deux à penser l'inverse.

Tim avait parlé avec douceur, sans aucune acrimonie. Ils prenaient le risque de mourir, c'était le résultat d'une conversation sans consensus, où la majorité avait tranché. Voilà tout. Flora savait qu'elle était libre de les suivre, ou pas. Elle savait aussi que la question ne se posait pas vraiment dans leur petite famille indéfectiblement liée. Elle était consciente que Shariff avait besoin de l'entendre. Elle dit :

– Alors, si vous êtes deux…

—

Ils remontèrent en voiture. Ils disposaient de cinq jerricans d'essence, dans le coffre, depuis la veille, remplis dans cinq stations différentes sur la route vers l'Autriche, et qui dégageaient dans l'habitacle une odeur écœurante.

Ils avaient également entreposé dans deux sacs de sport des produits achetés dans une droguerie, inoffensifs, mais dont le mélange bien dosé, dont on trouvait aisément la recette sur Internet, permettait de propager les flammes même lorsque des matériaux ignifuges étaient censés les arrêter. Ils avaient potassé la question, les portes qui devaient rester ouvertes, les courants d'air à créer pour permettre la combustion la meilleure et la plus rapide possible.

Tim et Shariff en avaient parlé en détail avant la dernière métamorphose du homard. Il fallait que le gamin sache, et il fallait que ce soit lui qui exécute tout cela. Il était le légataire spirituel, juridique, de l'Institut, c'était à lui de prendre la décision et à lui d'allumer la mèche. Il fallait que tout ait disparu avant l'arrivée des pompiers, c'est-à-dire au maximum une demi-heure après le début de l'incendie, compte tenu de la configuration des lieux.

Ils avaient les deux armes de Tina, un revolver et un pistolet automatique, plus trois chargeurs. Tim en avait interdit l'usage à Shariff. Ce n'était qu'un gosse trop souvent confronté à la violence physique. C'était un môme qui tout récemment avait tué deux êtres humains avec un couteau de chasse.

McIntyre n'aurait pas aimé le savoir armé.

Shariff monta à côté de Tim, à la place du passager. Flora s'était volontairement installée à l'arrière, sur les sacs de sport, pour laisser au gamin la primauté de ce qui allait se passer. Elle voulait qu'il décide de tout, elle voulait qu'il se sente leur égal, et non leur passager involontaire, emmené au gré de leurs intuitions.

Elle avait un revolver, qu'elle sortit de son sac pour être prête à faire feu en cas de besoin.

Tim se retourna vers elle, lui adressa un clin d'œil, puis regarda Shariff. Il attrapa les deux fils arrachés sous le tableau de bord et les mit en contact, déclenchant le vrombissement du moteur.

– Bien, on y va ?

Flora et Shariff hochèrent la tête.

– Dans deux ou trois minutes, on en aura le cœur net, ajouta Tim.

Mais c'était inutile de le préciser. Ils le savaient parfaitement.

—

La route montait en lacets aussi serrés que ceux qui, autrefois, menaient à l'Institut. Ils entrèrent dans la forêt environ une minute après avoir quitté le village. Tim conduisait très vite, à la limite extrême de ce que permettaient les virages. Les pneus crissaient sur les graviers des bas-côtés. Deux fois, ils sortirent de nouveau du couvert des arbres et ils virent, plus haut, la « Ferme de l'Aigle ». Deux fois, les occupants, s'il en restait, purent donc observer que quelqu'un venait vers eux.

Tim entendait Flora jouer avec le cran de sûreté de son arme. Shariff, la bouche fermée, les yeux braqués sur le pare-brise, ne disait rien, semblant chercher la même concentration que le coureur de cent mètres, avant la finale, dans ses starting-blocks.

Après un dernier virage pris sur les jantes, la voiture déboucha sur une sorte d'esplanade gravillonnée. L'entrée de la ferme était située une trentaine de mètres plus loin. Tim donna un brutal coup de volant sur la droite, freina, réussit à maîtriser le tête-à-queue qu'il venait d'engager. La Saab s'immobilisa dans le sens inverse, celui de la descente, dans un nuage de poussière.

Rien n'avait bougé aux fenêtres ni à la porte.

Instinctivement, Tim avait rentré la tête dans les épaules, s'attendant à essuyer une salve de bienvenue.

Mais le silence retombait, avec la poussière. Sur l'esplanade, il n'y avait aucun des deux 4×4 noirs que Flora avait croisés trois jours auparavant. Étaient-ils partis ?

– Flora, tu me couvres jusqu'à l'entrée et tu surveilles les mouvements sur la façade, aux fenêtres. Ensuite, dès que je suis entré, vous remontez les fenêtres de la voiture et vous attendez à l'intérieur. S'ils s'enfuient, tu les laisses faire sans les canarder. Inutile de concentrer les tirs sur vous. Mais si je te crie le contraire ou s'ils vous visent, tu répliques en tirant à travers les fenêtres fermées. Ce qui compte, ce n'est pas de les toucher, mais de les convaincre que ta puissance de feu ne leur laisse aucune chance.

Il se tourna vers Shariff.

– Toi, tu te mets au volant, tu te tiens prêt à mettre le contact au besoin et tu te fais tout petit pour ne pas leur servir de cible. Si je sors en courant vers la bagnole, tu mets le contact et tu gicles pour que je puisse démarrer en coup de vent. O.K. ?

Le gamin opina du chef.

– Je fais le tour du propriétaire et, ensuite, vous vous mettez au boulot, ajouta Tim. Je me donne trois quarts d'heure. Passé ce délai, vous quittez la bagnole, vous descendez aussi vite que possible dans la forêt et vous prévenez la police sitôt en bas.

Il ouvrit sa portière en rentrant la tête dans les épaules, de nouveau, s'apprêtant à servir de cible à ce moment précis. Il ne roula pas par terre, ne chercha pas à exécuter une figure spectaculaire pour troubler le tireur. Il n'était pas un professionnel, c'était encore sur ses deux jambes qu'il avait le plus de chances d'échapper à un tir ennemi.

Il n'y en eut pas.

Il atteignit la porte d'entrée sans encombre.

Il inspira, cherchant à aiguiser ses sens et son esprit. Cette fois, il ne lancerait pas à Flora le même regard qu'à l'Institut, un dernier regard. Il était inutile de conjurer le sort, il n'avait aucune intention d'être tué, et cette étrange certitude l'habitait : il ne pouvait pas se le permettre. Pas maintenant. Il ne se sentait pas inconscient comme sous le col de Bise, aussi démuni et kamikaze qu'à Ecublens. Quelque chose en lui avait changé. Il ne se sacrifiait plus, il protégeait les siens. Il respectait les dernières volontés d'un homme qui était mort et qui avait été comme un second père pour lui. Flora et Shariff avaient besoin de lui, il vivrait.

Il ne se retourna pas. Il attendit que la première décharge d'adrénaline s'évacue dans son sang. Puis il actionna la poignée. C'était ouvert.

Il y avait un escalier de pierre, en face de la porte. Il montait le long d'un couloir qui desservait trois portes au rez-de-chaussée. Portes fermées. O.K., c'était parti. Les risques qu'il prenait étaient insensés : si quelqu'un l'attendait, il avait eu largement le temps de se préparer à sa venue, de s'armer et de choisir le meilleur angle de tir.

Il sentit la sueur dans son dos. L'idée qu'il ne *pouvait pas* être tué l'avait quitté. Même s'il estimait « probable » à « très probable » que les occupants du chalet aient déserté l'endroit, le pendant de cette hypothèse était « possible », et même « potentiellement mortel », dans ce cas.

Il fallait réduire les risques, essayer de mettre des chances de son côté.

Il s'approcha de la première porte, tourna lentement la poignée. Ouverte, là encore.

Il la poussa violemment en plongeant à l'intérieur. Il se blessa les paumes sur les grandes lauzes d'ardoise mal jointes au mortier. À plat ventre sur le sol dur de pierres, il roula sur le dos, braqua les différents recoins de la pièce. Il n'y avait personne. Par acquit de conscience, il resta encore quelques secondes immobile, essayant de déterminer si son intervention avait provoqué quelque chose, quelque part. Un coup d'œil au plafond avait suffi pour lui indiquer que comme dans beaucoup de chalets, un simple plancher le séparait de l'étage.

Ils ne pourraient pas faire un geste là-haut, du moins au premier, sans qu'il les entende depuis l'endroit où il se trouvait.

Il regarda sous les lits, dans les placards. Personne. Quelqu'un vivait ici encore très récemment et avait fait le ménage. Toutes les étagères étaient vides. Un épais tissu beige avait été jeté sur les deux lits, dont les draps avaient été retirés. On avait quitté cet endroit, provisoirement ou définitivement, peu de temps auparavant : pas de poussière, nulle part, et cette impression, invérifiable, de rangement de fraîche date.

« O.K. Ici, c'est fait. Maintenant, à la suivante. »

Il commença de se parler intérieurement, de s'intimer les procédures à suivre, l'ordre dans lequel il fallait faire les choses, avec prudence, méthode, efficacité. Il ne cessa plus ce contrôle mental pendant les quarante minutes qui suivirent.

Il procéda de la même façon dans chacune des neuf pièces du chalet, toutes ouvertes. À la troisième, son épaule droite était douloureuse à force de rouler sur le sol. Sa chemise durcissait de sueur.

À mesure qu'il progressait dans l'exploration de cette maison qu'on avait vidée de toutes ses affaires, il lui apparaissait que l'ennemi avait mis les voiles ; ou bien, celui qui l'attendait quelque part voulait précisément qu'il le pense. Cela faisait partie d'un scénario, d'une mise en confiance.

Il devait rester sur le qui-vive.

Les trois pièces du rez-de-chaussée étaient des chambres, il y en avait quatre autres au deuxième étage, le dernier, sous les combles. Presque toutes avaient été entièrement vidées et nettoyées, elles aussi, sauf une, où il nota la présence de deux ordinateurs et d'une quantité invraisemblable de CD inscriptibles et de disques durs externes, laissés là, comme exprès. Pour le reste, au rez-de-chaussée, une cuisine-salle à manger, assez vaste pour abriter une table pouvant accueillir dix convives, semblait cachée au fond du corridor, invisible de l'entrée à cause d'un décrochage de trois marches. Il y avait des sanitaires aux deux étages.

Entre les deux, le premier étage consistait en une très

vaste pièce de quatre-vingts mètres carrés, lambrissée de bois clair, couleur miel, et couverte de rayonnages surchargés d'ouvrages. Tim identifia sans mal les volumes du premier étage de la Grande Bibliothèque de l'Institut : « Récits et mythes », l'œuvre de Paul. Les livres étaient entassés sur des étagères, empilés par terre, sur des tables, apparemment en cours de classement. Ils ne tiendraient jamais tous sur les étagères flambant neuves qu'on avait montées tout autour de la salle. En dépit de sa taille, la pièce ne pouvait se mesurer à l'immense espace de travail de l'Institut. Paul avait essayé toutefois de la reconstituer, ici. Il avait fallu sans doute plusieurs camions, et plusieurs jours de labeur, pour organiser ce déménagement.

Tim s'attarda quelques minutes, vérifia le dos des volumes : il n'y avait que les ouvrages en langue originale. Paul n'avait pu emporter les traductions, réalisées par lui ou ses élèves. Mais peut-être, peut-être avait-il pu en revanche prendre toutes les versions originales du seul premier étage ? Étrangement, retrouver tous ces exemplaires familiers ici apaisa quelques instants la tension et la rage intérieure qui animaient Tim. Paul travaillait. Paul cherchait. Ce n'était pas le QG d'une bande d'assassins, pas seulement, c'était aussi, en miniature, une réplique de l'Institut, où des gens atteints des mêmes phénomènes qu'eux trois essayaient de continuer à vivre, de se servir de leur « don ». Ils se trompaient, certes. Mais qui ne se trompe pas ?

Il vérifia néanmoins sous les tables, derrière le bureau du bibliothécaire qu'il n'y avait personne, ni aucun dispositif d'autodestruction susceptible d'exploser.

Il lui semblait de plus en plus impensable que Paul, Julien et leurs amis aient pris la fuite en laissant tout cela accessible aux flics. À l'Institut, ils avaient tout brûlé, mais pas ici. Pourquoi ? Pour se donner le temps de disparaître sans attirer l'attention ?

Parce qu'il y avait autre chose, un piège ?

Une intuition, nouvelle forme d'inquiétude, lui mordit le ventre, de plus en plus précise. Quelque chose ne collait pas dans le tableau de cette ferme vide, désertée de ses occupants qui avaient pris le temps de faire le ménage, mais pas d'emporter les disques avec toutes les sauvegardes du labo.

Hugo et ses disciples comptaient-ils revenir chercher tout cela ? Quand ? N'avaient-ils pas cru Tina quand elle les avait prévenus de l'arrivée des flics ? Et, dans ce cas, pourquoi étaient-ils partis avec toutes leurs affaires, mais sans les livres ni les ordinateurs ?

Attendaient-ils quelque part pour mieux revenir ?

Et les livres, que comptaient-ils en faire ? Ne pouvaient-ils pas les emmener, cette fois ?

Tim finit son exploration par la dépendance qui avait servi de garage, dans la cour située derrière la maison. Cet endroit donnait sur la cuisine, il était masqué aux arrivants. D'ici, il ne pouvait pas voir la voiture, ni ses deux amis. Il se sentit brutalement mal, d'être ainsi isolé d'eux. Et si Julien les attendait, dehors, dans la forêt voisine ? S'il avait profité des trois quarts d'heure d'absence pour…

« Fais ce que tu as à faire. »

Parmi les objets divers oubliés par les occupants, il chercha des bidons d'essence, des explosifs, quelque chose qui pût indiquer qu'on s'était préparé ici à effacer toutes traces. Rien. Pas davantage que dans la cuisine, il n'identifia de produits chimiques ni d'ustensiles nécessaires à la fabrication de drogue, alors qu'il s'était attendu à trouver le labo où ils produisaient la *Tiger Eye*. O.K., ils avaient tout déménagé, sauf l'Institut lui-même, les restes de McIntyre. Cela ne collait pas, mais il n'avait pas le temps d'y réfléchir plus avant. Quarante-deux minutes. S'il ne revenait pas à la voiture maintenant, Flora et Shariff allaient s'évanouir dans la forêt et appeler les flics.

Il rebroussa chemin et contourna la maison en courant jusqu'à la Saab. Il avait le pistolet à la main, le cran de sûreté enlevé. Quand il vit leurs deux silhouettes dans l'habitacle, en ombres chinoises, il sentit une bouffée de gratitude l'envahir.

Il s'aperçut qu'il était trempé de la tête aux pieds, à cause de la sueur, et qu'il avait froid.

– Flora, il y a des ordis au dernier étage, dans la troisième et la quatrième chambre. Vois comment tu peux nettoyer les disques durs de telle sorte qu'ils soient irrécupérables, même si les pompiers et les flics arrivent à temps.

– Et moi ? demanda Shariff.

– La bibliothèque est au premier étage. Toutes les versions originales de l'étage « Récits et mythes ». Je suppose que les traductions ont brûlé lors de l'incendie de l'Institut.

Il vit que Shariff hésitait un instant.

– On n'a pas le choix, Shariff. Je déteste aussi l'idée de brûler une bibliothèque, mais les flics ne doivent rien trouver. Et tous les livres sont annotés. Tu veux que je m'en occupe, ou que je monte l'essence ?

– Non, avec tout ce papier, un jerrican suffira.

Le gamin avait retrouvé une expression de fermeté dans les yeux, cet air définitif qu'il avait depuis son retour en France. Il fallait qu'il aille au bout de ça, tout seul. C'était l'œuvre de son père.

– O.K., alors je reste ici, à faire le guet. Magnez-vous quand même…

Il ne leur parla pas de l'inquiétude qu'il avait ressentie, cet étrange malaise. Sans doute devenait-il parano, à force.

71.
RETROUVAILLES

Shariff se rendit compte qu'il tremblait en posant la main sur la rampe de l'escalier de bois. Il ne sut expliquer pourquoi, l'imputa au poids du jerrican de vingt litres. Flora avait déjà disparu à l'étage supérieur.

Il était dans l'antre de l'ennemi, dans son QG, c'était un endroit qu'il fallait détruire.

Il n'avait pas prévu qu'il s'agirait de retrouvailles avec la Grande Bibliothèque et ne comprit réellement son trouble qu'en entrant dans la salle qui occupait presque tout le premier étage. Ici, il n'y avait pas la vaste baie vitrée donnant sur les massifs alpins, juste trois fenêtres assez grandes sur trois côtés, le quatrième restant aveugle. Il n'y avait pas les immenses tables devant lesquelles il avait progressivement appris la visualisation, cette technique qui consiste à entrer dans l'ouvrage, à le contempler, à le considérer selon les angles les plus différents.

Mais il y avait les livres. *Ses* livres.

Ceux qui l'avaient accompagné depuis son entrée à l'Institut, qui lui avaient montré un chemin, dix chemins, qui l'avaient dérouté quand il croyait savoir et conforté quand il était perdu. Sa main commença à caresser les couvertures, puis elle prit un livre presque sans le secours du cerveau, autonome ; il reconnut le premier titre, un deuxième, un autre encore. La main les ouvrait, ses yeux lisaient les notes qu'il savait par cœur, parfois de sa propre écriture, la bouche murmurait des phrases qu'il connaissait.

Les questions affluaient comme autant d'émotions. *Les*

Travaux et les Jours d'Hésiode – tu t'étais cru faucon, n'étais-tu pas rossignol ? Samouraï ou lecteur ? *Le Voyage en Occident* de Wu Cheng'en, où Sun Wukong devait apprendre la sagesse, plutôt que la voie de la force et de l'ironie. *Epitomes iatrikes biblio hepta*, de Paul d'Égine, première mention médicale du lycanthrope. Il s'était voulu guéri, libre, était-il ce malade qui s'ignore et s'illusionne, se pervertit à ne pas vouloir guérir et qui, finalement, devient fou ?

Les banquets cannibales en l'honneur de Zeus Lykaios, le dieu loup, qui provoquent la lycanthropie. La mélancolie animale des médiévistes. Qu'avait-il éprouvé, dans la forêt, trois jours auparavant, sinon cette ivresse de vengeance qui fait de soi un fauve ?

Les pages. Les gravures. Les mots et les images, les pensées et les vers, les concepts et les sciences, puis l'immense silence de la modernité et cette renaissance par les littérateurs gothiques, les chamans, les cultes païens. Anthrope. Qui le guiderait, maintenant, parmi ces pages, dans cette réalité qui était, plus qu'humaine, la sienne ? Qui le guiderait puisqu'il était perdu ?

Les questions affluaient sans angoisse car il n'avait plus peur. Il avait les réponses, les réponses elles-mêmes lui posaient les questions : les livres étaient son inquiétude et sa sagesse, le questionnement et la science.

Ses mains décidaient pour lui, feuilletaient, saisissaient un nouveau livre. Sa mémoire. Toutes ces heures passées avec ces compagnons de papier, d'encre, d'esprit, qui resurgissaient soudain : sa famille… Le malaise et la sensation d'étouffement des derniers mois s'explicitaient tout en se dissipant, l'ataraxie du homard et l'apathie de l'esprit humain.

Il s'était perdu, parce qu'il n'était rien sans eux. Les livres.

Les livres étaient sa famille, son autre famille, plus ancienne, plus précise, plus patiente et exigeante encore que Ronald McIntyre, bien davantage que Flora et Tim, quoiqu'il ne pût aimer quelqu'un plus que Flora et Tim. La Bibliothèque était son milieu, son biotope, dont il avait besoin et qui le nourrissait, l'oxygénait, étanchait sa soif, l'abritait, de même qu'il avait besoin d'un aquarium d'eau salée l'autre moitié de son temps. Il avait quitté cette bibliothèque le jour du conseil élargi lorsque le samouraï, armé de son pistolet automatique, avait retourné la situation à lui tout seul. Depuis, Paul avait consommé sa trahison, Matthew était mort, son père était mort, Kate était morte, la Bibliothèque de l'Institut avait brûlé, avec, dérisoires, fichées dans son plafond calciné, effondré, quelque part parmi les poutres enchevêtrées, trois balles qui avaient sans doute fondu et dont le métal témoignait qu'un gamin avait tenu tête, le dernier, aux prédateurs.

Shariff, par réflexe, leva la tête, regarda le plafond. Il n'y avait aucun impact. Personne ici ne s'opposait aux théories de Paul, le maître de la Bibliothèque, l'homme qui l'avait initié aux mystères des récits, des mythologies, des poésies et des croyances ; Paul le lecteur connaissait si bien le pouvoir de la fiction qu'il avait découvert le Grand Secret grâce aux textes, sans en être lui-même l'objet. Il avait aimé Paul Hugo, il l'avait même parfois préféré, dans l'enfance, à McIntyre, comme on privilégie un oncle plus indulgent, plus brillant et plus drôle en se l'avouant pour se le reprocher.

Qu'était devenu Paul ? Le maître de la Bibliothèque avait sciemment orchestré un complot contre son père. Il avait quitté le chemin de la maîtrise, il était devenu un pur salopard, un traître, un menteur et un assassin. Il avait vu Bjorn et Julien organiser la partie de chasse cannibale dont l'enfant-homard avait été l'objet trois nuits plus tôt, sans remords apparents.

Mais les livres, eux, n'avaient rien fait. Ils n'avaient pas trahi, ils attendaient simplement depuis plusieurs mois qu'une âme juste les ouvre, les relise, les parcoure, les feuillette. Shariff, après le Grand Conseil, avait cru pouvoir quitter la Bibliothèque et triompher, ailleurs, armé de ses seules citations et de deux flingues. Il s'était trompé, étiolé, asséché. Il était mort. Dans une cage de verre, dans une glacière, sur un cargo pour l'Amérique, il était mort de ne pas les lire, les relire.

Il entendit Flora marcher, le plancher grinçait au-dessus de sa tête. Il alla vers la fenêtre, un volume ouvert dans les mains, il regarda l'esplanade couverte de gravier. Tim était debout près de leur voiture, l'arme à la main, manifestement aux aguets. Shariff ouvrit le battant, le bruit attira l'attention de son « grand frère ». Il lui fit un petit signe amical de la main gauche, le livre ouvert dans la main droite. Tim répondit en hochant simplement la tête, avant de retourner à son guet.

Il était impossible à Shariff de brûler ses livres, et tout autant de les laisser derrière lui. Ils étaient une part de lui, il était une part d'eux. Il était à sa place dans cette bibliothèque, et puisqu'on l'avait volée, pillée, détruite, il fallait en rebâtir une, quelque part, déménager tous les livres de cet endroit, où la trahison les avait profanés, et les installer ailleurs pour se vouer à leur étude jusqu'à la fin de ses jours, pour en percer ou en contempler les mystères.

Il sentit un poids l'abandonner : il savait ce qu'il allait faire du reste de sa vie. Il savait comment continuer, après avoir perdu son père, après avoir fui, pleuré, tué, après le silence et la colère. Son existence retrouvait un but et une signification.

Il s'assit devant une table, une pile devant lui. Il ouvrit un des ouvrages, l'*Enfer*, première partie de *La Divine Comédie* de Dante, ses onces et ses louves, Virgile et Béatrice. Où allait le poète ? C'était cela, il avait parcouru tous les cercles et, maintenant, il entrevoyait le salut. Il commença à lire les premiers vers, à voix haute. En fait, ses yeux n'avaient même pas besoin de déchiffrer les lettres. Les lèvres récitaient. Jamais l'expression « par cœur » ne lui avait semblé plus appropriée.

—

Flora éliminait progressivement les données, les effaçant, puis vérifiant dans les différentes couches de la mémoire qu'il n'en restait rien. Il y avait une connexion Internet, elle téléchargeait à mesure des virus suffisamment pourris pour détruire les données, le système d'exploitation, l'historique. Les virus et les chevaux de Troie qu'elle installait détruiraient tout système de stockage qu'on brancherait à ces machines pour les vider et en examiner le contenu. Tant pis pour les enquêteurs autrichiens.

Elle souriait, vaguement ironique. C'était un travail sauvage, sans finesse ni doigté, un crève-cœur aussi : les anthropes de l'Institut avaient travaillé pendant des années pour collecter, élaborer, ordonner l'ensemble de ces données médicales, scientifiques, biochimiques. Tout le savoir du labo, de Kate, était contenu dans ces bécanes. Ce que les chasseurs avaient réclamé comme rançon contre Véronique. Ce que quelqu'un de l'entourage de Paul – Julien, disait Shariff, Julien sûrement – avait volé pour accuser McIntyre de trahison. C'était leur bien le plus précieux, le fruit du travail de tout l'Institut, l'expression de l'éthique de McIntyre qui faisait confiance aux initiés pour apprendre, étudier, devenir à leur tour ceux qui permettraient à d'autres d'avancer sur le chemin de l'initiation.

Elle avait hésité un instant à détourner toutes ces données vers un ordinateur, quelque part, qui lui servirait d'espace de stockage, le temps qu'elle le récupère lorsqu'ils seraient à l'abri. Mais c'était trop risqué. Tim avait dit qu'il n'était pas question de se trimballer avec un ordi d'Hugo, avec des données de l'Institut.

De toute façon, qu'auraient-ils pu en faire ? L'envoyer à un labo désintéressé, quelque part, sans explication sur les phénomènes qu'étudiaient les chercheurs anonymes, sur le contenu de leur découverte ?

Elle était incapable de faire le tri entre les découvertes concernant la métamorphanthropie et les autres, plus générales. Elle n'était pas Kate. Elle n'était que Catwoman, et le boulot qu'elle avait à faire était une abrasion pure et simple, aussi écœurante soit-elle.

—

Tim jeta un coup d'œil à sa montre. Que faisaient-ils, pourquoi s'éternisaient-ils, tous les deux ? Il craignait qu'on ait remarqué leur arrivée, à Sölders. Il sortit du coffre les détonateurs qui accéléreraient le brasier, une fois que Shariff et Flora en auraient terminé.

72.
SAGESSES

Il n'entendit même pas s'ouvrir la porte dissimulée dans le mur sans fenêtre. Il ne les vit que lorsque Paul prit la parole et dit :

– J'étais sûr que tu reviendrais ici, Shariff. Tu aimais trop mes livres pour te résoudre à les perdre, n'est-ce pas ?

Shariff leva les yeux. Le maître de la Bibliothèque s'avançait vers lui, le sourire étonnamment chaleureux, comme autrefois, quand ils entamaient une conversation sur le sens de tel ou tel récit. Il aurait pu croire que rien ne s'était passé, depuis, toutes les trahisons, tous ces morts qui creusaient entre eux un fossé immense. Mais Julien, à ses côtés, ne souriait pas, il avait le regard fixe et concentré, et tenait dans la main droite un gros revolver, dont Shariff identifia mentalement le calibre et la marque, tout en lorgnant la gueule noire du canon. Smith & Wesson .38 Special à canon long.

– Ce ne sont pas tes livres, Paul, répondit-il simplement. Ce sont ceux de l'Institut. Je suis venu les reprendre pour constituer une nouvelle bibliothèque. Une bibliothèque débarrassée des assassins comme toi et Julien.

– Tu avais raison, Bahlam, dit Paul à Julien, comme s'il venait d'entendre une bonne plaisanterie. Ce gamin ne doute de rien et il est prêt à tout. Nous avons bien fait de l'attendre ici.

Il s'adressa ensuite à Shariff :

– Parce que tu t'en doutes, nous n'avons jamais cru à la sincérité de l'appel de Tina. Nous avons compris très vite qui l'avait capturée, même s'il était trop tard pour revenir vous combattre. Nous nous doutions que jamais vous ne la livreriez aux flics, de peur qu'elle ne révèle le Grand Secret, que vous tenez autant que nous à préserver…

Un sourire narquois.

– … Autant, si ce n'est plus que nous… Et nous savions aussi que vous chercheriez à vous venger.

– Perdu, maître Yoda. Sincèrement, on ne tenait pas tant que ça à vous recroiser. Ni l'un ni l'autre. On espérait juste que vous vous barreriez le plus vite possible.

– Tu parles… Vous venez pour quoi, alors ? murmura Julien d'un ton cinglant.

– Ne t'emporte pas, Bahlam… tempéra Paul.

– Fais le beau chien-chien, approuva Shariff, un large sourire aux lèvres. Fais comme Bjorn, obéis à ton maître.

Ni Flora ni Tim ne semblaient s'être rendu compte de leur intrusion. De temps en temps, Shariff entendait la jeune fille faire quelques pas, sur le plancher, au-dessus de leur tête. Paul, conscient de sa présence, parlait à voix très basse, très calme et apparemment content de lui :

– Nous avons préparé notre départ, au cas où. Mais nous avons décidé de vous attendre, toi et tes deux amis. Et nous avions même fait en sorte que vous soyez obligés de vous séparer : les ordis à un étage, les livres à l'autre, et un troisième qui resterait forcément en bas pour faire le guet. Tu vois, les choses les plus simples fonctionnent le mieux.

– Très intelligent. Très rusé.

Shariff savait qu'ils avaient gagné, mais il s'en fichait. Il ne craignait pas de mourir, il l'avait envisagé tant de fois, il avait pensé si souvent l'être déjà. Il se rendit compte qu'il considérait même cette perspective avec un certain intérêt : mourir. Lao Tseu disait : « Repos des bons, terreur des méchants, la mort est l'épreuve de la vertu. »

Épreuve ? La vie lui présentait un moment qui ne se

représenterait pas. Comme trois jours plus tôt, sur la pelouse devant les ruines du Grand Chalet, il avait devant lui le maître de la Bibliothèque et celui du dojo. Mais, cette fois, il n'y avait pas dix autres tueurs autour d'eux, armés d'une impatience mauvaise, il n'y avait pas une chasse programmée, une fille-louve qu'on allait lui opposer, les ruines de ce qu'ils avaient été. Les livres l'entouraient, ses livres, qui avaient constitué sa vie, étayé sa pensée, enrichi sa mémoire. Au milieu d'eux, il avait, déjà une fois, mis en déroute l'ennemi. Il était leur seul serviteur, et donc leur maître, Sun Wukong sur le chemin de la sagesse.

Ce qu'il attendait, simplement, avant de mourir, c'était une explication. Comment avaient-ils pu trahir son père, comment avaient-ils pu renier ce qu'ils étaient ? Pourquoi ? Pour quoi ?

– Tu es rusé, Paul. Rusé comme le malin.

La main de Shariff caressa par réflexe la grosse Bible qui figurait sur la pile qu'il avait installée devant lui, enluminée par Gustave Doré, et dans laquelle un serpent bavard précipite la chute de l'humanité. Échidnanthropie, métamorphose des aspics. Les mots lui revinrent de nouveau sous la forme d'une citation, une sagesse qu'il avait lue deux ans auparavant.

– « La lâcheté rend subtil. » Cioran.

Il souriait, de ce sourire enfantin qui l'avait quitté depuis des mois.

– Penses-tu que ce soit le moment d'une joute verbale, Shariff ? Penses-tu vraiment être en position de nous faire la leçon, alors que tu es tombé tête baissée dans notre piège ?

– « La vraie sagesse est de ne pas sembler sage. » Eschyle, mon pote.

Les phrases retrouvaient leur place. Les livres. Tous les auteurs. Toutes les phrases, tout ce qui avait structuré sa vie d'avant, qui était contenu ici et que seul son esprit pouvait libérer – dilapider même, hors de ces pages, dans la vraie vie. La vie d'avant la mort de son père revint, comme un coup de fouet. L'esprit d'avant le découragement l'habita.

– Comme tu es brillant, Shariff... dit Paul, à regret. Comme tu aurais pu être doué, l'un des plus doués, si seulement...

– Si seulement je n'avais pas été un homard, le bas du bas de l'échelle, la lie de ta hiérarchie à la con, un vermisseau dans la chaîne alimentaire ? Ben ouais, mais ça prouve peut-être que tes hiérarchies ne sont pas au point, grand vizir. D'ailleurs, as-tu toi-même trouvé ta *luxna* ou cherches-tu encore ?

– Paul, nous n'avons pas de temps à perdre pour ces conneries, interrompit Julien.

– Tiens, le jaguar a un train à prendre.

Shariff vit la grimace sur le visage de Julien.

– Laisse, Bahlam, dit Paul.

– Tu fais le malin alors qu'on t'a piégé une fois de plus, gamin, lâcha Julien.

– Une fois de plus ? Ah ouais, comme il y a trois jours... Tu te souviens de tes potes, à l'Institut ? Vous êtes arrivés à treize, et vous êtes repartis à quatre, je crois...

– Et vous, vous ne serez plus un seul, dans une heure, répliqua Julien. Alors que vous pensiez pouvoir éviter de nous affronter.

– Tim voulait juste éviter d'avoir à vous tuer mais, maintenant, ça ne va plus être possible. Nous ne voulons pas devenir comme vous, monsieur jaguar, ou Bahlam, ou quel que soit ton nom de scène... Enfin, tant pis pour vous, maintenant. Demande à Bjorn, il t'expliquera comment ça se passe la loi de la jungle.

Shariff sourit, puis il se retourna vers Paul comme si

Julien ne pouvait comprendre ce qui allait suivre. Il se contenta d'une citation :

– « La violence a coutume d'engendrer la violence. ». Eschyle itou.

Il les énervait tous les deux. Il fallait prévenir Flora et Tim – et s'il parvenait à les pousser à trahir, à ce qu'ils crient, eux, qui sait si Flora et Tim n'allaient pas les entendre et intervenir à temps ? La mort n'était pas une considération philosophique satisfaisante. Au fond, il n'avait pas envie de mourir.

Devait-il hurler pour les alerter ? Ils le tueraient aussitôt. Si Julien n'avait pas encore tiré, c'est que lui et Paul attendaient sans doute quelque chose – l'intervention de leurs complices ? C'était ça que le piège prévoyait ?

Shariff hésita un instant. Finalement, feignant l'indifférence la plus totale, il décida de jeter les dés encore une fois, d'essayer de vivre. Il ouvrit un livre comme si tout cela ne le concernait plus.

– Tu ne manques pas de cran, Shariff, admit Paul. Ni de toupet. Nous avons lu dans la presse que huit d'entre nous sont morts il y a trois jours. Moi, je n'ai tué personne... Alors que toi et tes amis... Qui sont les monstres, selon toi ?

Shariff répondit distraitement, sans même relever les yeux – il fallait juste qu'ils voient tout le mépris qu'il avait pour eux.

– J'ai tué sous l'effet de la drogue de Julien. Une bien jolie invention... Faudra que tu m'en fournisses un ou deux kilos, avant de mourir, pour que j'extermine la terre entière quand je l'aurais décidé, au nom d'une quelconque théorie à la con.

Il tourna une page, feignit l'étonnement, prit le temps de contempler une illustration.

– Hmm, remarquable... Mais plus que sous speed, j'étais surtout sous l'effet de la situation que tu as créée, Paul.

Toi seul. Tu penses t'en tirer comme ça parce que tes prédateurs tuent sous leur forme animale et que tu ne te salis pas les mains. Mais tu es responsable de tout ce qui s'est produit, c'est toi qui le provoques. Tu as vendu mon père, et Matthew. Tu as assassiné Kate, tu as assassiné Ines, et même Marge et Mevlut, au fond. Tu es un impuissant, un eunuque et un lâche, qui tue au hasard par bras interposé.

Il n'avait pas eu un regard pour l'universitaire élégant de la côte Est, en disant tout cela. Il referma le volume dans un claquement, le reposa, en prit un autre, l'ouvrit. C'était une édition des *Fables* d'Ésope. La sagesse qu'il utilisait était ailleurs, dans les recoins de son cerveau, mais il fit mine de chercher une phrase à leur lire avant de braquer les yeux sur eux :

– « Là où il n'y a le choix qu'entre lâcheté et violence, je conseillerai la violence. » Gandhi.

– Nous y sommes, dit Julien.

Il brandit son arme vers Shariff. Qui soutint son regard, sans ciller.

– Non, Ducon. Nous n'y sommes pas. « La non-violence est la loi de notre espèce, tout comme la violence est la loi de l'animal. » Gandhi aussi.

Il se replongea dans son livre. Les gravures qui accompagnaient le texte étaient admirables, d'une finesse, d'une précision, d'une poésie incomparables.

– Mais tu as raison, Julien, je perds mon temps. À quoi rimerait de m'adresser à une ménagerie et à son dompteur ? Finissez-en et déguerpissez en laissant tous ces livres ici. De toute façon, ils ne vous servent à rien, vous n'avez jamais su les lire.

– J'ai créé cette bibliothèque, Shariff, rétorqua Paul d'une voix soudain dangereusement vibrante, un peu plus haute.

Shariff sut qu'il avait enfin frappé là où il le fallait. Paul allait crier, commettre la faute...

– Oui, et moi, j'ai su la lire. Chacun son job.

– Pour qui te prends-tu ? J'ai réuni, collecté, traduit ces livres. Je les annote depuis trente ans. Cette bibliothèque est la mienne, la MIENNE !

Il venait de hurler. Shariff releva les yeux, narquois.

– Oui, tu la possèdes, tandis que les lignes me possèdent. C'est toute la différence.

À ce moment, une fusillade éclata, dehors. Julien, tout en continuant de le braquer, fit le tour de la pièce pour s'approcher de la fenêtre qui donnait sur l'esplanade.

– Ça a commencé, je crois, dit Paul.

– Ça fait des mois que ça a commencé, répondit Shariff en feuilletant son livre d'un air indifférent.

73.
EXÉCUTION

Flora venait de finir, elle avait brisé tous les disques et les systèmes de stockage, dont elle avait dispersé les pièces aux quatre coins des chambres. Avec l'incendie, cela suffirait amplement. Il était temps d'y aller.

Elle ne faisait plus un bruit. Il lui sembla entendre plusieurs voix, en dessous, dans la bibliothèque. Elle prit son revolver posé à côté de l'ordinateur désactivé. Elle entendit un cri, une voix d'homme, plus âgée que celle de Shariff, qui montait à travers le plancher.

Putain, il y avait quelqu'un.

À ce moment, une fusillade éclata dehors. Elle se précipita à la fenêtre de la chambre exposée à l'ouest.

Deux silhouettes venaient de sortir de la forêt, en contrebas de l'esplanade, et tiraient sur Tim. Il s'était jeté derrière la Saab et ripostait. Un piège… D'ici, Flora avait peu de chances de les toucher avec une arme de poing imprécise, mais elle pouvait lui donner l'occasion d'agir.

Elle ouvrit la fenêtre et commença d'arroser, plus ou moins au jugé, les silhouettes.

—

Comment avaient-ils pu le manquer ?

Tim avait commis une erreur, relâché sa vigilance : quand le premier coup de feu avait retenti, il était en train de prendre les produits chimiques dont Shariff avait besoin pour déclencher l'incendie. Il représentait une cible presque immobile.

Heureusement, le premier tireur l'avait manqué, à vingt-cinq mètres. Maintenant, derrière la voiture, il était nettement plus compliqué de l'atteindre, du moins pour l'instant, et pour un tireur aussi médiocre. Mais Tim ne le voyait pas, pas davantage que le deuxième agresseur, dont les salves étaient plus précises. Il ne distinguait que les flammes au sortir du canon de leurs armes. Ils étaient postés juste à l'orée de la forêt, allongés sur le tertre de terre qui bordait l'esplanade, sans doute. Tim n'avait pour ainsi dire aucune chance de les toucher. Et ils étaient deux, au moins, qui le prenaient en tenaille, tirant selon un angle de quatre-vingt-dix degrés. Il ne tiendrait pas longtemps sa position si l'un des deux effectuait un mouvement tournant.

À ce moment, deux détonations éclatèrent dans son dos.

—

– Cet imbécile de Mark a tiré trop tôt, et mal en plus, pesta Julien, plaqué contre le cadre de la fenêtre. Je lui avais dit de n'intervenir qu'après Katia…

Il se mettait en position de tir.

– Blackhills s'en est sorti. Il est à couvert maintenant et je…

– TIM ! cria Shariff.

À cet instant précis, deux coups de feu éclatèrent à l'étage du dessus. Paul s'était approché de Shariff pour le faire taire.

– Tim, Flora, ils sont là !

Shariff ne savait pas s'ils pouvaient l'entendre dans la fusillade.

—

Flora venait d'ouvrir sa fenêtre, Tim la vit arroser le deuxième tireur, situé le plus à droite. Il lui fit signe du pouce que c'était exactement cela : il fallait qu'elle continue de ce côté-là. Il lui indiqua ensuite par un geste de la main qu'elle devait reculer un peu, ne pas s'exposer. Elle essaya de lui désigner quelque chose, elle aussi, en pointant l'index vers le bas plusieurs fois. Oui, se mettre à couvert, dans la maison. Se réfugier comme dans une forteresse. Elle tira de nouveau. Il vit une ombre à la fenêtre du premier étage, une ombre qui lui sembla plus grande que celle de Shariff…

Il prit deux inspirations et quitta le couvert pour se replier, quasiment à quatre pattes, jusqu'à la porte d'entrée de la maison, tout en tirant vers la gauche. Son esprit déroulait des pensées analytiques : « Ils ne sont que deux. Si d'autres nous prennent à revers, depuis la cour, on est foutus. » « L'ombre, là-haut… Se peut-il qu'ils soient dans la maison ? »

—

Flora entendit les cris de Shariff, mais Tim avait besoin d'elle. Pour l'instant, le plus urgent était de tenir les assaillants en respect. Ensuite…

—

– Argento est armée aussi, dit Julien en reculant. Et Blackhills vient de se replier, je ne peux plus l'atteindre. Finissons-en ici et filons…

– Non, Bahlam. Les livres, il faut…

– Oui, la fille est armée, et sacrément bonne tireuse, dit Shariff. Même un chat peut être dangereux pour une panthère. Ça ne colle pas avec vos croyances, pas vrai ?

Julien lui envoya de nouveau un regard plein de haine. Ce fut Paul Hugo qui répliqua.

– Tu ressembles à ton père, gamin. Tu veux toujours avoir le dernier mot. Tu es aussi idéaliste et aussi dangereux que lui.

– Venant de toi, c'est le seul compliment qui pouvait me toucher, Paul Hugo. Mais même si je meurs, je garde les livres… Et vous n'aurez pas Tim et Flora.

– Paul…

Julien, de nouveau, lui indiquait qu'il était temps d'en finir. Il s'approchait de Shariff, l'arme braquée vers lui.

– Tu vas laisser ton toutou m'exécuter, Paul ? Tu vas continuer à garder les mains propres ? La pureté dangereuse, pas vrai…

– Tais-toi, Shariff McIntyre, cria Paul.

– Tais-toi et meurs, hein… Après tout, c'est une méthode de dialogue philosophique comme une autre. Assassiner la contradiction. Oui, une méthode comme une autre.

– Bahlam, donne-moi ton arme.

Le maître de la Bibliothèque tendait la main vers le maître du dojo. Il était blême de fureur.

– Paul ? demanda Julien, l'air inquiet.

– Ouais, le jaguar, donne-lui ton arme, répondit Shariff. Qu'il se sente tout-puissant à son tour.

Shariff se marrait, en les regardant. Il riait, c'était plus fort que lui. La supériorité que lui conféraient la sagesse de ses livres, l'ironie, lui permettait de les dominer, tous les deux, même si c'était pour la dernière fois.

– Tu vois, maintenant, c'est la violence qui te guide. Tu n'as plus le temps, Paul. Il va falloir tirer sans répliquer.

– Tais-toi !

Paul braquait l'arme sur lui, en tremblant. Shariff élargit son sourire.

– Concentre-toi, Paul. Concentre-toi très fort, et brandis tes armes dialectiques imparables. Tu vas voir, c'est très simple, il suffit de presser la détente et tu élimineras d'un coup les arguments qui te dérangent. Cela évite de penser à la *luxna* que tu ne trouves pas, à l'échec de ta secte, au vide autour de toi…

Shariff songea au conseil élargi, revit la panthère, le visage de Paul quand il avait sorti ses armes pendant le conseil et qu'il les avait mis en échec.

– C'est toi qui as le flingue, mais c'est encore moi qui gagne, Paul.

Ils entendirent des pas précipités au-dessus de leurs têtes. Flora avait cessé de tirer, elle venait le sauver. Il ferma les yeux, vit le visage de son père, apaisé, qui souriait. Il ne ressemblait plus à un carcajou suppliant, à ce vieillard fou, sans esprit, enfermé dans une cage de verre. Le visage de son père le regardait tendrement comme le jour où il avait fondu en larmes, dans son bureau, le jour où ils avaient signé ensemble les documents d'adoption.

Il ouvrit les yeux, soutint la vue du canon noir, du visage de Paul, plein de haine, d'une sorte de folie.

– Vas-y, maître Yoda. Presse la gâchette, c'est à la portée de n'importe quel salopard. Même toi, tu devrais y arriver.

—

Au moment où elle atteignait l'escalier, Flora entendit la détonation.

74.
FEUX CROISÉS

Depuis l'encadrement de la porte, Tim tirait chaque fois que l'un des deux assaillants pointait le nez. Les situations paraissaient bloquées. Guerre de tranchées. Guerre de siège. Celui de gauche cessa le feu. Que faisait-il ? Cherchait-il à le contourner ? Comment ?

Il ne perçut pas consciemment la différence entre la détonation de la bibliothèque et les précédentes, celles de Flora. Il ne l'interpréta pas, mais son cerveau enregistra la nuance, un coup de feu tiré plus près, et par un autre calibre. Il était en train de recharger son arme. Il entendit le cri de Flora :

– Shariff !

Il se retourna instinctivement vers l'escalier. Il vit les deux silhouettes qui le dévalaient. La première brandissait une arme et le prit en ligne de mire. L'homme tira deux fois. Si Flora n'avait pas crié, il n'aurait pas eu le temps de plonger dans la première chambre, celle par laquelle il avait commencé sa visite en explorant la maison.

—

Flora avait dégringolé l'escalier, elle entra dans la bibliothèque. La porte qui donnait vers le rez-de-chaussée était ouverte, il n'y avait plus personne. Disparus. Enfuis.

Il y eut deux coups de feu dans l'escalier ou au rez-de-chaussée. Flora cria de nouveau :

– Tim, attention, ils arrivent !

Au moment où elle s'apprêtait à se lancer dans l'escalier à son tour, elle vit la frêle silhouette allongée sur le sol, la poitrine ensanglantée, à côté de la chaise renversée.

—

Tim tira par réflexe vers les silhouettes quand elles passèrent dans le couloir. Clic métallique du percuteur qui rencontre le vide. « Tu étais en train de recharger… » Il enfonça rageusement le nouveau magasin et se jeta à la fenêtre de la chambre qui donnait sur l'esplanade. Ceux qui avaient surgi de la maison contournaient déjà leur voiture. Un des deux assaillants venus de la forêt avait disparu. L'autre s'était exposé pour couvrir ceux qui sortaient. Tim l'eut dans sa ligne de mire. Il tira, quatre fois.

La silhouette tressauta sur place, puis s'effondra comme dans un jeu vidéo.

Au même instant, un 4×4 surgit de la forêt, un des Hummer noirs qu'il avait cherchés dans la cour, dans le garage.

Il eut un moment de stupeur, dont profitèrent les autres. Les deux silhouettes qui l'avaient pris à revers depuis l'escalier coururent vers la voiture : Paul et Julien, dont il n'avait pas eu le temps de voir les traits, dans ce corridor sombre. « Ils venaient de la maison – pas de l'arrière, mais de l'étage. »

« Shariff. Flora. »

« Il y a eu une détonation différente. D'un calibre différent. Là-haut. »

Il tira vers eux, mais c'était trop tard. Paul et Julien venaient de se jeter dans le 4×4.

Il entendit Flora crier de nouveau, l'appeler.

« Vivante… »

Il visa, appuya deux fois sur la queue de détente. Le pare-brise du 4×4 tomba en givre, juste au niveau du conducteur (le deuxième tireur de la forêt ? un cinquième type ?). Le Hummer était à trente mètres. Il vit la portière s'ouvrir côté conducteur, à l'opposé de la maison. Il tira encore, encore. Toutes les vitres de la voiture explosèrent. Un pneu aussi. La voiture accéléra dans un hurlement, la portière se referma, le 4×4 s'engagea sur la route qui descendait. Il vit que le Hummer avait abandonné un autre cadavre derrière lui. Le type gisait sur le sol : sans doute le conducteur.

L'esprit de Tim interpréta la situation à toute vitesse : « Tu l'as atteint, ils l'ont balancé par la portière pour lui prendre le volant. » Il jetait régulièrement des regards vers la droite, là où le 4×4 avait disparu, s'attendant à ce qu'ils reviennent. Rien.

Il sortit de la chambre, passa l'encadrement de la porte, se retrouvant à découvert, pistolet en main. Une fois de plus, il rentra la tête dans les épaules, dérisoire réflexe corporel pour anticiper une attaque. Sur l'esplanade de gravier, l'ancien conducteur abandonné par ses amis roula sur le côté. « Il n'est pas mort. » Son arme était tombée à trois mètres de lui, trop loin pour qu'il puisse espérer s'en saisir, vu son état. Tim lança deux nouveaux coups d'œil, à droite, à gauche. Il n'y avait plus personne.

Courbé en deux, il courut vers le corps allongé sur le gravier et qui venait de s'immobiliser, à plat ventre. Il balança un grand coup de pied dans le flingue du mourant pour l'éloigner encore.

Il retourna le blessé, vit les yeux qui regardaient le vide. Le garçon était mort à l'instant. Il avait pris une balle dans la poitrine et une autre dans l'épaule. Tim ne connaissait pas ce prédateur-là, mais il ne représenterait plus un danger pour eux.

« Nettoie le champ de bataille. Sécurise. » Il courut vers celui qu'il avait fauché à la lisière de la forêt. C'était une fille, morte également, d'une balle en pleine tête. Il mit quelques secondes à identifier Katia, qu'il n'avait pas reconnue pendant la fusillade. La fille-lionne ne rugirait plus jamais.

Flora l'appelait, il entendait ses cris :

– Tim… Tim !

La voix intérieure répétait : « Ils venaient de l'étage, il y a eu une détonation à l'étage. »

« Shariff. »

Mais, comme s'il voulait reculer la seconde où il monterait l'escalier vers le premier étage, il continua d'exécuter des gestes, des actions raisonnables : il fallait d'abord sécuriser le périmètre, empêcher qu'ils ne leur retombent dessus. Il glissa dans sa ceinture les armes des deux morts, fouilla les poches en vain pour trouver des chargeurs de rechange. Les corps n'avaient pas encore commencé à refroidir.

75.
SANG

Shariff regarda Flora attentivement, comme s'il prenait le temps de la reconnaître. Elle lui attrapa la main. Il la serra avec une force dont elle ne l'aurait pas cru capable. Il avait la poitrine ensanglantée. Il papillonna des yeux, puis sourit, difficilement.

Elle appela de nouveau Tim, qui ne venait pas.

Shariff entrouvrit les lèvres, elle vit qu'il faisait un effort pour stabiliser son regard. Il allait dire quelque chose. Elle se pencha sur lui, il murmura :

– Arrête d'appeler… ton mec… Écoute-moi… un peu… Je…

Il ferma les yeux, épuisé. Le sang avait reflué de son visage.

– Je t'écoute, Shariff. Parle… Parle encore, je t'en prie.

Il répondit les yeux clos, mais sa voix avait retrouvé un peu plus de vigueur.

– Ils ont essayé de me répondre, mais… tu verrais ce que je leur ai mis…

Il souriait, douloureusement, les paupières trémulantes. Flora vit la pupille rouler derrière le mince écran de peau rose. Elle sentit les ongles de Shariff s'enfoncer dans sa main comme des griffes ; le sang parut s'arrêter au niveau de son poignet, mais elle n'allait pas détacher son étreinte, pas maintenant. Il ne servait à rien non plus d'essayer d'arrêter le sang qui s'écoulait de la blessure de l'enfant. Il gisait déjà dans une flaque rouge, elle s'était agenouillée dedans.

Finalement, il ouvrit les yeux, comme pour guetter sa

réaction – il y avait une franche question dans son regard. Elle murmura :

– Ne pars pas, Shariff. Garde les yeux ouverts. Parle. Parle-moi.

Il secoua vaguement la tête, ses yeux s'égarèrent mais, de nouveau, il trouva la force de les stabiliser. Quelques secondes, il donna le sentiment qu'il riait. Deux pupilles noisette où s'étaient réfugiées toute la malice et l'insolence du monde, toute l'arrogance de cette intelligence.

Il n'y avait plus rien de l'angoisse, de la déréliction des semaines précédentes. Il dit :

– On aura bien ri… Flora… quand même.

Puis ce fut fini.

76.
CRÉMATION

Tim entra, vit Flora penchée sur Shariff. Il savait inconsciemment, depuis qu'il avait vu les deux hommes débouler de l'escalier, dès qu'il avait entendu le cri de Flora. Pendant tout le temps où il avait exécuté des gestes presque automatiques pour sécuriser le périmètre, vérifier que l'ennemi était mort ou en fuite, il savait.

La seule chose qu'il ignorait, c'était la manière dont Julien et Paul avaient réussi à échapper à sa vigilance pour se cacher ou entrer dans cette maison. Il vit la porte secrète entrouverte dans le fond de la bibliothèque : alors qu'il visitait la maison pour s'assurer que Shariff et Flora pouvaient entrer sans risque, ils s'étaient tenus là, attendant leur heure.

Probablement, ils avaient prévu de le prendre à revers dans l'escalier, de l'abattre et, ensuite, de remonter régler son compte à Flora. Non, l'abattre lui, c'était le rôle des deux morts, ceux qui avaient surgi de la forêt. L'inconnu et Katia devaient le tuer. Julien et Paul comptaient s'occuper des deux autres. Dans deux endroits séparés. Un piège, on leur avait tendu un piège presque parfait. Ces quatre-là avaient tout préparé, mais l'un des tireurs avait appuyé sur la gâchette trop tôt et trop mal.

Pensées froides. Reconstruire toute la séquence. Comprendre ce qui avait merdé. Savoir pourquoi ils étaient en vie. Pour Shariff, cela ne servait à rien, mais il fallait se protéger de cette information : Shariff est mort. « Shariff est mort. Ils ont abattu Shariff, dans ton dos. »

Tim redescendit au rez-de-chaussée, là où il y avait trois chambres et, dans chacune, deux lits jumeaux. Il prit un couvre-lit dans la première, celle depuis laquelle il avait abattu Katia, puis le conducteur du 4×4. C'était un tissu de drap beige, assez épais, vaguement désuet, qu'il avait remarqué lors de sa première visite.

« Tu n'as rien vu en revanche de la porte du fond, dans la bibliothèque, lorsque tu as exploré les lieux. » Son cerveau enregistrait tout, des détails inutiles, comme s'ils avaient eu une importance fondamentale. Plus tard, beaucoup plus tard, il se souviendrait de tout, il le savait.

Il remonta à l'étage, écarta Flora qui pleurait, prostrée, agrippée au corps de Shariff. Il dut lentement détacher sa main de celle du gamin, qui l'avait étreinte et semblait ne pas vouloir la lâcher, même dans la mort.

Il murmura :

– Descends, je m'en occupe.

À ce moment, elle tourna vers lui des yeux qu'il ne connaissait pas, un regard infiniment désemparé. Elle secoua la tête, ouvrit la bouche, essaya de formuler un mot, qui ne vint pas. Tim lui passa la main dans les cheveux et répéta :

– Je m'en occupe, Flora, et on s'en va.

Elle se leva mais resta là, debout, incapable de s'arracher à cette vision. Il se pencha, chercha une dernière fois le pouls de Shariff, au poignet puis à la gorge, pour en avoir le cœur net. Mais il ne pouvait avoir aucun doute. Il enroula le gamin dans le couvre-lit, comme dans un suaire, le prit dans ses bras comme un enfant qui dort. Il fut surpris de sa légèreté. Shariff avait trompé son monde, tout ce temps, avec son énergie permanente, cette impression de vouloir dévorer la vie et de bouffer l'espace, la lumière, et avec ses vêtements baggy d'apprenti Ghost Dog. En fait, le gamin de treize ans était frêle, presque maigre, il n'était pas plus lourd qu'un garçonnet.

Tim descendit les marches, Shariff dans ses bras. Flora le suivait dans l'escalier, il l'entendait sangloter.

Ils sortirent à la lumière du jour, insolent de clarté. Elle lui ouvrit la portière de la voiture, il installa le gamin, allongé, toujours enroulé dans son couvre-lit mortuaire, sur la banquette arrière. Comme s'il allait dormir. Jusqu'à ce qu'on prenne la mesure de l'absence, la mort est exactement comme si quelqu'un allait dormir, longtemps, très longtemps.

Il dit à Flora :

– Monte devant. Reste là, avec lui. Je m'occupe de tout, et on s'en va.

Elle hocha la tête, comme abrutie – trop de stupeur, trop de douleur.

Il sortit les jerricans qui restaient ; ils avaient les produits chimiques. Il prit un jerrican dans chaque main, laissant les autres récipients en plastique devant le coffre ouvert.

Il monta à l'étage, là où Shariff aurait dû mettre le feu. Il commença à arroser les lieux, rapidement, en se demandant si l'écho avait pu répercuter l'échange de tirs jusque dans la vallée. Il monta ensuite imbiber les chambres du dessus, ouvrit certaines fenêtres comme ils l'avaient planifié le matin même avec Shariff. Son âme engourdie refusait de croire cette phrase qu'il se répétait : « Tu ne planifieras plus rien avec Shariff. » Son esprit repoussait cette pensée parce qu'elle était informulable, simplement inadmissible.

Il redescendit à la bibliothèque, vit que quelques ouvrages avaient été posés sur la table, probablement les dernières lectures de Shariff. Sans doute avait-il pris le temps de feuilleter quelques pages, au lieu de s'occuper tout de suite de l'incendie qu'il fallait provoquer. Mais même s'il ne s'était pas accordé ce plaisir, cela n'aurait rien changé. Ils l'attendaient.

Il fourra les livres dans le sac dont il venait de sortir les détonateurs et les bouteilles de produits chimiques. Un instant, il se demanda si la dernière place de Shariff n'était pas là, au milieu des livres qu'il avait tant aimés. Ne fallait-il pas qu'il s'en aille comme ça, dans la même fumée qu'eux ? Mais non, il n'avait rien à voir avec ce nid d'aigle autrichien, acheté par Paul Hugo avec l'argent de la drogue de Julien, le prix de la trahison. Il l'emmènerait ailleurs, il lui trouverait un endroit où il dormirait en paix.

Il remonta au deuxième étage, prépara le mélange explosif, dont il jeta une petite bouteille dans la chambre la plus éloignée de l'escalier. Il vit l'embrasement. Il redescendit en courant, lança une autre bouteille de mélange dans la bibliothèque, entendit l'effet de souffle de la flamme qui sembla soudain avaler tout l'oxygène disponible dans l'air.

Il dégringola l'escalier vers le rez-de-chaussée. Quelque part, dans les étages, sans doute au niveau de la charpente, le bois craquait déjà.

Il sortit, jeta un dernier jerrican ouvert dans la chambre du rez-de-chaussée, tira dedans pour l'éventrer. Quelques flammèches apparurent à la surface lisse de la flaque de carburant, l'instant d'après c'était une flaque de flammes. Quand il monta dans la voiture, la moitié de la toiture brûlait déjà, dégageant un épais nuage de fumée.

77.
GRANDE MARÉE

Ils ne croisèrent aucun véhicule pendant les quatre kilomètres de descente, mais entendirent la sirène des pompiers se déclencher alors qu'ils quittaient déjà le village de Sölders. Peut-être avait-on eu le temps de voir cette Saab bleue, immatriculée en Italie, jamais aperçue jusque-là et qui décampait. Peut-être avait-on vu le Hummer noir éraflé d'impacts, les fenêtres explosées et roulant sur une jante, qui avait fait de même une bonne demi-heure plus tôt. Peut-être le patron du café expliquerait-il à la police que trois jeunes gens avaient pris le temps de déjeuner en terrasse, dans les heures précédentes, qu'ils s'exprimaient en français et qu'il les avait vus remonter dans cette voiture bleue, justement.

Peut-être reconnaîtrait-il trois personnes recherchées, Flora Argento, Shariff McIntyre et Timothy Blackhills, sur les photos qu'on lui montrerait, quand on comprendrait que l'affaire des Lycanthropes connaissait ici son dénouement.

Peut-être, mais peu importait. Ils seraient loin.

Ils auraient pu descendre vers la mer, le sud, à travers l'ancienne Yougoslavie jusqu'aux côtes croates. Mais la Méditerranée n'a que des marées très faibles, comme un lac intérieur.

Ils ignoraient où était enterré Ronald McIntyre. Ils ne pourraient pas donner à Shariff cette consolation posthume, une place aux côtés de son père, comme il le méritait. Et pas davantage à l'Institut.

Flora devait avoir pensé la même chose que Tim car lorsqu'il se pencha vers elle, au moment de programmer le GPS du véhicule, environ quinze kilomètres après Sölders, elle dit, simplement :

– Quand il racontait sa « naissance », il disait qu'on l'avait trouvé sur la plage de Saint-Cast.

Tim tapa le nom de la ville, le département. L'ordinateur calcula treize heures de trajet. Il était 13 heures. Sans pouvoir s'en empêcher, il remarqua cette coïncidence et frissonna de superstition.

– La marée montera dans neuf heures, précisa-t-elle encore.

Ce furent à peu près les seuls mots qu'ils échangèrent durant le voyage. Peu après, Flora s'endormit. Elle sanglotait dans son sommeil et murmurait des propos incompréhensibles, en italien, une langue que Tim comprenait mal. Cela ressemblait à la fois à un délire *mezzo voce* et à une incantation chamanique.

Elle ne se réveilla, deux fois, que pour se tourner vers lui, s'enquérir de son état de fatigue, puis se rouler de nouveau en boule, contre la portière, le front collé à la vitre. Les larmes séchaient en laissant deux grandes traînées salées sur son visage barbouillé. Ils s'arrêtèrent trois fois pour faire le plein. Tim acheta des bouteilles d'eau, des barres de céréales chocolatées, mais il ne put rien avaler.

Ils passèrent sans encombre les frontières avec leurs vrais-faux passeports parfaits. On ne les avait pas encore identifiés, ou bien on ne jugeait pas les voleurs de voiture suffisamment importants pour alerter toutes les polices d'Europe. On ne fouilla pas le véhicule, on ne découvrit pas leur étrange chargement, ce corps endormi sur la banquette arrière.

Tim roula sans s'arrêter, sans mettre de musique, sans

un bruit dans la voiture, sinon la soufflerie de la climatisation et l'accélération du moteur quand ils entrèrent sur le réseau d'autoroutes. Il roulait vite, l'esprit concentré sur la conduite. Quelquefois, il jetait des coups d'œil dans le rétroviseur et voyait la forme allongée sous le couvre-lit beige.

Durant les cinq cents derniers kilomètres, alors que la nuit était tombée, l'habitacle ne fut plus éclairé que par les lampadaires halogènes du réseau français, à la lumière jaunâtre, presque orangée, tandis que la voiture fonçait dans ce silence irréel, corbillard de métal lancé à plus de cent trente kilomètres à l'heure vers la Manche.

—

Feignait-elle en fait de dormir ? Ou son instinct la réveilla-t-elle juste à temps ?

Sa montre sonna, de manière dérisoire, à minuit. Comme depuis trois mois, sa montre annonçait la prochaine métamorphose… Elle ouvrit les yeux deux heures plus tard, quelques minutes avant la mer, alors que les panneaux indicateurs indiquaient que le village de Saint-Cast n'était plus qu'à neuf kilomètres.

—

Elle retrouva une sorte de semi-conscience, une attention à ce qui les entourait, sans parvenir tout à fait à croire qu'elle avait quitté son cauchemar. Il l'habitait toujours, en fait. Il était impossible pour elle de s'extraire de la réalité, comme on se réveille. Elle regarda autour d'elle. Saint-Cast était sans doute un bourg de pêcheurs, l'hiver, avec son port dans une anse et sa grande plage. Mais en ce début du mois d'août, le « village » débordait, des milliers de voitures étaient garées n'importe où. Ils longèrent un camping manifestement complet, des jeunes gens flânaient encore dans les rues, en deux ou trois endroits, à 1 heure du matin. Cette atmosphère de vacances semblait irréelle, pour eux, artificielle, comme s'ils avaient traversé un décor de cinéma.

Vu le monde encore dehors, ils ne s'arrêtèrent pas devant la grande plage. Ils échangèrent quelques mots, roulèrent sur une route longeant le littoral, s'arrêtèrent cinq kilomètres plus loin, descendirent au milieu des dunes et des ajoncs. La mer était à quelques centaines de mètres, toute proche. C'était une crique à l'abri des regards, donnant sur l'immense baie de la Fresnaye. La marée remontait déjà depuis deux heures, mais la grève lisse, humide, immense et découverte encore se reflétait sous la lune presque pleine.

Ils revinrent à la voiture. Il n'y avait entre eux que des phrases brèves, rares, comme si le moment n'avait pu supporter que le silence. C'était sans doute le cas : quels mots auraient pu exprimer tout ce qu'il y avait à dire ?

Tim prit Shariff dans ses bras, toujours enroulé dans le couvre-lit. Il demanda à Flora d'emporter le cric et les armes des prédateurs abattus par Tim. Elle prit le sac de Shariff, aussi, les affaires qu'ils avaient récupérées trois jours plus tôt dans un buisson après l'équipée de l'Institut… Trois jours. Elle avait pensé alors qu'elle lui sauvait la vie. Elle avait pensé qu'ils s'en tiraient bien, tous les trois, encore une fois.

Ils n'avaient pas discuté de ce qu'ils allaient faire, mais ce n'était pas nécessaire. C'était aussi évident pour Tim que pour elle, ils s'étaient compris en quelques mots. Elle le suivit dans les dunes, il semblait porter Shariff comme s'il s'était agi d'un tout petit enfant. Elle buta deux fois, la bretelle du sac de Shariff lui sciait l'épaule. Ils avancèrent assez loin sur la grève encore trempée de la mer qui s'était retirée, et que la mer recouvrirait de nouveau, selon le rythme des marées, l'implacable rythme de la lune.

Finalement, elle dit :

– Ici, ce sera bien.

Ils n'étaient plus qu'à quelques dizaines de mètres de l'écume des premières vagues. La lune en avait décidé ainsi. Shariff était humain… Shariff serait toujours humain. Il ne se transformerait plus. Il garderait son enveloppe définitive.

Eaux brillantes, phosphorescentes sous la lune. Tim posa son étrange chargement avec une précaution infinie, religieuse, sur le sable mouillé. Il ouvrit le couvre-lit, pour découvrir Shariff, une dernière fois.

Elle posa la sacoche à côté, Tim l'ouvrit, prit les quelques livres qu'il avait emportés avant d'incendier la deuxième bibliothèque. La dernière bibliothèque. Il les posa sur la poitrine du gamin, glissa également le revolver de Flora dans le couvre-lit, pour le voyage du samouraï. Il se tourna vers Flora. Elle contempla une ultime fois le grand front lumineux – il avait conservé dans la mort cette étrange façon de froncer les sourcils qu'on ne savait jamais comment interpréter, qu'il arborait lorsqu'il était ennuyé, soucieux, mais aussi lorsqu'il s'apprêtait à sortir une nouvelle énormité, ou l'une de ses citations définitives.

Elle eut un sanglot bref, sec. Puis elle hocha la tête, Tim rabattit les pans de tissu sur lui.

Ils le lestèrent avec son sac, qu'ils avaient rempli de tout ce qui pouvait peser un peu dans la voiture, et que Tim lia au corps sous son drap, comme s'il entortillait une momie de bandelettes. C'était une cérémonie étrange, comme ces funérailles très anciennes, païennes, au cours desquelles on donnait au défunt de quoi passer sur l'autre rive, ses armes dans la victoire, ses richesses, les signes de son pouvoir.

Cela aurait plu au gamin, sourit-elle intérieurement. Ses lèvres, son visage, eux, n'auraient pas pu sourire. De nouveau, elle eut la nausée jusque dans la gorge, et sentit les larmes rouler sur ses joues. Elles ne s'arrêteraient jamais ; il ne pouvait pas être mort. Cela ne pouvait pas se finir, pas maintenant.

Tim se pencha sur la forme recouverte d'un suaire, sa main frôla l'endroit où se tenait la tête. Puis il se redressa, prit Flora par les épaules, l'entraîna avec lui, doucement. Elle se laissait faire. Elle se sentait sans forces, malade, folle, aliénée, sans plus aucune capacité de décider quoi que ce soit, comme une fillette trop jeune ou une vieillarde, sans libre arbitre. Depuis le Nid d'aigle, elle ne pouvait plus croire la réalité, elle ne le voulait plus.

—

Ils revinrent sur leurs pas, Tim la portant presque jusqu'à la dune d'ajoncs. Quand ils eurent atteint le sable sec de la plage de la Fresnaye, au milieu des plantes rudes et des épieux, ils s'assirent.

La lune éclairait le sable mouillé et, plus loin, la masse noire et formidable de la mer. La puissance de l'océan et des attractions lunaires, force immémoriale, régulière, cosmique. Shariff en était venu, il y retournait, il emprunterait la marée pour un dernier passage. Vers quoi, quelle métamorphose ?

Tim songea à la vapeur de la tente de sudation, à son esprit malade qui s'envolait parmi les nuages, au-dessus de l'ours.

La mer, là-bas, montait, inexorable. Ils ne disaient pas un mot. Ils pleuraient, tous les deux, silencieusement, les yeux braqués vers la forme noire, sur le sable, à quelques dizaines de mètres de la crête blanche des vagues.

Elle ne sut dire combien de temps dura leur attente. Quelque chose avait aboli la notion de temps, de durée, quelque chose avait rayé simplement toute autre réalité que celle de Shariff. Les kilomètres avalés, plus de mille quatre cents en une journée, n'existaient pas. Les heures passées dans cette nuit, non plus. Il n'y avait que lui, lui dans son dernier voyage.

Finalement, les vagues léchèrent le paquet sombre, une lame plus grosse que les autres l'atteignit puis deux autres s'en emparèrent, les eaux jouèrent avec lui. Ils le virent flotter quelques instants à la surface de la mer, chaque vague l'entraînant un peu plus loin dans son reflux, la suivante le roulant de nouveau vers la plage. Puis il passa la barre d'écume, comme un canot ballotté par les flots, l'ombre de Shariff flotta quelques secondes avant qu'un courant de profondeur s'en saisisse, la fasse plonger et l'emporte. Le corps disparut tout à fait de la surface. Il était quelque part, sous la surface de la mer scintillante à la clarté de la lune. Longtemps, Flora ne put quitter des yeux l'endroit où il avait disparu. Ce trou creusé dans l'eau ne se refermerait pas.

Tim se leva. La mer recouvrait entièrement la grève. Combien de temps s'était-il écoulé ? À l'horizon, très loin vers l'est, une ligne d'un jaune pâle apparaissait, le long de la mer, pâlissant le noir déjà devenu bleu du ciel. L'aube était encore loin. La surface de la Manche était secouée de vaguelettes, sans que rien n'indique la puissance du mouvement de marées qui l'avait entraînée à l'assaut du sable, vers eux, vers les dunes. Les couleurs revenaient lentement, teintaient la palette des noirs et des ombres. Vu d'ici, il était impossible de savoir où les courants de fond avaient emmené leur passager clandestin.

Tim s'assit de nouveau sur la dune, au milieu des ajoncs. Flora s'était attendue à ce qu'il indique le signal du départ, mais non ; il avait simplement sorti le smartphone de sa poche de pantalon. Il consulta longuement l'écran.

– On va rouler jusqu'à Saint-Malo. Là-bas, on se débarrassera de la voiture, et tu prendras un ferry pour l'Angleterre. Je viens de vérifier, il y a des liaisons pour Portsmouth, on y sera à temps si on part maintenant. Tu remonteras sur Londres et tu prendras l'avion dès la nuit prochaine pour quitter l'Europe.

Il ne la regardait pas, il ne quittait pas la mer des yeux. Il y avait dans sa voix une détermination qu'elle ne lui connaissait pas.

– Tu es recherchée par les flics, comme terroriste, Flora. Il faut que tu partes, sinon ils finiront par te trouver tôt ou tard.

– Et… Et toi, pendant ce temps-là ? Tu restes ici ?

– Moi, j'ai encore quelque chose à faire. Deux personnes avec qui j'ai un ultime rendez-vous, quelque part en Europe. Ensuite, on pourra enfin se retrouver.

Cette fois, il se tourna vers elle. Flora lut dans son expression quelque chose de glacial et de métallique, une résolution terrible, inflexible. Elle ne l'avait pas regardé dans les yeux depuis la mort de Shariff, elle ne l'avait vu qu'à travers ses larmes, vision brouillée.

Elle frissonna. Il ajouta :

– On y va, Flora.

– Tu disais à Shariff que la vengeance ne servait à rien, qu'elle finirait par nous rendre aussi monstrueux qu'eux.

– Oui.

Il conduisait vite, sans un mot, depuis une demi-heure.

– Et quelque chose a changé ? demanda-t-elle.

– Non. Rien n'a changé.

– Mais tu vas venger Shariff ?

– Oui.

Y avait-il besoin d'en dire plus, de préciser qu'il faisait ça au risque de se perdre ? Flora n'ajouta rien. Ce fut Tim qui parla.

– Ils devaient m'abattre le premier, Flora. Dans leur plan, j'aurais dû mourir le premier, sur l'esplanade...

Il continuait de regarder la route et de parler avec cette économie de mots et cette voix sans appel qu'il semblait avoir acquise au cours des vingt-quatre heures précédentes alors qu'il remontait l'Europe du Tyrol vers la Manche. Quelque chose s'était brisé ou, au contraire, irrémédiablement durci, au point de devenir inflexible, en lui, pendant qu'elle dormait, assommée de stupeur et de tristesse.

– Ils vont regretter de ne pas avoir suivi leur plan à la lettre, reprit-il.

Il sembla à Flora qu'il avait mis une sorte d'humour froid dans ses paroles, comme s'il se réjouissait de ce qu'il allait leur infliger.

Ils arrivèrent à la gare maritime deux heures avant la traversée quotidienne vers l'Angleterre. Ils prirent un café et un sandwich en terrasse. Le temps était beau, les touristes vaquaient au spectacle des navires qui prenaient le vent dans la baie du Prieuré et sur l'estuaire de la Rance.

Après avoir mangé son jambon-beurre et la moitié de celui de Flora qui ne pouvait rien avaler, Tim redevint plus prolixe, organisa la suite, lui expliqua son rôle dans le plan qu'il avait conçu.

Une fois qu'elle serait à l'abri, elle reprendrait contact avec lui. Puis elle se mettrait en chasse dans les fichiers de la police, dans les forums, sur les serveurs, bref elle traquerait Paul Hugo et Julien « Bahlam » Charcot jusqu'à ce qu'elle parvienne à identifier leur nouvelle planque, ou leurs planques successives.

Et elle guiderait Tim vers eux.

– Tu es la meilleure, Flora. Tu as retrouvé les chasseurs et fait tomber Clauberg. S'ils se connectent, d'une quelconque façon, tu seras la première à le savoir.

Il avait dit cela doucement, comme un constat. C'était aussi une façon de lui demander si elle était d'accord pour l'aider dans sa vendetta. Jusque-là, il ne lui avait rien proposé, il s'était contenté de lui annoncer successivement leur séparation et sa décision de poursuivre l'ennemi. À dire vrai, il ne lui avait rien demandé, vraiment, depuis qu'il était rentré du village ojibwé et qu'il avait pris les commandes.

Mais là, il avait besoin d'elle, et d'abord de son assentiment.

C'est à ce moment qu'elle aurait pu lui dire qu'elle ne souhaitait pas le voir replonger, seul, vers les ténèbres, qu'il risquait de se perdre à jamais, que ce qu'il tentait était vain, dangereux pour lui, peut-être mortel pour eux. Mieux valait laisser la marée enterrer les morts. Il aurait pu fuir avec elle, en rester là, s'exiler, ils auraient pu commencer une vie nouvelle, ailleurs…

Mais elle opina du chef, simplement. Elle n'imaginait pas pouvoir faire autre chose que ce qu'il demandait, comme si la solution s'imposait, à croire qu'il n'y en avait pas d'autres. Ce que Flora ressentait à cette minute était cette vérité brutale : une existence de Tim avait commencé un 2 juillet, avec la mort de son frère, et cette existence-là prendrait fin définitivement une fois que toutes les dettes seraient réglées autour de la mort de Shariff. L'autre frère de Tim. Le petit frère qu'il avait essayé de sauver et qu'on avait abattu. Cette fois, Tim n'accorderait aucun pardon. Elle ne pouvait l'accompagner, il ne voulait pas d'elle. Une nouvelle existence serait peut-être possible, plus tard, dans un autre pays, une existence dont elle serait la meilleure part. Mais, auparavant, il avait quelque chose à finir.

En cet instant, Flora ne douta pas qu'il y parvienne. Ni Paul Hugo, ni Julien Charcot n'avaient la moindre chance. La seule question qui se posait était de savoir si Tim se perdrait dans cette vengeance, si elle le perdrait.

ÉPILOGUE

78.
WATERFRONT

« Fleur Iniziato » avait loué ce petit deux pièces meublé, au deuxième étage, tout près du front de mer. De ses fenêtres, elle voyait l'océan, d'un vert presque violent certains jours, gris d'autres matins, et dont elle ne pouvait affirmer si c'était l'Indien ou l'Atlantique. Jadis, quand les marins apercevaient la ville du Cap, ils savaient qu'ils changeaient de mer, de monde, et c'était sans doute encore le cas aujourd'hui. Elle avait le sentiment d'être à un bout du monde. Elle savait que, plus au sud, il n'y avait absolument rien jusqu'aux glaces inhospitalières de l'Antarctique, sinon des latitudes qu'on appelait : « quarantièmes rugissants » ou « cinquantièmes hurlants ». Ces mots résonnaient étrangement en elle.

Le deux pièces disposait de grandes baies vitrées ouvrant sur le Victoria & Alfred Waterfront. L'ameublement était d'un design spartiate, les propriétaires avaient supposé que leurs locataires feraient des efforts personnels pour la décoration. Ce n'était pas le cas. Flora n'avait rien ajouté qui constituât sa touche intime, elle se satisfaisait secrètement de l'aspect de son environnement, aussi impersonnel qu'une chambre d'hôtel. Si elle avait aménagé quelque chose, ou même bougé un meuble pour se sentir chez elle, elle aurait eu le sentiment de trahir Tim.

Elle n'était pas chez elle. Elle était en *stand-by*, entre deux vies. Elle attendait qu'il vienne la chercher et, ensuite, ils partiraient ailleurs, qu'importe où, à un autre bout de ce monde qui en comptait tant.

Flora avait choisi Le Cap, Afrique du Sud, sur une impulsion, en regardant l'écran des départs le soir du 1er août, à Gatwick, aéroport secondaire de Londres. En une nuit, on ne pouvait aller plus au sud, on ne pouvait trouver terre plus éloignée de cette Europe qu'elle devait quitter à tout jamais. Avec Tim, ils n'auraient qu'une heure de décalage horaire pour leurs communications mais, pour elle, ce serait l'hiver austral et, pour lui, l'été.

Dans la nuit, tandis que son avion survolait l'Atlantique, Flora n'avait pu s'empêcher de songer à Shariff qu'elle avait vu disparaître dans la marée montante, la veille, et qui effectuait son dernier voyage au milieu des courants marins.

—

Depuis son deuxième étage, Catwoman entendait la rumeur de la ville qui s'endormait très tard, à l'heure où elle continuait de travailler sur ses deux ordinateurs portables. Elle avait choisi son logement parce qu'il offrait une connexion très haut débit. Elle avait constitué en quarante-huit heures un système d'ordinateurs-relais, s'introduisant sur les machines de services de police européens dont les systèmes informatiques tournaient jour et nuit.

Elle entrait dans leurs réseaux pour bénéficier de la protection de leurs adresses, comme d'un bouclier, afin qu'on ne remonte pas jusqu'au Cap. Au pire, un service serait soupçonné d'en espionner un autre.

Elle allait à la pêche aux informations, identifiait les enquêteurs, les services, les juges, les organisations, les hiérarchies. Elle mit presque une semaine à s'introduire dans tous les serveurs pertinents des polices suisse, française, autrichienne, qui travaillaient sur la secte des Lycanthropes. C'était avant tout une affaire de patience, il fallait attendre qu'un des enquêteurs entre en contact avec son homologue étranger pour obtenir les coordonnées de celui-ci, forcer son ordi et ensuite remonter le fil. Au bout de cette semaine, elle surveillait quotidiennement une centaine de boîtes mails, de réseaux intranet et de systèmes de communication « sécurisés » entre polices européennes. *Via* ces communications, dans le cadre d'une enquête internationale et interservices, elle obtiendrait toutes les informations avec moins de douze heures de retard sur les flics. C'était un point important pour éviter que Tim ne tombe au milieu d'une opération de police. Cela ne permettait pas, cependant, de lui assurer une longueur d'avance sur les enquêteurs.

Elle avait installé des systèmes de veille sur l'ensemble des comptes bancaires connus de Paul Hugo et des huit « sociétés » que les prédateurs avaient créées, coquilles vides et anonymes destinées à couvrir leurs transactions financières. Elle pouvait observer tout mouvement – il n'y en avait pas depuis le 31 juillet. Elle avait mis en place des protocoles d'observation et d'alerte sur les serveurs des opérateurs téléphoniques de Paul Hugo et de Julien Charcot, identifiés dans leur courrier électronique, et qui lui permettaient de surveiller la facturation continue, donc d'apprendre quand ils les passaient, vingt-quatre heures sur vingt-quatre. Il n'était pas possible en revanche de savoir d'où ils passaient ces appels, ils avaient souscrit tous deux des offres d'abonnement illimité vers l'international, si bien que rien ne distinguait leurs appels intra-autrichiens (s'ils étaient toujours en Autriche) des autres.

A priori, les flics ne surveillaient pas ces comptes et ces téléphones, rien n'indiquait pour l'heure que l'identité des pensionnaires du Nid d'aigle était découverte, en dépit du message de Shariff. Il y avait des dizaines de Paul Hugo et les enquêteurs le recherchaient peu activement. Ils n'avaient rien sur Julien Charcot. Ils n'avançaient guère sur ce point.

Ils n'avaient pas davantage de pistes concernant les deux corps retrouvés au Nid d'aigle, personne n'ayant répondu à l'appel à témoin lancé par la police autrichienne. Comme les six derniers morts de l'Institut, ces deux cadavres étaient pour eux sans nom et sans passé.

Flora effectuait une vérification biquotidienne de toutes les boîtes aux lettres utilisées par les prédateurs. Elle ne pouvait communiquer aux enquêteurs les adresses IP des ordinateurs qu'elle avait visités, depuis trois semaines, dans la mesure où les flics qui les pisteraient trouveraient Hugo et Charcot avant Tim – et aussi, peut-être, parce qu'une black hat ne collabore jamais avec la police.

Vers midi, elle sortait tous les jours flâner quelques heures sur le Waterfront pour profiter de la douceur de l'hiver, en tee-shirt, croisant une foule de visages bigarrés qui témoignaient davantage de l'attrait touristique du lieu que d'une véritable « nation arc-en-ciel ». Grâce au rêve de Mandela, il y avait une classe moyenne noire, des managers, des commerçants noirs, métis et blancs, mélangés, dans les endroits où elle entrait pour faire des courses ou prendre un verre. Mais les millions de pauvres existaient toujours, et ils étaient uniformément noirs, eux. Elle achetait son repas du jour chez un traiteur malais végétarien. Parfois, pendant que ses ordinateurs travaillaient, elle montait en téléphérique jusqu'au sommet de la montagne de la Table, d'où la vue embrassait largement le paysage urbain à ses pieds, le port, l'esplanade, les tours du centre. Plus loin, c'était l'immensité marine, sillonnée de navires, des gros porte-containers aux plaisanciers qui encombraient parfois la baie. L'ancien nom de ce passage sud des navires engagés vers l'Asie était le cap des Tempêtes. Son nom actuel, cap de Bonne-Espérance, inspirait à Flora de la méfiance, elle le jugeait trop optimiste pour être honnête.

Quatre fois, au cours des deux semaines qui avaient suivi son arrivée, elle s'était rendue en voisine à l'aquarium des Deux Océans, où les visiteurs s'offraient une « aventure » sous contrôle, en plongeant dans le bassin des requins-marteaux. Elle ne recherchait pas ce genre de sensation forte, elle n'avait pas besoin d'éprouver l'émotion que suscite chez la proie le fait de se retrouver au milieu de prédateurs. Ceux qu'elle avait croisés depuis quelques mois étaient nettement plus agressifs que les squales inoffensifs qui hantaient l'anneau de verre, aventure *in vitro* sous surveillance rapprochée. Chaque fois, elle s'était retrouvée assise sur un banc, en pleurs, dans la galerie consacrée à la faune de l'Atlantique Nord, devant l'aquarium dans lequel un homard bleu, de l'espèce *Homarus gammarus*, déployait ses antennes et levait ses pinces désœuvrées avec la lenteur et la grâce d'un danseur.

Tous les visages qu'elle croisait, pendant ces flâneries, toutes ces émotions humaines, cette joie, cette surprise ou cette morosité, cette fatigue de la journée de travail ou du voyage, toute cette foule, cette humanité, lui rappelait à quel point elle se sentait seule et, sans doute, différente. Fleur/Flora était initiée/*iniziata*, porteuse d'un secret qu'elle était désormais l'une des rares à détenir, comme un fardeau ; et qu'elle ne pourrait jamais déposer nulle part.

Elle était seule, elle attendait Tim.

Ils communiquaient plusieurs fois par jour, via leur messagerie électronique, échanges de mails d'une drôlerie tendre et lapidaire, ironisant sur leurs conditions tellement différentes et pourtant semblables : deux exilés, un chasseur sillonnant l'Europe centrale sur les traces de deux tueurs, une voyageuse immobile poursuivant la même traque sur ses deux petits ordinateurs. Ils se parlaient au téléphone toutes les nuits.

Tim était retourné immédiatement en Autriche. Il était

presque tombé nez à nez avec la police locale, qui avait commencé d'enquêter sur la fusillade et l'incendie du Nid d'aigle pendant son aller-retour en Bretagne. Flora avait constaté de son côté qu'ils n'avaient aucune piste, sinon une voiture bleue immatriculée en Italie qu'on retrouverait un jour du côté de Saint-Malo. Tim avait pu cette fois prendre le temps de louer un véhicule en toute légalité avec son permis américain. La seule chose qui pouvait lui arriver pendant ses investigations, c'était de tomber sur des flics physionomistes qui reconnaîtraient les vidéos internes des labos de Clauberg, ou de subir une fouille impromptue au cours de laquelle on trouverait son pistolet – celui qui avait servi à abattre Katia et l'autre type, devant le chalet. C'était un risque à prendre.

Tim avait tenté de suivre leurs traces. Flora lui avait transmis l'information quand on avait retrouvé le Hummer criblé de balles à Villach. Mais il était délicat d'interroger des loueurs de voitures et des hôtels quand on n'était pas inspecteur de police. Il ne pouvait investiguer. Il devait attendre, elle était l'enquêteur, il était le bras armé.

Pas une fois, au cours de leurs échanges pluriquotidiens, ils n'évoquèrent l'absence, la séparation et ce sentiment d'exil qu'elle éprouvait, désormais, sans lui. Et lui, la mesurait-il, cette déchirure intime ? Elle se serait sentie partout à sa place, partout chez elle, si elle s'était trouvée avec lui. Dans cet endroit qui aurait dû être à son goût, elle traînait une sensation de vide, d'amputation, parce qu'il n'était pas là. Flora Argento avait parfois le sentiment de figurer dans une de ces tragédies classiques où les personnages sont les jouets du destin et des dieux, où ils s'agitent pour essayer de sauver leurs amours et leur vie, mais où chaque ligne de ce qui va les séparer, les tuer, les broyer est écrite à l'avance. Shariff aurait cité Racine ou Euripide, Shakespeare ou Beckett, théâtre de la mort, de l'absurde. Shariff lui manquait, aussi. D'autres fois, elle parvenait à se convaincre que tout cela n'était que provisoire, une parenthèse qui allait se refermer.

Avec Tim, elle pourrait de nouveau habiter sa vie.

—

Il y eut entre eux quarante-huit heures de silence absolu lorsqu'elle devint une chatte, entre le 18 et le 20 août. Elle avait précisé, en cas de visite du propriétaire qui lui louait ce logement, qu'elle possédait un animal domestique; cela ne le dérangeait pas. Elle s'enferma à clé. La chatte se nourrit pendant deux jours des restes de cuisine malaise qu'elle avait conservés dans deux assiettes posées dans la cuisine. La chatte n'avait pas faim, elle dormit l'essentiel du temps. Elle ne prit pas le risque d'aller vagabonder ou d'explorer ce nouveau territoire, même si elle avait vu de nombreux chats se disputer des morceaux de poissons sur le port. Il n'était pas question qu'un chien errant ou un employé municipal zélé en charge de l'éradication des animaux abandonnés supprime la base arrière de Timothy Blackhills et mette fin à l'histoire qu'ils entreprenaient d'écrire.

Pendant ces deux jours suspendus, tandis qu'elle tournait dans le deux pièces comme un fauve en cage, un félin trop petit et rendu nerveux par ce sentiment d'inutilité et de claustration, Tim lui envoya pas moins d'une trentaine de mails, très brefs. Ce fut la seule fois où il s'autorisa à lui parler d'elle, de ce qu'il ressentait pour elle, de ce sentiment qu'il avait d'avoir trouvé avec elle plus qu'une âme sœur – une compagne, quelqu'un qui prendrait la même route que lui, quelle qu'elle fût.

Lorsqu'elle revint à elle, elle se souvint de cette fois où, entièrement nue comme ce soir, elle s'était contemplée dans le miroir d'un hôtel, à Lausanne, prélude à leur seule nuit vraiment heureuse – parce que la surprise, la joie, la nouveauté de leurs nudités l'une contre l'autre avaient réussi alors à leur faire oublier pendant quelques heures ce qu'ils étaient, ce qu'ils faisaient, ce qu'ils devaient affronter. Insouciance. Y en aurait-il d'autres, des nuits comme celle-là, plus belles que les jours, à vous faire croire que la vie n'est pas simplement une course contre la mort, la cruauté, la folie et le deuil ?

Elle découvrit les trente mails que Tim lui avait laissés, les lut dans une sorte de sentiment d'urgence et de fatalité, comme s'il s'agissait des lettres d'un mort à une vivante. Elle pleura, pendant plus de deux heures, sans sanglots, incapable d'arrêter le fil de ses larmes. Elle ne savait pas si c'était d'émotion, de peur, de regrets ou d'espoir. Après deux ou trois heures de débat intérieur, d'une furieuse incertitude, elle eut l'intime conviction qu'ils ne seraient plus séparés après cela. Elle sut qu'il reviendrait, avec cette évidence qu'ont les intuitions amoureuses ou les rêves prémonitoires, plus concrets que le réel même.

« *I'm back,* Bleeding-Bear, je suis là, écrivit-elle sur sa messagerie. Merci de m'aimer, et de rester en vie. »

—

Dix jours plus tard, le 30 août, alors que leurs échanges avaient repris leur cours ironique et humoristique habituel, et qu'elle n'avait toujours pas l'ombre d'un indice concernant l'endroit où Paul et Julien avaient pu se planquer, elle formula la question qui la taraudait :

« Si tu ne les trouves pas, tu rentres quand ? »

Tim répondit trois minutes plus tard : « Fais en sorte que je les trouve. »

Elle sentit qu'elle grimaçait, comme si quelque chose grinçait à l'intérieur d'elle-même. Puis une résolution monta en elle, qui durcit ses traits.

Le soir même, *via* un système assez élaboré de fausses pistes et de nouvelles adresses-caches, Flora Argento modifia les pages de l'encyclopédie libre Wikipédia consacrées à la secte des Lycanthropes, à l'affaire Clauberg et à Prince Kofer.

Elle y expliqua longuement que Paul Hugo, auteur du *Grand Secret*, était le cofondateur de l'Institut, l'instigateur d'une scission dans la secte et le commanditaire de l'incendie criminel qui en avait supprimé toutes traces, et que Julien Charcot était l'auteur des meurtres concernant au moins trois cadavres retrouvés dans le domaine de l'Institut, ceux de Silvio Muller, Kate Bidgelow et Marco Cassano, qu'on pourrait identifier par l'ADN de leurs familles après recherches. Elle détailla comment Julien Charcot avait fourni à Aribert Clauberg deux cobayes, Ronald McIntyre et Matthew Landen, en organisant leur enlèvement à l'hôtel du Lac par les hommes de Prince Kofer ; comment Julien Charcot avait vendu à Prince Kofer une nouvelle amphétamine appelée *Tiger Eye*, responsable de la mort de dix-neuf personnes aux États-Unis, notamment, contre paiement de 2 millions de dollars sur un compte numéroté au nom de Paul Hugo. Elle distilla suffisamment d'éléments vérifiables pour permettre aux polices européennes d'avancer considérablement dans l'enquête. Elle précisa qu'elle disposait de ces éléments d'information en qualité de témoin de première main, ce qui est une source aussi rare que difficile à identifier, sur une encyclopédie comme ailleurs.

Le lendemain de cette intervention, des milliers de pages sur le réseau reprenaient, interrogeaient, analysaient, démentaient, répandaient ces nouvelles. La police annonça dans les heures qui suivirent qu'on les vérifierait. Elle demandait à l'internaute auteur de ces ajouts de se présenter pour livrer tout ce qu'il savait.

Elle lut dans les échanges de courriers électroniques internes du FBI que Dennis Warren avait immédiatement contacté la cellule d'enquête pour lui confirmer que Timothy Blackhills avait bien, lui aussi, incriminé Kofer, Charcot et Hugo lors de son bref passage à Missoula. Elle lut dans les rapports de service et notes du FBI que le contre-pirate Dvorjik avait été mis à plein temps sur l'identification du contributeur Wikipédia dissimulé derrière plusieurs adresses IP, comme autant de faux nez derrière des portes factices – le soupçon d'une intervention de Catwoman était étayé, mais classé confidentiel sûreté nationale, et resterait ignoré de la presse et du grand public le plus longtemps possible. La NSA faisait partie des destinataires de ces messages.

Elle sourit : elle avait piraté la veille l'un des ordis de Dvorjik, au FBI, pour y faire aboutir les adresses IP qu'elle avait utilisées. Quand il remonterait d'adresse en adresse, en espérant finalement tomber sur elle, il finirait par se mordre la queue, comme le serpent Ouroboros.

—

– Tu joues à quoi ? demanda Tim au téléphone, le soir suivant. Tu veux les faire sortir du bois…

– Exactement. Et pour ça, il fallait que Catwoman fasse une nouvelle apparition presque publique. Mais ce que je n'avais pas prévu, c'est que le FBI diffuserait à toutes les polices avec lesquelles il collabore un avis de recherche avec ta photo. Faudrait que tu changes de tête, Tim…

– Je sais, *Babe*. Et faudrait aussi que j'aie un corps de rêve. On ne choisit pas son physique.

– Fais quand même attention au tien, je m'y suis attachée.

—

Le portrait de Paul Hugo, une vieille photo sans doute fournie par son éditeur à la police, commença de circuler sur les pages d'infos. Les noms de Paul Hugo et de Julien Charcot passaient dans tous les tuyaux, se diffusaient comme une épidémie. Buzz. Le surlendemain, il se produisit enfin un mouvement sur l'un des comptes qu'elle avait identifiés, dans une banque autrichienne, au nom de l'entreprise Raubkatzen Auge, dont la seule activité pour l'heure avait consisté à payer la location de trois camions de déménagement, le 8 mai, et l'achat de deux véhicules 4×4 Hummer.

Une nouvelle somme de 1 586 euros avait été débitée pour un paiement sur Internet. Il fut assez aisé, quoique fastidieux, de trouver le destinataire de la somme, en explorant les interfaces de PayPal, puis d'identifier la contrepartie du paiement. L'avantage des sites de paiement en ligne est qu'ils sont transparents, des livres de comptes ouverts. Il suffit d'avoir quelques heures devant soi, et de la méthode, afin de ne jamais faire fausse route, sans quoi on finirait égaré dans le labyrinthe des millions de transactions enregistrées à chaque seconde. Les comptes et le service clients de la compagnie maritime TransMed indiquaient que Raubkatzen Auge avait retenu deux cabines sur le *Thésée*, depuis Split, pour la formule « croisière de luxe », escales au Pirée, à Héraklion, à Antalya, à Beyrouth, à Ashdod, à Port-Saïd… Le *Thésée*, comme elle le découvrit sur un prospectus électronique, était un grand navire blanc d'apparence classique qui effectuait le tour de la Méditerranée et ferait escale à Split, Croatie, le 2 septembre, embarquement des passagers le lendemain 3 septembre à 10 heures. Deux billets, deux adultes voyageant en première : cela ne supposait aucune demande de nom ni de passeport avant l'embarquement – le transport maritime est très en retard sur l'aérien en matière de contrôle des identités et de croisement des bases de données. Pas de visa nécessaire avant l'entrée sur les territoires grec, turc, israélien, égyptien. La porte était ouverte vers l'Asie et l'Afrique. Du fric, le fric de la drogue, disponible sur une douzaine de cartes de crédit, donc des faux papiers, des filières, sans doute.

Mentalement, elle superposa les images qu'elle avait de leur trajet, entre Hambourg et Montréal, et les visages de Paul Hugo et de Julien Charcot. Elle les vit rire, accoudés à la rambarde du *Thésée*, un verre à la main, dans cette « croisière en Méditerranée sur les traces de nos racines » avec piscine et jacuzzi sur le pont des premières classes.

Cette vision fit monter en elle une rage froide.

Elle envoya un mail à Tim :

« J et P sortis du bois. Ils embarquent après-demain à Split, 03/09, *Thésée*, compagnie TransMed, quai 9, départ 12 heures, croisière. »

Quelques minutes plus tard, un mail tomba.

« J'y serai. »

Sur l'autre ordinateur, Fleur Iniziato était déjà en train de consulter les vols Le Cap-Split. Le trajet le plus court passait par Johannesburg et Munich. Le vol décollait le lendemain à 14 heures, et durait vingt heures, escales comprises. Elle atterrirait à Split le 3 septembre à 10 heures 30.

Elle répondit au mail de Tim :

« Moi aussi. À midi. »

Puis elle coupa les connexions et commença la destruction systématique de toutes les données disponibles sur les deux ordinateurs qu'elle avait utilisés pendant le dernier mois.

79.
DOCKS

Depuis la fin de la dernière guerre européenne, la Croatie occupe une place à part dans le circuit des tour-opérateurs européens. Elle est considérée comme un véritable eldorado à défricher, où tout reste à bâtir, où des fortunes rapides sont envisageables. En ce début du mois de septembre, des dizaines de milliers de touristes d'Europe occidentale continuaient de se presser à Split, capitale de la côte dalmate, véritable Riviera.

Tim arriva sur le grand port croate de la Méditerranée dix heures après le dernier message de Flora. Il savait, pour l'avoir expérimenté à Hambourg, qu'un port, avec ses immenses docks, ses dizaines de compagnies disposant de hangars, ses quais déserts la nuit, ses chantiers navals, ses zones de transit, offre des centaines de cachettes à qui voudrait se planquer. Il était vain d'espérer retrouver Paul et Julien avant l'embarquement, d'autant que ces derniers pouvaient tout aussi bien choisir d'arriver à Split au dernier moment, estimant que des fugitifs recherchés devaient passer le moins de temps possible dans une zone urbaine, sous la surveillance de la police, des douanes… On croisait des centaines d'hommes en uniforme sur la zone portuaire, mais Tim n'avait pas envie de faire confiance à la collaboration croate avec les autres polices européennes, ni de se fier aux qualités de physionomiste des officiers locaux.

Il se renseigna sur l'heure d'arrivée du *Thésée* et sur les horaires de son départ, le lendemain. Le bateau entrait au port dans trois heures, il y resterait vingt-six heures, le temps pour sa cargaison de touristes de flâner dans la ville, et sans doute de s'offrir une soirée dans la multitude de petits restaurants qui proposaient, outre la cuisine locale, des prestations de musiciens balkaniques, déchirantes ou volcaniques. Tim s'assit à même le sol, sur le dock, après avoir acheté un hamburger agrémenté d'une sauce piquante et de cornichons marinés, à la slave. Il n'avait pas besoin de café pour se sentir parfaitement aux aguets, en dépit de la nuit qu'il venait de passer au volant.

Un bateau arriva, un autre partit, sur des quais proches, qui en étaient à leurs ultimes escales avant le déchargement final en Italie. La plupart de ces navires rentraient dans leur port d'origine après une navigation de plusieurs semaines. Ils transportaient des bataillons de vacanciers en sursis, filles en tenue légère ou couples de jeunes routards, et des dizaines de familles en goguette, notamment allemandes mais aussi françaises, anglaises, scandinaves. L'été s'achevait ce week-end pour tous ceux-là, ces parents et leurs enfants devaient déjà avoir la tête au retour, à la grisaille de l'automne, aux bagages à défaire et aux courses de rentrée. Tim songea qu'à son âge, il aurait dû faire partie de ces jeunes gens s'apprêtant à reprendre le chemin du lycée ou de la faculté. Il ressentit une pointe d'envie en regardant ces familles, parents et enfants qui venaient de partager des vacances et qui voulaient en profiter encore, avec un appétit doux-amer déjà, avant de rejoindre les brumes d'Europe du Nord.

Été dalmate, hiver austral.

Tim était sans nouvelles de Flora depuis qu'elle lui avait envoyé sa réponse lapidaire lui annonçant qu'elle serait là, sur le quai 9, le 3 septembre à midi. Elle devait être dans l'avion depuis ce matin, et pour encore plusieurs heures… Qu'est-ce qui lui avait pris, putain ? Il lui avait adressé plusieurs messages pour la conjurer de ne pas commettre cette folie. Il ne voulait pas qu'elle s'expose. Julien et Paul étaient tous les deux armés même si, de toute évidence, ils ne savaient pas se servir proprement d'un pistolet comme l'avait illustré leur lamentable foirage à la Ferme de l'Aigle. Mais une balle perdue peut tuer comme le plus précis des tirs de cible, et un tir à bout portant assassine à coup sûr.

Depuis la mort de Shariff, un an après celle de Ben, John et Geneva Blackhills, onze mois après celle de Véronique, trois mois après celle du professeur McIntyre, il devait de nouveau chasser le sentiment qu'une ombre de malheur l'accompagnait, qui touchait ceux qu'ils aimaient et côtoyaient. La tente de sudation l'avait libéré de la culpabilité, pas de la peur pour les siens. Un sentiment de tragique presque inéluctable gâtait sa joie de revoir Flora. Cela faisait un mois qu'il était seul. Il aurait pu attendre encore quelques semaines avant de la retrouver. Sa famille… Il n'avait jamais songé à Flora comme sa seule famille mais, désormais, c'était elle. Il ne voulait pas d'elle sur le champ de bataille, Shariff n'était plus là pour leur permettre de s'évader, grenade en main. Shariff… Rien que de penser au gamin, il retrouva, intacte, la haine calme qui l'habitait.

Il observa, au gré des arrivées et des départs, que les douaniers croates effectuaient des vérifications assez légères, le long des passerelles, au moment de l'embarquement comme du franchissement de la douane. Paul et Julien préféreraient-ils ne prendre aucun risque et éviter même ces contrôles ?

Le *Thésée* entra finalement dans le port de Split en fin de matinée, déversa, comme tous les autres, son flot de touristes, davantage de retraités, cependant, et de célibataires décidés à profiter de cet été dalmate. Ceux-là commençaient leur croisière, les vacances s'ouvraient devant eux. Il ne vit pas Julien et Paul parmi les passagers, bien sûr, ni aux abords de la passerelle. Les nouveaux passagers n'embarqueraient théoriquement qu'à partir de 10 heures, le lendemain.

Par acquit de conscience, Tim décida tout de même de passer la nuit sur le port et de surveiller les allées et venues autour du quai 9 afin qu'ils ne profitent pas de l'obscurité pour tromper sa vigilance. Il envoya encore un mail à Flora pour lui demander de ne pas venir. Il nourrissait l'espoir ténu qu'il rencontrerait l'ennemi avant son arrivée – que tout serait réglé au moment où il la retrouverait.

Lorsque la nuit tomba, il alla acheter un nouveau sandwich, avec cette fois deux grands gobelets de café assez épais, à la turque. Puis, s'isolant un peu, il sortit l'arme de sa poche. Il ne disposait que de cinq balles dans le chargeur de son pistolet automatique. Ils n'avaient pas trouvé de munitions supplémentaires au cours de leur visite de la maison des prédateurs ; et il n'avait pas réussi à s'en procurer depuis un mois. Cinq balles, c'est ce qui restait dans le pistolet pris à Tina après la bataille rangée au Nid d'aigle. Le revolver de Flora, vide, avait fait le dernier voyage avec Shariff, sous la Manche, vers l'éternité. Il portait le flingue dans son dos, à la ceinture, sous son blouson.

Cinq balles, en un sens, c'en était encore trois de trop. L'idée de devoir tirer vite et juste le satisfaisait. Cela présageait davantage une exécution, mais il n'était pas question de faire des quais une nouvelle zone de guerre, comme au col de Bise. Il était en mission, il avait une chose précise à faire, et cette chose consistait à les tuer, puis à disparaître, à tout jamais.

—

Pendant l'escale à Johannesburg, Flora vit que Tim lui avait écrit trois fois. En réponse à l'annonce de son arrivée, il avait fait sobre : « N'y pense même pas. » Puis, une heure après : « Par pitié, ne viens pas. » Puis, encore quelques heures plus tard : « Suis à Split. Le *Thésée* entre au port. Ne viens pas. » Elle ne répondit rien. Elle avait le sentiment d'avoir eu tort en acceptant qu'ils se séparent, sans doute sous le choc de la mort et des funérailles de Shariff. Ce n'était plus le cas. Ce qu'ils avaient commencé ensemble, ils devaient le finir ensemble.

Elle hésita une seconde, une seconde seulement, avant de se diriger vers la zone de transit où l'attendait l'avion de la Lufthansa vers Munich. Sa décision s'était imposée à l'instant où elle avait su que Tim les retrouverait avant les flics : elle serait avec lui, à ce moment-là. Deux contre deux. Il avait eu besoin d'elle devant la Ferme de l'Aigle. Elle aussi était arrivée trop tard dans la Bibliothèque. Elle ne ressentit aucun frisson lorsqu'elle présenta le passeport de Fleur Iniziato avec sa carte d'embarquement. Il ne pouvait rien lui arriver.

80.
PASSERELLE

Tim releva la tête et les vit arriver, mêlés à la petite foule des premières personnes qui se présentaient pour embarquer, plus de deux heures avant le départ prévu du navire. Ils étaient de trois quarts dos, assez loin de lui, mais il les reconnut, au tee-shirt voyant de Julien, d'un orange très vif, d'une marque suisse de vêtements de montagne – le même qu'il portait souvent à l'Institut. Orange comme ses amphétamines. Sans cela, aurait-il repéré si facilement le jeune homme, le visage caché sous une casquette d'aspect militaire, kaki, chargé d'un gros sac à dos ? Julien Charcot avait toujours semblé glisser plus qu'il ne marchait, une démarche étrangement lymphatique, comme c'est souvent le cas pour les adeptes des arts martiaux, qui, hors du combat, paraissent d'un calme anémique.

« Souviens-toi qu'il sait se battre. Il ne sait pas tirer, mais il sait se battre au corps à corps. Ne t'approche pas à moins de quatre mètres. »

Autrefois (il y avait quatre mois, il y avait des siècles), Shariff appelait Julien le maître du dojo. Était-ce lui qui avait pressé sur la gâchette, ou Paul ? Tim l'ignorait. Peu importait de savoir qui était le cerveau et qui était le bras qui tenait l'arme. Ils étaient les deux dernières têtes d'une même hydre qui lui avait pris son petit frère et ce père adoptif. Tim avait coupé cinq gueules de la même bête à l'Institut, il en avait tranché deux autres à la Ferme de l'Aigle. Il s'occuperait des deux dernières aujourd'hui avant le départ du *Thésée*.

Paul Hugo, plus grand, plus élancé aux côtés de son comparse, portait un costume de lin blanc et un chapeau de paille à la mode cet été-là, semblable aux voyageurs d'autrefois dans les colonies. Tenue sans doute parfaite pour une croisière élégante en Méditerranée. Qu'y avait-il dans cette valise en cuir fauve qu'il tirait derrière lui et qui le faisait pencher d'un côté – des livres ? de la came ? des armes ? Avaient-ils chacun une arme et, sinon, lequel des deux ? Conservaient-ils des chargeurs, ou étaient-ils à court de munitions, comme lui ?

Ils n'avaient aucun bagage lorsqu'ils avaient fui – à moins qu'ils n'aient préparé tout cela dans le coffre du Hummer ?

Shariff disait : « Connais l'ennemi, anticipe ses actions, suppose ses forces, devine ses faiblesses. »

Il y avait un petit attroupement, assez compact, sur le quai numéro 9. Il n'était pas question de dégainer ici, dans la foule, et d'en finir, comme ça, au milieu de dizaines de flics et de douaniers. Tim n'avait aucun plan, juste un pistolet. Il entreprit d'opérer un large arc de cercle en contournant les touristes, au petit trot, pour se retrouver face à eux et leur barrer la route avant qu'ils arrivent à la passerelle.

—

Elle atterrit à Split, se précipita vers la sortie, sans attendre de récupérer son bagage de soute. Elle n'avait embarqué des vêtements, au Cap, que pour ne pas susciter la curiosité de la police ou des douanes. Entre Munich et Split, on pouvait en revanche parfaitement voyager léger ; on ne la questionnerait pas. Tant pis pour ses fringues qui tourneraient plusieurs heures sur le carrousel automatique avec d'autres valises égarées. Le passeport de Fleur Iniziato fit son office, une nouvelle fois. *Anonymous.*

—

Ils avançaient vers lui, maintenant. Des lunettes noires mangeaient le visage de Paul Hugo sous son panama, les traits de Julien Charcot disparaissaient dans l'ombre de sa casquette. Ils étaient à moins de cinquante mètres. Julien était sur le qui-vive, il regardait sans cesse en arrière et autour de lui, tout en parlant calmement au maître de la Bibliothèque.

Trente mètres. Enfin, Julien le vit. Tim ne cherchait même pas à se cacher. Il s'était placé à trois mètres seulement du groupe de douaniers ; d'où il les observait, il avait tout d'un indic attendant ses proies avec les policiers. Son plan, si l'on pouvait désigner ainsi une simple idée générale, consistait à être vu. Les deux hommes qui fuyaient le pays et sa police penseraient qu'il était avec les officiers, ils ne prendraient pas le risque d'un affrontement sur ce quai, et moins encore d'une dénonciation. Il vit que Julien se raidissait, puis s'arrêtait en posant simplement la main sur l'épaule de Paul. L'homme au chapeau se retourna vers son comparse. Tim fit deux ou trois pas vers les officiers comme s'il s'apprêtait à leur parler, sans quitter Paul et Julien du regard, pour leur indiquer clairement qu'il les avait vus.

Ils firent demi-tour, Tim cria : « Arrêtez-les ! » dans un français qui n'avait guère de chances d'être compris ici, mais qui achèverait en revanche de les convaincre que leur ennemi ne se cachait pas, lui. Dans la seconde, Paul lâcha sa valise, Julien et lui se mirent à courir, à l'opposé de la passerelle, vers l'endroit d'où ils venaient. Tim s'élança à son tour au milieu de la foule affolée par cette soudaine agitation.

Si une mère ne l'avait pas ralenti avec la poussette de ses jumeaux, se mettant en travers de sa course en pensant au contraire lui dégager le passage, il les aurait sans doute atteints avant le parking. Il tomba, se releva, accéléra encore.

Ils avaient donc laissé leur voiture sur le parking. Tim comprit en un éclair qu'il avait commis un nombre d'erreurs incalculables : surestimer sa vitesse de pointe par rapport à la leur, penser qu'ils essaieraient plutôt de se cacher sur les docks, et qu'ils s'étaient débarrassés de leur véhicule avant d'embarquer. Il vit la Mercedes verte, un modèle assez ancien mais courant dans cette Europe déjà orientale, accélérer sur les chapeaux de roues et sortir en crissant des pneus du parking réservé aux accompagnateurs des voyageurs.

Un type en moto entrait à cet instant dans l'enceinte de stationnement.

Tim lui fit signe de ralentir, puis se jeta sur lui, le fit tomber, et avant que l'homme ait compris quoi que ce soit, il avait enfourché l'engin. Il mit les gaz pour rejoindre la Mercedes qui disparaissait en slalomant dans le trafic.

—

En sortant de l'aéroport, Flora héla un taxi, dit dans un anglais impératif :

– Au port, sur les docks. Le plus vite possible.

Un coup d'œil à sa montre : Tim lui avait de nouveau écrit cette nuit qu'il ne voulait pas la voir, qu'il avait peur pour elle. Elle aussi avait peur, match nul. Elle sentait qu'elle devait le rejoindre, que le temps jouait contre eux.

—

Il les suivit d'assez près dans le trafic urbain. La voiture ralentissait et accélérait par à-coups, sans doute pour vérifier qui les suivait et combien de véhicules. Chaque fois qu'ils ralentissaient, Tim revenait sur eux, presque contre leur pare-chocs.

Petit à petit, la circulation devenait moins dense. La Mercedes grillait régulièrement des feux rouges, en espérant semer ses éventuels poursuivants. Elle s'éloignait de la mer. Finalement, elle prit la route du sud-est, vers l'intérieur des terres.

Tim gardait une certaine distance. Ils pouvaient sans problème le tirer comme un lapin, ils l'auraient sans doute fait s'ils n'avaient pas craint d'attirer l'attention de la police. Avaient-ils compris, maintenant, qu'il était seul à leur poursuite ? Leur voiture roulait très vite. Tim sentait le vent dans ses cheveux et sur son visage. Très loin vers sa droite, la mer brillait, bleue sous le soleil. Il jeta un œil à sa montre : s'ils l'abattaient maintenant, ils pouvaient encore être à l'heure pour l'embarquement. Mais ils ne prendraient pas ce risque alors que des dizaines de flics les avaient vus décamper.

Où allaient-ils ? Le savaient-ils seulement ?

Ils roulèrent pendant une heure environ. De temps en temps, Tim accélérait pour éviter que les fugitifs ne le sèment à une intersection. Mais il y en avait très peu, ils traversaient des villages de plus en plus petits, en montant vers une sorte de plateau. Aux rares embranchements, dans ces hameaux, des habitants lui confirmaient, par gestes ou dans un anglais approximatif, qu'ils avaient vu la voiture prendre la direction des montagnes. Finalement, on lui indiqua dans un gros bourg que la Mercedes verte s'était engagée sur une route mal bitumée et signalée comme une impasse. Elle montait jusqu'à un parc qui s'appelait Krka, à ce qu'il comprit, et qui était annoncé par des panneaux en plusieurs langues.

Ils ne les perdraient plus.

En arrivant sur les docks, Flora perçut une sorte d'excitation étrange du côté des parkings.

Elle vit que plusieurs officiers de police interrogeaient un homme qui portait un casque de moto, et dont les bras nus étaient écorchés. Elle jugea prudent de ne pas s'adresser directement à eux, mais se renseigna auprès de touristes italiens. Un jeune homme avait poursuivi deux autres voyageurs sur le quai, il avait volé une moto pour les prendre en chasse. Les deux véhicules avaient disparu dans la circulation.

81.
SAUVAGERIE

Tim fit quelques pas au-delà de la barrière de bois en travers de la route qui avait interdit l'accès à la Mercedes verte. Un panneau signalait qu'à partir d'ici, tout promeneur était tenu de poursuivre à pied, les véhicules motorisés à deux ou à quatre roues étant passibles d'amende, le tout en plusieurs langues. Le lieu s'appelait cataracte de Medvjed, et c'était manifestement un panorama touristique couru puisque des panonceaux précisaient qu'on entrait ici dans un espace où la nature était préservée – une réserve de sauvagerie.

Il se pencha, prit un peu de terre noire entre ses doigts, la remua comme s'il allait y lire la vérité. Le sol suintait d'humidité, on entendait une cascade à quelques dizaines de mètres sans doute. Paul et Julien avaient dû laisser des traces sur ce sentier, parmi des centaines d'autres. Sans doute avaient-ils choisi de se perdre dans le chaos des rochers qui surplombaient l'entrée du parc, ou dans la forêt sombre, assez épaisse, qui commençait ici. Il était parfaitement illusoire d'espérer pouvoir les retrouver. Il était totalement dingue de songer à s'aventurer dans cette forêt.

« Pense comme l'ennemi, comprends-le, anticipe ses erreurs », disait Shariff.

À l'Institut et à la Ferme de l'Aigle, Julien et Paul avaient fui plutôt que d'accepter un affrontement à armes égales. Allaient-ils réagir de nouveau ainsi, s'estimaient-ils acculés cette fois ou en situation d'agir ? L'attendaient-ils, quelque part, pour en décider ? Dans vingt-quatre heures, les deux hommes pourraient avoir parcouru des dizaines de kilomètres, ils seraient sortis par l'un des quatre accès routiers du parc qu'il était impossible de surveiller en même temps, s'ils fuyaient. Chercher à les retrouver dans cet endroit était une véritable gageure ; sans doute l'avaient-ils choisi pour cela. Pas âme qui vive, personne pour les dénoncer ni indiquer à celui qui les traquait la route qu'ils avaient prise.

Mais ils pouvaient aussi bien l'attendre là, à quelques pas, espérant qu'il était seul, sans un flic en soutien, pour le surprendre et lui régler son compte, avant de repartir vers la mer.

« Devine leurs forces, anticipe leur façon d'attaquer pour la contrer. Utilise leur mouvement pour engager ton mouvement. »

Ils avaient un flingue, peut-être deux. Ils tiraient mal, Paul encore plus mal que Julien. Julien savait tuer, il n'avait pas peur de tuer, il n'hésiterait pas à tuer. Surtout s'il était… Bahlam.

Il comprit qu'il disposait d'un moyen et d'un seul. S'il voulait en finir, il avait besoin des sens, de l'instinct d'un chasseur. Il était comme Julien. Il était un humain, limité, mais il y avait un tueur en lui, à cette minute.

À ce moment, son téléphone émit le bref signal familier lui indiquant qu'il avait reçu un nouveau mail.

Flora avait écrit :

« Je suis sur le port. Le *Thésée* appareille. Où es-tu ? »

Il ouvrit le *topcase* de la moto, y glissa le pistolet. Il enregistra les coordonnées GPS de l'endroit sur son téléphone portable avec une application dédiée, les envoya à Flora par messagerie électronique, accompagnées de ces quelques mots :

« Parc Krka, entrée Ouest. L'arme est dans le topcase de la moto. Ne viens pas avant demain. Dans vingt heures, tout sera fini. » Le téléphone rejoignit le pistolet.

—

Elle lut, comprit ce qu'il s'apprêtait à faire : « Dans vingt heures », écrivait-il. Pour la première fois, elle paniqua. Elle s'approcha d'un taxi, négocia en anglais quelques instants en lui indiquant les coordonnées GPS sur son téléphone.

—

Il se fit une longue estafilade le long du bras droit avec le couteau multifonction qui ne quittait jamais sa poche, ignorant la douleur superficielle. Il songea aux tombes de ses parents et de son frère : il avait pensé, devant elles, que les Apaches accomplissent ce genre de scarification. Il songea au village ojibwé d'où il était reparti libre, à la nuit, dans le parc de l'Institut, au massacre. Il vivait cette métamorphose pour la troisième fois en quelques semaines, une fois de plus, une dernière fois, qui sait.

Il pressa son avant-bras. Le sang perlait en dizaines de gouttelettes d'un rouge sombre le long de l'épiderme scarifié. Il regarda la moto, se demandant s'il fallait envoyer un autre message à Flora. Finalement, il y renonça, commença de se dévêtir et roula ses vêtements en boule dans un buisson, assez loin du chemin réservé aux touristes.

82.
BLEEDING-BEAR

Il suivait leur trace. Il avait l'esprit parfaitement clair, limpide comme l'eau de la cataracte. Peut-être y avait-il des poissons dans cette cascade, peut-être était-ce ici la saison du frai. Il l'ignorait. Ils étaient deux. Des bipèdes, des hommes qui avaient des armes qui crachent le feu, des hommes mauvais, il le savait. Il s'en souvenait.

Il était comme eux, un homme, il s'en souvenait. La voix intérieure le lui murmurait. « Tu es comme eux. » Il avait possédé une arme, mais il l'avait laissée. Pourquoi ? Parce qu'il ne pouvait la tenir, tout en suivant leur piste. Il avait besoin de les débusquer, où qu'ils se trouvent, de les faire sortir de l'endroit où ils se terraient. Ils étaient des hommes mauvais. Ils avaient tué son frère, son petit frère.

Un autre frère était mort, autrefois, et il avait vu son âme monter dans les nuages, disparaître comme la vapeur d'eau monte sur les roches brûlantes. Lorsque son autre frère était mort, il se souvenait qu'il y avait une cascade, mais ce n'était pas à cet endroit. La piste qu'il suivait alors était celle d'un daim.

Pourquoi suivait-il leur piste ? Pour les tuer. Pour qu'ils cessent de nuire, qu'ils cessent de chasser d'autres humains, d'autres anthropes comme lui. Anthrope, c'était le mot. Et grizzly, *Ursus arctos horribilis*. Et homme, également, être humain. Lui était tout cela, toutes ces voix dans son cerveau, elles ne se contredisaient pas, elles se superposaient, s'attendaient, se complétaient.

Il avait hurlé, tout à l'heure, juste après la métamorphose, de surprise, d'étonnement, de sentir la puissance, cette jouissance à se retrouver de nouveau ours, seigneur sur son sol, maître d'un territoire vierge. Le cri avait jailli de ses babines noires sans qu'il puisse le retenir, comme si on avait libéré un autre être, en lui. Puis la voix de l'anthrope, celle de l'humain, était revenue dans son crâne.

Il n'aurait pas dû les avertir qu'il était sur leurs traces, les ours ne font pas cela; ils fuyaient sans doute plus vite de ce fait. Mais ce n'était pas grave. Il sentait parfaitement leurs traces, elles étaient si fraîches, ils n'avaient pas beaucoup d'avance. Il serait sur eux très vite, bien avant la nuit, peut-être même avant que le soleil ne soit au mitan de sa course. Dans quelques instants. Il suivait leur piste, mais même leur odeur corporelle flottait dans l'air, maintenant, parfaitement nette, il allait très vite sur eux, ils n'étaient plus qu'à quelques dizaines de foulées.

Il ralentit, s'arrêta un instant. Il eut la sensation physique que sa mémoire travaillait pour extraire un souvenir, le faire remonter à la surface, un effort de réflexion. Il se souvint : il devait se méfier. S'il les humait si proches, peut-être devait-il avancer en se cachant. Peut-être l'attendaient-ils dans un buisson, avec leurs bâtons qui crachaient le feu. Peut-être le tueraient-ils ?

Des bipèdes, des hommes, déjà, avaient fait feu sur lui, plusieurs fois; il était mort plusieurs fois. Il se souvint d'une forêt. Il se souvint d'un bunker. Il se souvint d'une pelouse rase, d'une haie de thuyas. Non, il n'était pas mort, mais il l'avait cru. Les anthropes n'ont pas plusieurs vies, ils n'en ont qu'une seule.

« Tu dois garder ta vie, tu n'en as qu'une seule. »

Seuls les chats ont plusieurs vies. Il avait failli tuer un chat, jadis.

Une chatte. Où était-elle ?

Il commença à flairer autour de lui, prudemment, pour déterminer précisément d'où venait l'odeur plus nette de ses proies, savoir s'il pouvait s'agir d'une embuscade toute proche. Les armes qui crachent le feu mordaient de loin, d'assez loin. Il se souvint que les bipèdes qu'il chassait s'en servaient mal. Quelque chose le troubla, derrière le parfum des proies qu'il traquait. Il n'y avait plus qu'un seul fumet. Où était passé l'autre ? Son odeur restait sur la piste, mais s'était dissipée dans l'air. Il y avait également une odeur âcre, nouvelle, celle d'un animal supérieur, un concurrent qu'il ne connaissait pas mais dont il devinait qu'il s'agissait d'un grand carnivore. L'animal venait vers lui.

Venait-il vers la cascade ? Sûrement… Non. Ce n'était pas une heure pour boire. Ou était-il hostile, le cherchait-il, lui ? Avait-il un territoire à défendre, voulait-il les proies que lui-même traquait, les deux bipèdes ?

Il se souvint qu'il avait tué plusieurs prédateurs la dernière fois. Il y avait quelques nuits de cela, dans une autre forêt, c'était encore en un autre endroit. C'étaient des carnivores dont il ignorait l'odeur pour la plupart, sauf la louve. Il n'avait pas tué la louve. L'orage déchirait le ciel, le prédateur noir avait tué la louve, il l'avait vu. Puis l'animal avait essayé, orgueilleusement, de se jeter sur lui. C'était stupide. Il l'avait littéralement éventré de ses griffes, avant qu'un deuxième coup de pattes le démembre. Le carnivore noir était-il un anthrope ? Il ne s'en rappelait pas. Sa mémoire ne se souvenait que d'une colère sans contrôle.

Ensuite, il les avait tués, tous. Et d'autres encore, parce qu'il était dans cette rage folle, sauvage.

Et celui-ci, qu'il flairait maintenant, était-ce le même ? Non, l'odeur était proche, presque identique, mais le grand prédateur noir de l'autre nuit ne pouvait avoir survécu. Il l'avait léché, pour s'en assurer, parce qu'il ne reconnaissait plus son corps ; mort, son cadavre était celui d'un bipède.

Oui, il s'en souvenait maintenant, le grand prédateur avait été un anthrope et il était mort, son cadavre était humain.

Il grogna sourdement. Il n'avait pas le temps, pour l'instant, de disputer le territoire du maître des lieux. Il s'écarta de sa trajectoire pour éviter le grand carnivore. C'était le bipède d'abord qu'il devait chasser, parce que le bipède lui avait pris quelque chose – il avait tué son petit frère. Ensuite, il reviendrait assurer sa territorialité sur ce nouveau domaine. Lorsqu'il avançait, toute nouvelle terre qu'il touchait était sienne, et à des kilomètres, tous ceux qui la lui disputaient mouraient. C'était ainsi depuis toujours, parmi tous ceux de son espèce. Les anthropes. Les grizzlys. Il ne savait plus…

Il se sentait excité par la chasse, par instants, alors il perdait ses moyens, la maîtrise lui échappait. Mais cela revenait par vagues, comme la mer sur la plage reflue puis revient, se retire encore. Il avait vu la mer, récemment.

Le mot pour la maîtrise était *supranoïa* ; quelle était cette langue ? L'odeur précise du bipède venait de là-haut, ce promontoire qui surplombait le chemin tracé par les humains, étrange pierre plate qu'on aurait dit dévalée d'une falaise formidable et posée là, comme une forteresse au-dessus du maquis des fougères et des arbrisseaux, des ronciers, le château arrière d'un navire échoué dans les vagues végétales.

—

Le taxi filait sur des routes de plus en plus étroites, en montant vers les collines, les contreforts. Derrière, la mer brillait, sous le soleil presque zénithal, de milliers d'éclats. Flora avait le sentiment de se diriger vers les ténèbres.

« Plus vite, putain, plus vite. »

—

Il parvint en quelques bonds parmi les arbres qui s'agrippaient à la pente, à la même hauteur que le promontoire. D'ici, il surplombait lui aussi le chemin. Il voyait aussi bien qu'il sentait. Le bipède en costume clair était allongé sur la pierre et l'attendait, son arme brillante à la main – « revolver », dit une voix à l'intérieur de son crâne, dans une langue qu'il identifia, une langue natale, une autre – ; l'homme en blanc guettait le chemin par où il était arrivé, ignorant qu'il était maintenant dans son dos. Un sourire déforma ses babines.

Un mouvement, en contrebas, parmi les fougères, l'éclaira : le grand carnivore avançait, le museau en l'air, disparaissant souvent parmi les buissons. Le carnivore ne lui disputait pas son territoire, mais il le cherchait. Il ressemblait au prédateur noir de l'autre fois, même si sa robe était fauve, mouchetée de noir et de brun. Le grizzly était arrivé contre le vent, le carnivore ignorait pour l'instant où il était. Le prédateur était un anthrope. Il s'appelait Bahlam. Il était un jaguar. Le bipède s'appelait Paul. Tout s'éclairait, revenait. Ces deux-là lui avaient pris un familier, un semblable, un petit frère qui s'appelait Shariff. Il devait frapper le bipède le premier car l'arme pouvait fumer et mordre de loin. Ensuite, il s'occuperait de Bahlam. Il ne devait pas hurler, ni les défier, ni se redresser sur ses pattes, il devait tuer en silence, comme s'il les craignait.

Il fut sur l'homme en costume blanc en quelques bonds puissants, immenses.

Ces bonds donnèrent à l'homme le temps d'entendre et de se retourner. L'arme fuma, et produisit un vacarme bref comme un orage d'été et une douleur dans son épaule droite, comme un mouvement de recul, aussi. Tim secoua légèrement la tête, stupéfait ; et l'instant d'après il était sur sa proie, balançant un coup de griffe. Il toucha où il l'avait prévu, vit que l'épaule droite s'était grande ouverte, l'os sortant, blanc et lisse, à l'articulation, dans une bouillie de chair. L'homme avait lâché son « revolver », son bras droit pendait. Bleeding-Bear n'avait plus rien à en redouter. Il triomphait d'un adversaire en dépit de cette blessure du bâton, une piqûre d'abeille.

Il voulait retarder le moment de la mise à mort à cause de cette piqûre. L'insolent doit payer, se voir mourir.

Il se redressa sur ses pattes, en ouvrant la gueule. Il hurla sa victoire à la face de l'homme, qu'il dominait de sa stature, qui reculait, sur les fesses, les yeux hagards. Il était le seigneur. Il ne craignait personne.

L'homme blêmissait encore, peur et douleur. Il gémit d'une voix blanche :

– Bahlam… Bahlam…

Le grizzly se souvint qu'il y en avait un autre, un anthrope. Le grizzly n'aurait pas dû hurler. Au même instant, un choc lui fit faire deux pas de côté, toujours dressé, vacillant, puis retomber sur ses pattes avant. Son épaule droite, blessée, se déroba. Il roula sur le côté. Le jaguar était sur lui, il l'avait percuté latéralement, à l'épaule gauche. Ses griffes l'accrochaient. Ses pattes avant puissantes, puis la tête et les dents comme des dagues cherchèrent le poitrail, le ventre, la gorge.

« Bahlam. »

L'assaillant était plus petit que lui, plus léger, mais d'une force impressionnante. Il sentit qu'il cherchait encore à le mordre à la gorge, puis les dents happèrent autre chose, son crâne. Il se souvint que les dents de jaguar percent les crânes. Il se souvint que Shariff avait dit quelque chose à ce propos, à propos de Flora, de Silvio… Il se souvint que Shariff était de son clan. Il se souvint que Bahlam avait tué Shariff. Ou était-ce l'homme ?

Il comprit qu'il allait mourir, à son tour.

Il se secoua, mais l'autre enfonçait ses griffes. Il se souvint dans un éclair de douleur que son épaule droite ne pouvait plus servir. Il s'ébroua de nouveau, encore plus violemment, sentit que Bahlam était déstabilisé. Roulant sur lui-même, il écrasa le jaguar sous son poids, puis se redressa sur ses trois pattes valides. Le sang qui coulait de son crâne l'aveuglait. L'ennemi, sous lui, sonné, avait perdu prise, mais il se tordait déjà comme un serpent et jaillissait d'entre ses pattes à la vitesse de l'éclair. L'instant d'après il bondirait, cette fois, sur son dos. S'il y parvenait, il prendrait la tête de Tim dans l'étau de ses canines et ce serait fini.

L'épaule gauche, celle qui était intacte, se détendit précisément avant que cela survienne. Les griffes touchèrent, semblèrent à peine effleurer le carnivore dans son élan. Il tomba comme une pierre et roula au sol, dans un cri aigu, le flanc entièrement ouvert, le ventre lacéré.

Tim fut sur lui en deux foulées, énorme. Le jaguar blessé lança sa patte en un geste de défense, le toucha à la truffe, cruellement. Mais Tim mordait déjà le ventre. Il fouaillait. Le pelage, plus clair à cet endroit, était souillé de sang écarlate. Il mordit, mâcha, arracha, tandis que des décharges électrisaient encore le corps de sa proie dans une brève agonie.

—

– Bahlam…

Il triomphait. L'ennemi était mort. Il entendit la voix, derrière lui :

– Bahlam…

Il se retourna, vit le bipède à quatre pattes.

La conscience revint à Tim. Il se considéra, le nez dans le ventre déchiqueté du jeune homme nu et étendu, dans l'entrelacs des tripes bleues, fumantes. Il eut un mouvement de recul.

Bahlam, le cadavre avait un nom humain, il s'appelait Julien Charcot. Tim l'avait *tué*. Il le *mangeait*.

Lentement, il se retourna vers l'homme à quatre pattes, comme lui, qui s'appelait Paul Hugo.

Que faisait-il ? Lui s'appelait Timothy, Tim Blackhills. Il s'appelait Bleeding-Bear. Il était venu ici pour tuer Paul Hugo et Julien Charcot. Il avait massacré le jeune homme sans pitié. Il sentait le sang qui poissait sur son nez. Il dévorait son semblable.

Paul Hugo se redressa, à genoux, porta la main gauche à son épaule droite mutilée. Le bras déchiré pendait toujours, inerte. Paul Hugo le regardait avec une horreur stupéfaite. Paul Hugo voyait s'accomplir ce qu'il avait prêché : le fort tue le faible.

Tim s'ébroua, s'approcha, à pas lents, curieux. Il boitait sur son épaule meurtrie. Il se souvint que Paul avait tiré sur lui. Une pensée humaine le surprit : il faudrait retirer la balle, sans doute n'était-elle pas sortie, le revolver de Paul était de petit calibre, peut-être pourrait-on… Une pensée humaine… Il vit l'homme livide qui le regardait venir vers lui, les yeux écarquillés. Paul, il s'appelait Paul. Paul Hugo l'avait vu tuer, tuer et manger.

Tim s'arrêta sur ses trois pattes valides.

Quelque chose tremblait dans l'air, une électricité d'avant l'orage. La forêt de Krka, muette, attendait l'exécution pour reprendre sa respiration. Tim avait le goût du sang de Julien dans la bouche, il avait eu le rouge devant les yeux, comme une muleta maintenant blême. Il entendit un oiseau s'envoler, dans le ciel de cet été qui s'achevait. Le corbeau noir battait l'air avec un bruit mat, métallique.

« Il était du signe du corbeau. Tu es du signe de l'ours. »

Les mots lui revinrent, puis le souvenir : la vapeur.

La tente. Le vieux *medecine man*. Le corbeau qui s'envolait, seule vie dans cette forêt suspendue à l'ultime mise à mort, s'appelait « Esprit de Ben ». Benjamin Blackhills. Son frère.

L'esprit de Ben s'était envolé dans les nuages, une vapeur au-dessus de lui, une fumée dans le ciel, qui, maintenant, reprenait sa forme totémique, celle de son clan, pour l'avertir. C'était la foi des Ojibwés. C'était la conscience. « Je savais que tu viendrais avant la nouvelle lune. Mais tu étais libre de venir », avait dit le chaman aveugle, l'homme aux yeux blancs, en tisonnant le feu.

Libre ?

Il vit Paul Hugo, le bras droit presque arraché, à genoux comme s'il l'implorait, cacher ses yeux terrifiés, tout son visage dans sa main gauche souillée de sang. Il attendait. Le corbeau tournait dans le ciel, dans cette masse d'éther d'un bleu douloureux. La brume montait, comme la vapeur d'eau sur les pierres brûlantes. Il vit Paul Hugo retirer sa main, le visage barbouillé d'écarlate, et le regarder – pourquoi le grizzly, *Ursus arctos horribilis*, attendait-il, pourquoi ne le frappait-il pas ?

– Tim, supplia Paul, en s'essuyant la bouche du revers de sa main poisseuse.

Tim vit ce qui se produisit, ensuite.

Il vit que Paul Hugo, enfin, avait trouvé sa *luxna*.

Le *medecine man* avait dit : « Maintenant que tu as libéré ton esprit, il faut que tu libères celui de ton ancêtre. »

La vengeance l'avait guidé, comme Shariff mais, maintenant, son esprit enfin se libérait. Son esprit allait sortir de lui et danser, monter vers les nuages, cette brume devant ses yeux comme l'âme de Ben, tournoyer avec lui pour voir les hommes vivre cette vie.

Tout tournait autour de lui. Tout dansait.

Il eut l'intuition humaine, chirurgicale, qu'il perdait du sang, trop de sang, par le minuscule trou dans son épaule droite. Il songea une seconde qu'il délirait déjà. Puis l'autre pensée revint : Ours-qui-saigne, « Bleeding-Bear ». Il n'était pas Tim. Avait-il vraiment cru qu'on échappe à son nom ? « Bleeding-Bear. »

Il se revit, ours à la source, à la cascade, ours hurlant le nom de son frère Ben, ours revenant, un an après, découvrir l'étendue de son ignorance. Ours-qui-saigne avait encore le temps de frapper Paul Hugo. Ours-qui-saigne avait le temps avant que toute vie ne se soit enfuie par ce trou si petit, dans son épaule droite.

Mais à quoi bon ? L'esprit libéré n'en avait plus besoin. L'esprit libéré n'était plus tendu vers la vengeance, il n'aspirait qu'à une danse, dans les nuages, avec l'esprit de son frère Ben.

Tim vacilla, tomba assez lourdement sur le côté droit. Dans un éclair, il sut que, maintenant, ainsi offert, pantelant de tout ce sang perdu, tout ce fluide qui sortait de lui, la vie même, l'esprit, l'âme, il était à la merci du bipède, Paul Hugo était son maître. Paul Hugo pouvait le tuer. Il en rêvait.

Ours était vulnérable. Ours était mortel. Il était Ours-qui-saigne. Le corbeau décrivait des cercles, très haut dans le ciel, la brume montait et allait le masquer, tout dansait dans ses yeux, tout papillonnait ; la brume, vraiment, existait-elle ? Il vit l'oiseau noir s'éloigner. La dernière chose qu'il entendit fut un bruit de voiture, loin, très loin, du côté de la cascade.

Son ouïe était fine, exceptionnelle. Il était un ours, il était libre.

Flora…

83.
L'APPARITION

Le parc naturel Krka semblait avoir préservé une nature plus sauvage encore que les endroits les plus reculés des Alpes, chaos de rochers, cascades moussues, cataractes, promontoires de roches noires perpétuellement dans l'ombre des hauts conifères. Pendant les dix dernières minutes, la voiture avait traversé des paysages comme celui-là, d'une beauté grandiose et inquiétante. Flora était arrivée, finalement.

Elle descendit du taxi devant la barrière de bois qui lui fermait la route. Elle entendit à cet instant un cri rauque, formidable, lointain ; elle reconnut ce hurlement. L'ours, l'ours chassait ou triomphait. Ou l'appelait-il ?

Coïncidence, il hurlait au moment même où elle entrait dans le parc.

Elle sentit une bouffée de panique monter dans son ventre. Elle se précipita sur la moto garée devant la barrière, à côté de la Mercedes verte. En ouvrant le topcase, elle trouva le pistolet automatique, exactement comme Tim l'avait dit, et s'élança, arme à la main, en direction du hurlement.

Le brouillard, inattendu, tombait sur la forêt, un voile blanc, épais, humide et chaud.

L'ours déboucha sur le chemin, en sortant de la brume de chaleur, alors qu'elle était engagée depuis environ deux kilomètres dans le parc. Elle s'arrêta, hors d'haleine, stupéfaite. Il était à trois ou à quatre mètres. Le plantigrade énorme stoppa lui aussi sa marche et la regarda attentivement, ses petits yeux d'un brun presque rouge la scrutant avec étonnement. Elle vit que l'épaule droite était trempée de sang rouge, qui poissait le pelage d'un gris-brun.

Elle eut le sentiment poignant qu'il la considérait avec une infinie tristesse. Soudain, il sembla la reconnaître. Il secoua la tête comme s'il voulait sortir du sommeil ou d'un rêve.

– Tim, appela-t-elle.

Il secoua de nouveau la tête et se retourna avant de partir en bondissant, dans le maquis de fougères qui bordait le chemin, boitant très bas sur son épaule blessée.

– Tim ! cria-t-elle, Tim !

Il ne s'arrêta pas.

Il fuyait ses morts, une fois de plus. Comme au bunker, comme toujours.

Appréhendant désormais ce qu'elle allait trouver, mais sans cette terreur qui l'avait saisie aux tripes, elle continua plus lentement sur le chemin qui plongeait vers le cœur de la forêt. Après avoir parcouru encore un kilomètre, transpirante malgré l'ombre froide du sous-bois, l'arme à la main, dans l'air qui avait fraîchi sous la brume, elle atteignit une sorte de clairière très vaste. Au milieu, un promontoire de pierre dominait la scène, détournant le chemin. Autour du rocher, les fougères et les ronces avaient été piétinées en plusieurs endroits, semblant tracer des pistes vers le surplomb.

Elle obéit à son intuition, monta la pente, glissant deux ou trois fois dans la terre trempée, sur les fougères brisées.

Il y avait deux corps étendus sur la pierre plate. Julien, nu, dont l'abdomen était une bouillie sanglante, portait deux autres plaies, béantes, au flanc. Il reposait dans une flaque de sang brun. Flora détourna les yeux : il ne pouvait pas avoir survécu. Un animal sauvage l'avait littéralement éventré. Un animal sauvage, un grizzly… Tim.

L'autre corps était couché sur le flanc, un peu plus loin. L'autre corps était un ours énorme, inanimé.

Un autre ours. Un grizzly.

Flora tressaillit. Le sang reflua de son corps. Le froid l'envahit.

Elle ne comprenait pas. Elle s'avançait à pas très lents, elle aurait voulu se précipiter et reculer en même temps, infiniment, le moment où elle toucherait ce corps.

Qui était cet ours ? Qui était-il ? Elle avait vu Tim sur le chemin, elle pouvait jurer que… Elle ne saisissait plus ce qui était réel, ce qu'elle avait vu, ce qui s'était passé. Elle avait vu Tim sur le chemin, elle avait vu le grizzly sortir de la brume. Dans sa confusion, une idée claire jaillit : s'il était ours, c'est qu'il vivait encore. Il vivait. Tim ?

Il y avait à trois mètres un tas de tissu déchiré, d'un blanc crème, sur la pierre plate où tout s'était finalement terminé. Elle souleva une veste et un pantalon en lambeaux, comme si chaque couture avait littéralement implosé, soumise à trop de pression. La manche droite de la veste était d'un rouge très sombre, raide de sang. À côté, un chapeau piétiné et un petit revolver aux reflets argentés.

L'ours incrédule et blessé à l'épaule droite. Les vêtements. La manche droite. L'arme qu'on avait abandonnée. Flora, plus tard, des jours plus tard, assembla les pièces et comprit ce qu'elle avait vu sur le chemin : elle sut que Paul Hugo, finalement, avait goûté son propre sang, qu'il avait trouvé sa morsure et sa *luxna*.

Sans pouvoir dire comment, elle sut en revanche immédiatement que le grizzly étendu là n'était pas celui qu'elle avait croisé dans la brume ; que c'était Tim ; qu'il avait perdu trop de sang. Mais qu'il vivait encore. À travers ses larmes et cette brume dans son cerveau, le chaos des pensées, elle s'approcha lentement, très lentement de l'animal inconscient, commença de le toucher.

84.
EUROPE CENTRALE (IN MEMORIAM)

Il y a en Hongrie des cliniques très privées, discrètes, au fond d'impasses quelconques, derrière des grilles, où les allées de gravier disparaissent dans un taillis de haies et de buis ; insoupçonnables, sinon, parfois, par une plaque de marbre qui les signale. Des « patients » cossus y viennent d'Europe de l'Ouest, et même d'autres pays, pour obtenir des faveurs médicales que leur propre pays n'accorde pas, des pratiques médicales illicites ou *abracadabrantes*, des chirurgies esthétiques inédites, des greffes, des organes vendus à l'encan, des avortements ailleurs interdits.

Au cœur de la vieille ville, dans Buda et dans Pest séparées par les ponts sur le Danube, dans ces ruelles anonymes, l'argent achète mieux qu'ailleurs le silence des médecins.

Flora ne sut par quel miracle elle réussit à contenir l'hémorragie pendant les dix-huit heures qui suivirent sa découverte, puis comment elle parvint à traîner Tim redevenu jeune homme, exsangue et blessé, sur trois kilomètres, depuis le promontoire jusqu'à la moto ; et pas davantage comment il survécut au trajet en taxi, à travers la Croatie, la Serbie, jusqu'à la capitale des Magyars.

Elle sut en revanche que le « réseau » lui avait offert exceptionnellement une seconde porte de sortie. Elle obtint d'un hacker allemand du Chaos Computer Club l'adresse de cet endroit. Ce garçon, Walter, dérogea à la règle non écrite des opérations d'exfiltration : « une fois et une seule ». Ensuite, le pistolet automatique de Flora, sa colère, puis son argent convainquirent successivement le médecin qui la reçut. La balle de petit calibre fut extraite et les tissus s'étaient déjà nécrosés. Tim garderait sans doute à jamais une raideur dans l'épaule droite, peut-être lui interdirait-elle désormais de redevenir le coureur des bois. Mais il vivrait, sans doute. Plus tard, s'il s'en sortait, la chirurgie reconstructrice ferait disparaître sous des greffes de peau les terribles traces de lacération, griffes de fauve sur son cou, ses épaules, le bas de sa joue, du moins s'il le souhaitait. Mais on n'effacerait pas, en revanche, d'autres cicatrices. Tous deux devraient apprendre à vivre blessés, amputés, orphelins.

Pendant cette semaine, Timothée Iniziato oscilla entre le coma dans lequel elle l'avait trouvé et des états de semi-conscience. Au cours de ces épisodes, il délirait, parlant d'un corbeau, d'un ours qui saigne, des nuages et de la brume. Il répétait son nom, « Flora, Flora, Flora... », comme l'aurait fait un tout jeune enfant qui aurait appris un mot nouveau et l'aurait ressassé en s'en émerveillant.

—

La vision mystique reçue du corbeau, les conséquences de l'hémorragie, le délire fiévreux, le coma, la morphine de contrebande achetée à prix d'or que Flora lui avait injectée pendant le trajet, les différents anesthésiants qu'on lui avait administrés au moment de l'opération et dans les jours suivants, les traitements contre la septicémie qui s'était déclarée, tout cela contribua à ce que Tim ne parvînt jamais à retrouver avec netteté les souvenirs de ces quelques instants suspendus dans le parc Krka.

Ce n'était pas le mur blanc qui entourait la nuit du 2 juillet. C'était une confusion plutôt, un trop-plein de souvenirs, de visions, de points de vue, où il était impossible de démêler ce qu'il avait choisi et ce qu'il avait subi, ce qu'il avait pensé et fait. Avait-il réellement décidé d'épargner Paul Hugo ? Avait-il dialogué avec l'esprit du corbeau ? Avait-il compris, simplement en voyant Hugo devenir son semblable ?

L'homme ne tue pas l'homme, l'ours ne mange pas l'ours.

Il aurait pu tuer Paul Hugo et il ne l'avait pas fait. Il aurait pu éventrer le maître de la Bibliothèque, et même ensuite sans doute le grizzly à l'épaule déchirée ; il l'avait épargné.

Puis il était tombé, en appelant Flora, et Paul Hugo avait, à son tour, choisi de ne pas déchirer la gorge de l'ours inconscient, du grizzly, son semblable. Paul Hugo s'était éloigné. Paul Hugo avait croisé Flora et ne l'avait pas attaquée.

Plus tard, sans en être sûr, Tim déciderait que cette succession de faits procédait de deux libres arbitres qui s'étaient exprimés, tour à tour : la miséricorde appelle la miséricorde. Shariff aurait sûrement connu des mots d'auteur pour le dire mieux, plus justement.

—

Il y a, à Prague, République tchèque, sur le pont Charles, un endroit où le regard embrasse à la fois la vieille ville, le château sombre et les méandres de la Vltava. Vers 6 heures du soir, en octobre, quand le soleil couchant illumine encore le ciel gris-jaune, il se reflète dans les eaux davantage que sur les toits anciens, et c'est alors comme si le fleuve prenait feu. Cet automne-là, le froid était exceptionnellement vif, même pour cet endroit d'Europe centrale, et une brume de chaleur montait du fleuve, encore longtemps après l'aube, puis dès 17 heures carillonnantes à l'horloge astronomique médiévale. Le feu, la fumée, et bien sûr les cendres, dispersées, quelque part sous les eaux.

Deux jeunes gens se tenaient là, sur le pont Charles, à cette minute. Raides, un peu solennels, ils avaient l'air de survivants.

Le garçon enveloppé dans un manteau noir avait ce visage épuisé, encore, de ceux qui ont côtoyé la mort et la médecine d'urgence dans les semaines précédentes. Son bras droit n'était pas enfilé dans la manche vide, mais replié, en écharpe. Une barbe encore clairsemée, une barbe de jeune naufragé, mangeait le bas de son visage, ajoutant à son expression d'extrême fatigue. La jeune fille qui lui tenait le bras gauche se serrait contre lui. Elle avait des yeux brillants, ses cheveux d'un rouge de henné lui tombaient sur les épaules. Son visage avait une gravité d'adulte, en dépit de son apparence juvénile.

Une ride soucieuse plissa son front, son sourire était triste.

Elle fouilla dans sa poche, se pencha sur le garde-fou et jeta un petit objet blanc, rectangulaire, dans le fleuve illuminé de feu et fumant de brume. Ils avaient trouvé cette traduction tchèque, ancienne et numérotée, des *Métamorphoses* d'Ovide dans les boîtes en bois d'un bouquiniste de la vieille ville, à l'un des angles de ce labyrinthe médiéval de pavés, non loin de l'ancienne synagogue au cimetière étrange où les pierres tombales semblaient avoir poussé comme des herbes folles, en désordre. Si les eaux de la Vltava emmenaient les *Métamorphoses* jusqu'à l'Elbe, et si elles retrouvaient la mer du Nord, quelque part dans l'océan Atlantique, l'esprit du homard s'en nourrirait, comme du parfum de Prague, avant que l'encre en soit totalement passée.

Ce même jour, 22 octobre, une nouvelle notule apparut sur l'encyclopédie libre Wikipédia. Elle était consacrée à un jeune homme prématurément décédé, à en juger par les informations apportées sur ses dates de naissance et de mort. Shariff McIntyre était inconnu du grand public, sinon de quelques journalistes spécialistes des rubriques judiciaires qui avaient suivi dans leurs chroniques l'affaire Clauberg et celle des Lycanthropes. Seuls les policiers bien informés avaient vu des images du gamin, dans le hall de WarDogs Inc., et savaient quel rôle il avait joué, une grenade à la main, dans la spectaculaire évasion de trois criminels qui étaient aussi des victimes, des cobayes et presque des enfants. La notule n'en disait rien.

La notule se contentait de rappeler la filiation de Shariff, mentionnant Ronald McIntyre, lui aussi décédé. L'article était singulièrement orné d'une photo animalière sans rapport apparent – un homard –, légendée d'un surnom : Ghost Dog. C'était tout.

Trois liens amenaient l'internaute vers cet article incompréhensible, depuis l'article Wikipédia consacré à Catwoman, celui traitant de Ronald McIntyre, celui consacré au film de Jim Jarmusch.

Lorsque les administrateurs de l'encyclopédie libre, avertis par plusieurs contributeurs, tentèrent de supprimer cette notule non pertinente, cela s'avéra impossible.

Son créateur, ou sa créatrice, avait imaginé un système informatique si complexe qu'en modifiant ces pages, ou en tentant de les éliminer, on corromprait l'ensemble de l'ouvrage, on détruirait toute l'encyclopédie patiemment élaborée par la communauté. Cet article, inamovible, demeura donc inchangé parmi des centaines de milliers d'autres perpétuellement fluctuants, sans cesse modifiés, comme une pierre noire au milieu du paysage.

Des flics soupçonnèrent que Catwoman en fût l'auteure ; guidés par l'expert Dvorjik, ils remontèrent le chemin jusqu'au premier contributeur à travers le labyrinthe de portes, pare-feu et impasses numériques. Ils tombèrent finalement sur l'adresse IP d'un Webcafé, en Argentine, et en déduisirent que la terroriste s'était réfugiée là-bas. Ils se trompaient, bien sûr.

AVERTISSEMENT, PRÉCISIONS, REMERCIEMENTS

Les lecteurs de ces trois romans savent déjà que j'ai modifié certains des noms de lieux du récit afin que nul ne puisse situer l'Institut, notamment. La toponymie alpine est donc fausse, et les GPS inutiles, même si les trajets, les déplacements, leurs durées approximatives, les faits mentionnés en chaque lieu sont rigoureusement exacts. Il me faut ajouter que ni les indications permettant de localiser la tente de sudation, ni celles situant la Ferme de l'Aigle ne sont justes. Délibérément, j'ai également brouillé les pistes sur ces points.

De même, les noms de personnes ont été changés, dans l'ensemble de la série, s'agissant des victimes ou des coupables présumés des actes criminels mentionnés dans ce tome. Les enquêtes sont en cours, elles n'aboutiront pas, faute de pouvoir envisager l'inimaginable. Mais les familles méritent d'être préservées.

Enfin, j'ai veillé à ne pas rendre compte avec précision de l'apparence physique, des modes de communication et des transgressions des *black hats*. Le réseau qui a permis l'exfiltration de Flora Argento demeure clandestin. Je n'ai mentionné le collectif Anonymous que pour mieux dissimuler ceux qui furent véritablement impliqués dans ces actions.

Les lecteurs qui auraient eu l'occasion de suivre ailleurs, dans les enquêtes de police, l'ensemble des détails de l'affaire des Lycanthropes corrigeront d'eux-mêmes.

Je tiens à remercier tous ceux, chez mon éditeur, qui ont permis que ces trois romans existent. Céline Charvet et Eva Grynszpan m'auront accompagné des premières ébauches, imaginées voici plus de deux ans, jusqu'aux toutes dernières lignes (sourire… elles comprendront !) ; leur bienveillance, leur amitié, leur rigueur, leur confiance m'auront servi de boussole. Un grand merci à Franck Henry et son érudition, qui ont veillé sur les deux derniers tomes de ce récit : il connaît aussi bien les grades japonais que la balistique, le pays malouin que la littérature fantastique… Shariff doit être son fils secret. Florence Budon fut de retour dans la dernière ligne droite pour tricoter (!) les ultimes corrections et mener les travaux de finition. *Welcome back !*

Ma gratitude va également comme toujours à Sarah Malherbe, dont la cohérence sans concession m'est précieuse. En véritable amie, il lui suffit maintenant de demi-mots pour m'indiquer la bonne direction. *Salud !*

J'ai bouclé ce dernier tome dans la chaleur des rencontres avec les lecteurs et les libraires. L'accueil qu'ils ont réservé aux deux premiers romans est une exigence pour moi. Qu'ils en soient remerciés, ainsi que pour les beaux moments de dialogue. Christian Delépine m'a accompagné souvent pendant ce périple. Un salut particulier à lui et à sa galerie utopique, mais également à tous ceux, chez Nathan, qui œuvrent pour *Instinct* dans les coulisses, sur le Web ou dans les étages. Nicolas Vesin est l'auteur de la couverture, la « griffe » de cette trilogie ; chapeau bas. Mon amitié va aussi à chacun et à tous ceux que je ne peux nommer ici.

Une dédicace toute numérique à Julien « Bahlam » Villeminot pour « notre » page ; et, une nouvelle fois, aux blogueurs de Livraddict ou d'ailleurs. J'ai eu l'occasion d'en croiser quelques-uns sur les salons et festivals, je redis à tous combien leurs chroniques me sont utiles et stimulantes.

Enfin et, bien sûr, je profite de ces derniers mots pour remercier les miens. Juliette m'accompagne dans les bons et les mauvais jours, avec amour et humour. Théophile et Madeleine, Sarah et Louanne endurent les « grandeurs et misères » d'avoir un père écrivain. Je voudrais ici les remercier pour leur patience, leur attention, leurs enthousiasmes, leur ironie. Ils sont, tous les cinq, la raison pour laquelle « on lâche rien ! ».

Quant à Tim, Flora et Shariff, je les quitte à regret. *Viva la vida !*

VINCENT VILLEMINOT

Après une jeunesse parisienne, Vincent Villeminot part, à vingt-deux ans, avec sa compagne, enseigner le journalisme en Égypte, à l'Université du Caire. Il reste deux ans dans cette ville tentaculaire, foisonnante, où son fils aîné verra le jour – sans doute est-ce là, également, le pays d'origine de Shariff ?

Vincent revient à Paris en 1996. Il travaille en tant que journaliste reporter et côtoie alors des réalités qui resteront, à ses yeux, plus dures que n'importe quelle fiction : la rue, la prison, la toxicomanie… Après la naissance de ses deux filles, il décide de partir en 2003 avec armes et bagages (et, bien sûr, sa turbulente tribu) dans les Alpes françaises, au bord du lac Léman, où la petite dernière du clan pointera son nez. Il se consacre désormais à ses romans.

Grand lecteur de littérature française et gros dévoreur d'actualité, sur Internet comme dans la presse, il trouve dans les échos du monde l'inspiration de ses récits. Pour lui, le fantastique de la série *Instinct* est un motif dessiné sur le réel. Un jour, peut-être son bureau donnant sur le lac Léman ressemblera-t-il à une ébauche de la Grande Bibliothèque. À moins qu'il reprenne la route avec les siens, convaincu comme Flora que la vérité n'est pas dans la destination, mais dans le voyage…

Encore un dernier détail : depuis vingt ans qu'ils vivent ensemble, sa compagne trouve qu'il a tout d'un ours – un grizzly, sans doute.

CPi BUSSIÈRE

Cet ouvrage a été imprimé en France par
CPI Bussière
à Saint-Amand-Montrond (Cher)
en juin 2012.
N° d'édition : 10189680. - N° d'impression : 122151/1.
Dépôt légal : juillet 2012.